JEFFREY ARCHER

DER PERFEKTE DREH

AUS DEM ENGLISCHEN VON
DANIEL BONTJES VAN BEEK

W0220595

BASTEI
LÜBBE

BASTEI LÜBBE TASCHENBUCH
Band 15063

Erste Auflage: Dezember 2003

Vollständige Taschenbuchausgabe

Bastei Lübbe Taschenbücher ist ein Imprint der Verlagsgruppe Lübbe

Titel der englischen Originalausgabe: A Twist in the Tale
© 1988 by Jeffrey Archer
© für die deutschsprachige Ausgabe: 1989
by Paul Zsolnay Verlag Gesellschaft mbH, Wien/München
Lizenzausgabe: Verlagsgruppe Lübbe GmbH & Co. KG,
Bergisch Gladbach
Umschlaggestaltung: Tanja Østlyngen
Titelbild: Timothy Shonnard/Getty Images
Satz: KCS GmbH, Buchholz/Hamburg
Druck und Verarbeitung: Elsnerdruck, Berlin
Printed in Germany
ISBN 3-404-15063-5

Sie finden uns im Internet unter
www.luebbe.de

Der Preis dieses Bandes versteht sich einschließlich
der gesetzlichen Mehrwertsteuer.

INHALT

Für Henry und Suzanne

Anmerkung des Autors

Von den hier vorliegenden zwölf Kurzgeschichten, die ich auf meinen Reisen zwischen Tokio und Trumpington zusammengetragen habe, beruhen zehn auf mir bekannt gewordenen, tatsächlichen Vorfällen. Ein paar von ihnen habe ich mit einiger dichterischer Freiheit ausgeschmückt. Lediglich zwei der Geschichten entstammen ganz und gar meiner eigenen Fantasie.

Ich möchte all denen danken, die mir einige sehr private Dinge aus ihrem Leben anvertraut haben.

September 1988 J. A.

Der perfekte Dreh

Hätte ich mich an jenem Abend nicht anders besonnen, ich wäre der Wahrheit nie auf die Spur gekommen.

Ich konnte einfach nicht glauben, dass Carla mit einem anderen Mann geschlafen hatte, dass ihre Liebe zu mir eine Lüge war – und dass ich als Objekt ihrer Zuneigung bei ihr vielleicht nur an zweiter oder gar an dritter Stelle fungierte.

Carla hatte mich tagsüber im Büro angerufen, etwas, was ich ihr verboten hatte, aber da ich ihr auch ausdrücklich untersagt hatte, mich je zu Hause anzurufen, war ihr nichts anderes übrig geblieben. Wie sich herausstellte, wollte sie mich lediglich wissen lassen, dass sie es heute nicht schaffte, mich für ein »cinq à sept«, wie die Franzosen es züchtig nennen, zu empfangen. Sie müsse ihre Schwester in Fulham besuchen, die erkrankt sei, erklärte sie.

Ich war enttäuscht. Es war wieder einmal ein deprimierender Tag gewesen, und nun sollte ich auf die einzige Sache verzichten, die ihn erträglich machen würde.

»Ich dachte, du verstehst dich nicht gut mit deiner Schwester«, sagte ich scharf.

Am anderen Ende der Leitung herrschte Stille. Schließlich sagte Carla: »Sehen wir uns also nächsten Dienstag zur gewohnten Zeit?«

»Ich weiß nicht, ob es mir dann passt«, antwortete ich. »Ich rufe dich am Montag an, sobald ich mehr weiß.« Ich legte auf.

Verdrossen rief ich meine Frau an, um ihr Bescheid zu sagen, dass ich auf dem Heimweg sei – etwas, was ich gewöhnlich von der Telefonzelle aus tat, die vor Carlas Haus stand. Es war ein Trick, den ich oft anwandte, um Elizabeth das Gefühl zu geben, sie wisse, wo ich mich zu jeder Sekunde des Tages aufhielt.

Die meisten Büroangestellten hatten schon Feierabend gemacht und waren gegangen, also suchte ich mir einige Akten zusammen, an denen ich noch zu Hause arbeiten könnte. Seit unserer Übernahme durch die neue Firma vor über sechs Monaten hatte die Geschäftsleitung nicht nur meine Nummer zwei in der Rechnungsabteilung gefeuert, sondern erwartete auch von mir, dass ich zusätzlich zu meiner auch noch seine Arbeit erledige. Ich konnte es mir schwerlich leisten, mich zu beschweren, da mein neuer Boss mir in aller Deutlichkeit klar gemacht hatte, falls diese Regelung mir nicht zusage, stünde es mir ja frei, mir woanders eine Anstellung zu suchen. Vielleicht hätte ich das auch getan, aber mir fielen nicht eben viele Firmen ein, die ohne weiteres einen Mann einstellten, der jenes magische Alter irgendwo zwischen Gefragtsein und Verfügbarkeit erreicht hatte.

Als ich aus dem Firmenparkplatz herausfuhr und mich in den abendlichen Stoßverkehr einfädelte, begann es mir Leid zu tun, dass ich so schroff mit Carla umgegangen war. Schließlich konnte ihr die Rolle der »Anderen« wohl kaum behagen. Ich fing an, mich schuldig zu fühlen, also sprang ich, als ich die Ecke vom Sloane Square erreichte, aus meinem Wagen und rannte hinüber auf die andere Straßenseite.

»Ein Dutzend Rosen«, sagte ich und fummelte an meiner Brieftasche herum.

Ein Mann, der seinen Lebensunterhalt mit Liebenden verdient haben musste, suchte kommentarlos zwölf Rosen mit noch geschlossenen Knospen aus. Meine Wahl bewies nicht gerade viel Fantasie, aber wenigstens würde Carla wissen, dass ich mir Mühe gab.

Ich fuhr in Richtung ihrer Wohnung weiter, voller Hoffnung, dass sie noch nicht unterwegs zu ihrer Schwester war und wir vielleicht sogar noch Zeit für einen schnellen Drink haben würden. Dann fiel mir ein, dass ich meiner Frau gesagt hatte, ich sei auf dem Heimweg. Ein paar Minuten Verspätung ließen sich mit einem Verkehrsstau erklären, aber diese Entschuldigung würde kaum ausreichen, falls ich noch auf einen Drink blieb.

Als ich bei Carlas Wohnung ankam, hatte ich die üblichen Schwierigkeiten, einen Parkplatz zu finden, bis ich gegenüber dem Zeitungsladen eine Lücke entdeckte, in die ein Rover eben noch hineinpassen würde. Ich hielt an und wollte gerade rückwärts einparken, als ich einen Mann bemerkte, der aus der Tür zu ihrem Wohnblock trat. Ich hätte dem keine weitere Beachtung geschenkt, wäre Carla nicht einen Moment später hinter ihm aufgetaucht. Sie stand im Eingang und hatte einen weiten blauen Morgenrock an. Sie beugte sich vor und gab dem sich Verabschiedenden einen Kuss, den man kaum schwesterlich nennen konnte. Als sie die Tür schloss, fuhr ich meinen Wagen um die Ecke und parkte dort in zweiter Spur.

Im Rückspiegel beobachtete ich, wie der Mann die

Straße überquerte, in den Zeitungsladen hineinging und wenige Augenblicke später mit einer Abendzeitung und etwas, das wie ein Päckchen Zigaretten aussah, wieder auftauchte. Er ging hinüber zu seinem Wagen, einem blauen BMW, blieb stehen, um einen Strafzettel von seiner Windschutzscheibe zu entfernen, und schien zu fluchen. Wie lange hatte der BMW wohl schon da gestanden? Ich begann mich sogar zu fragen, ob der Mann bei Carla gewesen war, als sie anrief, um mir zu sagen, ich solle nicht vorbeikommen.

Der Mann stieg in den BMW, schnallte den Sicherheitsgurt fest und zündete sich, bevor er losfuhr, eine Zigarette an. Ich übernahm seinen Parkplatz vor der noch laufenden Parkuhr, sozusagen als Abschlagszahlung für die Frau, die mir gehörte. Ein fairer Ausgleich war es in meinen Augen nicht. Ich schaute erst links und rechts die Straße hinunter, so wie ich es immer tat, bevor ich ausstieg und hinüber zum Wohnblock ging. Es war schon dunkel, und niemand nahm Notiz von mir. Ich drückte den Klingelknopf.

Als Carla die Haustür öffnete, wurde ich mit einem strahlenden Lächeln begrüßt, das sehr schnell in einem verkniffenen Mund erstarb und sich daraufhin ebenso schnell in ein Lächeln zurückverwandelte. Das erste Lächeln konnte nur dem Mann mit dem BMW gegolten haben. Ich hatte mich schon oft gefragt, warum sie mir keinen Hausschlüssel geben wollte. Ich starrte in ihre blauen Augen, die mich vor Monaten als Erstes in ihren Bann gezogen hatten. Obwohl sie lächelte, zeigten diese Augen eine Kälte, die ich noch nie zuvor gesehen hatte.

Sie wandte sich ab, um die Tür zu öffnen und mich in ihre Erdgeschosswohnung einzulassen. Mir fiel auf, dass sie unter ihrem Morgenrock das weinrote Negligee trug, das ich ihr zu Weihnachten geschenkt hatte. Sobald ich in der Wohnung war, ertappte ich mich dabei, wie ich das mir so vertraute Zimmer inspizierte. Auf dem Glastisch in der Mitte des Zimmers stand die Snoopy-Kaffeetasse, aus der ich gewöhnlich trank – leer. Gleich daneben Carlas Tasse, ebenfalls leer, und ein Dutzend Rosen in einer Vase. Die Knospen fingen gerade erst an, sich zu öffnen.

Kritik ist mir schon immer schnell von den Lippen gekommen, und der Anblick der Blumen machte es mir unmöglich, meinen Ärger zu verbergen.

»Und wer war der Mann, der eben gegangen ist?«, fragte ich.

»Ein Versicherungsmakler«, antwortete sie und nahm die Tassen vom Tisch.

»Und was hat er versichert«, wollte ich wissen, »dein Liebesleben?«

»Warum nimmst du automatisch an, dass er mein Liebhaber ist?«, sagte sie mit erhobener Stimme.

»Trinkst du in der Regel Kaffee mit einem Versicherungsmakler in deinem, oder besser gesagt, meinem Negligee?«

»Ich trinke Kaffee, mit wem ich will, verdammt noch mal«, entgegnete sie, »und trage dabei, verdammt noch mal, was mir gefällt, besonders wenn du auf dem Weg nach Hause zu deiner Frau bist.«

»Aber ich wollte zu dir –«

»Und anschließend zurück zu deiner Frau. Jedenfalls sagst du mir immer, ich soll mein eigenes Leben führen und mich nicht auf dich verlassen«, fügte sie hinzu, ein Argument, auf das Carla immer zurückgriff, wenn sie etwas zu verheimlichen hatte.

»Du weißt, ganz so einfach ist es nicht.«

»Ich weiß, dass es immerhin ziemlich einfach für dich ist, mit mir ins Bett zu hüpfen, wann immer es dir passt. Dazu bin ich gerade gut genug, oder?«

»Das ist nicht fair.«

»Nicht fair? Hast du dir nicht erwartet, bei mir um sechs dein Gewohntes zu kriegen, um dann noch rechtzeitig zum Abendessen mit Elizabeth wieder zu Hause zu sein?«

»Ich habe jahrelang nicht mehr mit meiner Frau geschlafen!«, rief ich.

»Das kann jeder sagen.« Ihre Stimme war eisig vor Zorn.

»Ich bin dir absolut treu gewesen.«

»Was wohl heißen soll, dass ich dir auch immer treu zu sein habe?«

»Hör auf, dich wie eine Hure zu benehmen.«

Carlas Augen funkelten, sie schoss auf mich zu und schlug mir mit aller Kraft, die sie aufbieten konnte, ins Gesicht.

Ich war immer noch ein wenig aus dem Gleichgewicht, als sie ihren Arm zum zweiten Mal erhob, doch als ihre Hand in vollem Schwung auf mich zukam, fing ich sie ab, und es gelang mir, Carla gegen den Kaminsims zurückzustoßen. Sie erholte sich jedoch schnell und ging von neuem auf mich los.

In einem Moment unkontrollierter Wut, gerade als sie sich auf mich stürzen wollte, ballte ich die Faust und holte zu einem Schlag aus. Ich traf sie am Kinn, und die Wucht des Schlags drehte sie herum. Ich sah, wie sie einen Arm ausstreckte, um ihren Sturz zu bremsen. Aber bevor sie sich wieder aufraffen und zum Gegenangriff übergehen konnte, wandte ich mich ab, ging hinaus und schlug die Wohnungstür hinter mir zu.

Ich lief durch die Halle und hinaus auf die Straße, sprang in meinen Wagen und fuhr schnell davon. Das Ganze konnte nicht länger als zehn Minuten gedauert haben. Obwohl ich nicht übel Lust gehabt hatte, sie umzubringen, tat es mir, lange bevor ich zu Hause ankam, Leid, sie geschlagen zu haben. Zweimal wäre ich fast umgekehrt. Alles, was sie mir vorgeworfen hatte, war gerechtfertigt, und ich überlegte, ob ich den Mut aufbringen würde, sie von zu Hause aus anzurufen. Sicher, unsere Liebesaffäre war erst ein paar Monate alt, aber Carla musste wissen, wie viel sie mir bedeutete.

Wenn Elizabeth beabsichtigt hatte, sich kritisch über mein Zuspätkommen zu äußern, dann besann sie sich in dem Moment eines Besseren, als ich ihr die Rosen überreichte. Sie machte sich daran, sie in einer Vase zu arrangieren, während ich mir einen großen Whisky eingoss. Ich wartete darauf, dass sie etwas sagen werde, denn ich trank selten vor dem Dinner, aber sie schien vollauf mit den Blumen beschäftigt. Obgleich ich mir bereits vorgenommen hatte, Carla am Telefon um Verzeihung zu bitten, entschied ich, dass ich dies nicht von zu Hause aus tun konnte. Jedenfalls würde sie sich, wenn ich damit wartete, bis ich morgen früh im Büro war, inzwischen ein wenig beruhigt haben.

Ich wachte am folgenden Tag zeitig auf, und während ich noch im Bett lag, erwog ich, in welcher Form ich mich entschuldigen sollte. Ich fasste den Entschluss, sie zum Lunch in das kleine, von ihr so geliebte französische Bistro einzuladen, das auf halbem Wege zwischen unseren beiden Büros lag. Carla wusste es immer sehr zu schätzen, wenn wir uns mitten am Tag trafen, denn da stand für sie fest, dass es nicht um Sex gehen konnte. Nachdem ich mich rasiert und angezogen hatte, setzte ich mich zu Elizabeth an den Frühstückstisch, und da auf dem Titelblatt der Zeitung nichts Interessantes stand, richtete ich meine Aufmerksamkeit auf den Wirtschaftsteil. Die Aktien der Firma waren wieder gefallen – eine Folge der Vorhersagen aus der City, dass es dürftige Zwischengewinne geben werde. Bei so schlechter Publicity würde es bei unseren Wertpapieren zweifellos zu Kursverlusten in Millionenhöhe kommen. Ich wusste, dass die Firma zur Jahresbilanz rote Zahlen schreiben würde. Nachdem ich eine zweite Tasse Kaffee hinuntergestürzt hatte, küsste ich meine Frau auf die Wange und machte mich auf den Weg zu meinem Wagen. Das war der Moment, in dem ich beschloss, doch lieber in Carlas Briefkasten eine Nachricht zu hinterlassen, als die Peinlichkeit eines Anrufs auf mich zu nehmen.

»Vergib mir«, schrieb ich. »*Marcel's*, 1 Uhr. *Seezunge Véronique* am Freitag. In Liebe, Casaneva.« Ich schrieb selten an Carla, und wenn ich es tat, unterschrieb ich immer nur mit dem Kosenamen, den sie mir gegeben hatte.

Ich fuhr den kleinen Umweg, um an ihrem Haus vorbeizukommen, wurde aber durch einen Verkehrsstau aufgehalten. Als ich mich dem Wohnblock näherte, konnte ich sehen, dass die Stockung durch irgendeinen Unfall verursacht wurde. Es musste sich um etwas ziemlich Ernstes handeln, denn ein Krankenwagen blockierte die andere Straßenseite und verzögerte den Verkehrsfluss. Eine Verkehrspolizistin versuchte zu helfen, verlangsamte aber alles nur noch mehr. Es war offensichtlich, dass es unmöglich sein würde, in der Nähe von Carlas Wohnung zu parken, daher fand ich mich damit ab, sie doch anrufen zu müssen. Mir war nicht wohl bei dem Gedanken.

Ein paar Augenblicke später bekam ich ein flaues Gefühl im Magen, als ich sah, dass der Krankenwagen nur wenige Meter von der Eingangstür ihres Wohnblocks entfernt parkte. Ich wusste, dass ich nicht logisch dachte, aber ich fing an, das Schlimmste zu befürchten. Ich versuchte mir einzureden, dies sei wahrscheinlich nur ein Verkehrsunfall und habe nichts mit Carla zu tun.

In diesem Moment sah ich den Polizeiwagen, der hinter der Ambulanz versteckt stand.

Als ich bis auf gleiche Höhe mit dem Krankenwagen vorgerückt war, sah ich, dass Carlas Wohnungstür weit offen stand. Ein Mann in einem langen weißen Mantel kam eilig herausgerannt und öffnete die hintere Tür des Krankenwagens. In der Hoffnung, der Mann hinter mir würde nicht ungeduldig werden, hielt ich den Wagen an, um genauer beobachten zu können, was da vor sich ging. Fahrer, die aus der entgegengesetzten Richtung kamen, hoben die Hand zum Dank dafür, dass ich sie vorbeiließ. Ich dachte, ich könne ungefähr ein Dutzend von ihnen passieren lassen, bevor die hinter mir sich beschweren würden. Die Verkehrspolizistin tat weiterhin ihr Bestes.

Dann wurde am Füße des Treppenhauses eine Bahre sichtbar. Zwei Sanitäter in Uniform trugen einen mit einem Tuch bedeckten Körper heraus auf die Straße und schoben ihn hinten in den Krankenwagen. Es war mir nicht möglich, das Gesicht zu sehen, da es von dem Tuch verdeckt war, aber ein dritter Mann, der nur ein Kriminalbeamter sein konnte, ging unmittelbar hinter der Bahre. Er trug eine Plastiktüte, in der ich ein rotes Kleidungsstück erkennen konnte, bei dem es sich unverkennbar um das Negligee handelte, das ich Carla geschenkt hatte.

Ich erbrach mein Frühstück über den ganzen Beifahrersitz, und schließlich ruhte mein Kopf auf dem Lenkrad. Einen Augenblick später schlugen sie die Türen des Krankenwagens zu, eine Sirene heulte auf, und die Verkehrspolizistin fing an, mich vorbeizuwinken. Die Ambulanz entfernte sich schnell, und der Mann hinter mir drückte ungeduldig auf seine Hupe. Er war schließlich nur ein nichts ahnender Passant. Mein Wagen schlingerte vorwärts, und später wusste ich nicht mehr, wie ich eigentlich in mein Büro gekommen war.

Sobald ich auf dem Firmenparkplatz angekommen war, entfernte ich die Schweinerei auf dem Beifahrersitz, so gut ich konnte, und ließ ein Fenster offen, bevor ich zum Waschraum im siebten Stock hinaufging. Ich zerriss meine Einladung an Carla zum Lunch in kleine Stücke und spülte sie in der Toilette hinunter. Ich erreichte mein Büro im zwölften Stock kurz nach halb neun und fand dort den Direktor vor, der im Raum auf und ab ging und offensichtlich auf mich wartete. Ich hatte völlig vergessen, dass Freitag war und er immer die neuesten Hochrechnungen zu seiner persönlichen Begutachtung vorgelegt haben wollte.

Es stellte sich heraus, dass er an diesem Freitag außerdem die Buchführungsplanung für die Monate Mai, Juni und Juli haben wollte. Ich versprach, sie würde bis Mittag auf seinem Schreibtisch liegen. Was ich jetzt gebraucht hätte, war ein ungestörter Vormittag, und der würde mir nicht vergönnt sein.

Jedes Mal, wenn das Telefon klingelte, die Tür sich öffnete oder mich jemand auch nur ansprach, blieb mir das Herz stehen – ich dachte jedes Mal, es könne nur die Polizei sein. Bis Mittag hatte ich eine Art Bericht für den Direktor fertig, aber mir war klar, dass er ihn weder als angemessen noch als exakt ansehen würde. Sobald ich die Papiere bei seiner Sekretärin hinterlegt hatte, brach ich zu einem frühen Lunch auf. Ich wusste, ich würde keinen Bissen hinunterkriegen, mir aber wenigstens die Frühausgabe des *Standard* besorgen können, um darin nach Neuigkeiten zu suchen, die man vielleicht in Verbindung mit Carlas Tod herausgefunden hatte.

Ich saß in meiner Stammkneipe, wo ich wusste, dass man mich von jenseits der Bar nicht sehen konnte. Mit einem Tomatensaft vor mir auf dem Tisch, begann ich langsam die Zeitung durchzublättern.

Es war ihr nicht gelungen, auf die Seite eins zu kommen, auch nicht auf Seite zwei, drei oder vier. Und auf Seite fünf hatte man ihr nur einen winzigen Absatz eingeräumt. »Miss Carla Moorland, 31, wurde heute Morgen in ihrer Wohnung in Pimlico tot aufgefunden.« Ich erinnerte mich, dass mir der Gedanke kam, sie hätten nicht einmal ihr Alter richtig angegeben. »Kriminalinspektor Simmons, der die Ermittlungen in diesem Fall leitet, teilt mit, die Untersuchung sei im Gange und man warte auf den Bericht des Gerichtsmediziners. Es gebe zum gegenwärtigen Zeitpunkt jedoch keine Veranlassung zu der Annahme, dass ein Verbrechen stattgefunden habe.«

Nach dieser Meldung konnte ich sogar ein wenig Suppe und ein Brötchen essen. Als ich den Bericht ein zweites Mal gelesen hatte, ging ich zum Firmenparkplatz zurück und setzte mich in meinen Wagen. Ich kurbelte auch das linke Seitenfenster herunter, um mehr frische Luft hereinzulassen, bevor ich mir im Radio *World At One* anhörte. Carla wurde nicht einmal erwähnt. Im Zeitalter von Pumpguns, Drogen, Aids und Goldbarrenraub nahm man bei der BBC vom Tod der zweiunddreißigjährigen Chefsekretärin eines Industriebetriebes keinerlei Notiz.

Ich kehrte in mein Büro zurück und fand dort auf meinem Schreibtisch eine Notiz mit einem langen Fragenkatalog des Direktors vor, womit es für mich hinsichtlich der Beurteilung meines Berichtes keinen Zweifel geben konnte. Es gelang mir, mit fast allen seiner Rückfragen fertig zu werden und die Antworten bei seiner Sekretärin abzugeben, bevor ich an jenem Abend das Büro verließ, und das, obwohl ich den größten Teil des Nachmittags damit verbracht hatte, mir einzureden, was immer Carlas Tod verursacht haben mochte, müsse passiert sein, nachdem ich gegangen war, und könne auf gar keinen Fall damit zusammenhängen, dass ich sie geschlagen hatte. Aber ich musste immer wieder an das rote Negligee denken. Konnte es auf irgendeine Weise bis zu mir zurückverfolgt werden? Ich hatte es bei Harrod's gekauft – sündteuer, doch im Grunde kein Einzelstück, und es war das einzige ernst zu nehmende Geschenk, das ich ihr je gemacht hatte. Aber die Begleitkarten, die daran angeheftet gewesen waren – hatte Carla sie vernichtet? Würden sie entdecken, wer Casaneva war?

Ich fuhr an diesem Abend direkt nach Hause, im Bewusstsein, dass ich nie wieder durch die Straße würde fahren können, in der Carla gewohnt hatte. Ich hörte dem Ende des Nachmittagsprogramms im Autoradio zu, und sobald ich zu Hause angekommen war, stellte ich die 6-Uhr-Nachrichten an. Um sieben schaltete ich hinüber auf Channel Four und um neun zurück zur BBC. Um zehn kehrte ich zu ITV zurück und sah mir zum Schluss noch *Newsnight* an.

In den Redaktionen war man offenbar geschlossen der Meinung, dass Carlas Tod weniger wichtig war als ein Fußballergebnis aus der dritten Division. Elizabeth widmete sich weiterhin der Lektüre ihres neuesten Buches aus der Leihbücherei, ahnungslos, in welcher Gefahr ich möglicherweise schwebte.

Ich schlief unruhig in jener Nacht, und sobald ich am nächsten Morgen hörte, wie die Zeitungen durch den Briefschlitz gesteckt wurden, rannte ich die Treppe hinunter, um die Schlagzeilen zu überfliegen.

»Bush als Kandidat nominiert«, starrte es mich von der Titelseite der *Times* an.

Ich ertappte mich bei der völlig belanglosen Überlegung, ob er es je zum Präsidenten bringen würde. »Präsident Bush« klang in meinen Ohren irgendwie sonderbar.

Ich hob den *Daily Express* meiner Frau vom Boden auf. Die drei Worte der Schlagzeile gingen quer über den oberen Teil der Titelseite. »Mord nach Liebesstreit«.

Meine Beine gaben nach, und ich fiel auf die Knie. Ich muss einen merkwürdigen Anblick geboten haben, wie ich, auf dem Boden zusammengesackt, versuchte, die erste Spalte unter dem Titel zu lesen. Den Text des zweiten Absatzes konnte ich ohne Brille nicht entziffern. Ich stolperte mit der Zeitung wieder die Treppe hinauf und griff hastig nach der Brille, die auf dem Tischchen neben meinem Bett lag. Elizabeth schlief noch immer fest. Trotzdem schloss ich mich im Badezimmer ein, wo ich die Geschichte langsam und ohne unterbrochen zu werden lesen konnte.

»Die Polizei behandelt nunmehr den Tod der hübschen Sekretärin Carla Moorland, 32, wohnhaft in Pimlico, als Mordfall. Sie war am gestrigen frühen Morgen tot in ihrer Wohnung aufgefunden worden. Kriminalinspektor Simmons von Scotland Yard, der die Ermittlungen leitet, war anfangs der Meinung, Carla Moorlands Tod sei auf natürliche Umstände zurückzuführen, doch die Röntgenaufnahme zeigt, dass die Tote einen gebrochenen Kiefer hat, was durch einen Kampf verursacht worden sein könnte. Eine Untersuchung der Todesursache wird am 19. April stattfinden.«

Bei einem Exklusivinterview hatte Miss Moorlands Hausangestellte, Maria Lucia, 48, dem *Express* mitgeteilt, ihre Arbeitgeberin habe einen männlichen Besucher bei sich gehabt, als sie, Maria Lucia, die Wohnung um fünf Uhr verlassen habe. Eine Nachbarin, Mrs. Rita Johnson, die in dem angrenzenden Wohnblock wohnte, gab an, sie habe gesehen, wie ein Mann Miss Moorlands Wohnung gegen sechs verlassen, daraufhin den Zeitschriftenladen gegenüber betreten habe und wenig später davongefahren sei. Mrs. Johnson fügte hinzu, sie sei sich nicht sicher über den Wagentyp, aber es könnte ein Rover gewesen sein …

»O mein Gott!«, rief ich so laut, dass ich befürchtete, Elizabeth aufgeweckt zu haben. In aller Eile rasierte ich mich, duschte und versuchte dabei, klar zu denken. Ich war angezogen und fertig, mich auf den Weg ins Büro zu machen, noch bevor meine Frau aufgewacht war. Ich küsste sie auf die Wange, aber sie drehte sich nur auf die andere Seite. Daher kritzelte ich eine Nachricht auf ein

Papier, in der ich erklärte, ich müsse schon früh im Büro sein, da ich einen wichtigen Bericht fertig zu stellen hätte, und legte den Zettel auf ihre Seite des Bettes.

Auf meiner Fahrt ins Büro übte ich ein, was genau ich sagen würde. Ich kam kurz vor acht an und ließ meine Tür weit offen, sodass ich die kleinste Störung rechtzeitig bemerken würde. Ich war zuversichtlich, noch gut und gern fünfzehn oder sogar zwanzig Minuten Zeit zu haben, bevor irgendjemand kommen würde.

Noch einmal ging ich genau durch, was ich sagen musste. Ich fand die Nummer im Band L–R des Telefonbuchs und kritzelte sie auf einen Notizblock, bevor ich in großen Lettern fünf Stichworte aufschrieb – so wie ich das immer vor einer Sitzung machte.

BUSHALTESTELLE

MANTEL

NR. 19

BMW

STRAFZETTEL

Dann wählte ich die Nummer.

Ich nahm meine Armbanduhr ab und legte sie vor mich hin. Ich hatte einmal gelesen, dass der Apparat, von dem aus jemand telefonierte, in ungefähr drei Minuten ausgeforscht werden konnte.

Eine weibliche Stimme sagte: »Scotland Yard.«

»Inspektor Simmons, bitte«, war alles, was ich von mir gab.

»Kann ich ihm sagen, wer der Anrufer ist?«,

»Nein, ich ziehe es vor, meinen Namen nicht zu nennen.«

»Ja, selbstverständlich, Sir«, sagte sie ungerührt.

Ein weiteres Klingeln. Mein Mund wurde trocken, als sich die Stimme des Mannes mit »Simmons« meldete und ich den Inspektor zum ersten Mal sprechen hörte. Ich war verblüfft, dass ein Mann mit einem so englisch klingenden Namen einen dermaßen breiten Glasgower Akzent haben konnte.

»Was kann ich für Sie tun?«

»Danke, nichts, aber ich glaube, ich kann etwas für Sie tun«, sagte ich in ruhigem Tonfall und wesentlich tiefer, als meine Sprechstimme üblicherweise klang.

»Und das wäre?«

»Sind Sie der Beamte, der mit dem Fall Carla-wie-war-noch-gleich-der-Name beauftragt ist?«

»Ja, der bin ich. Aber wie können Sie mir helfen?«

Meine Uhr zeigte, dass bereits eine Minute vergangen war.

»Ich habe gesehen, wie an dem Abend ein Mann ihre Wohnung verließ.«

»Wo waren Sie zu dem Zeitpunkt?«

»An der Bushaltestelle auf derselben Straßenseite.«

»Können Sie mir eine Beschreibung des Mannes geben?« Simmons Ton war ganz genauso beiläufig wie mein eigener.

»Groß. Ich würde sagen, etwa einsachtzig. Gut gebaut. Trug einen von diesen piekfeinen City-Mänteln – Sie wissen schon, die schwarzen mit Samtkragen.«

»Warum sind Sie sich bei dem Mantel so sicher?«, fragte er.

»Es war kalt, als ich im Freien stand und auf die Nr. 19 wartete, sodass ich mir wünschte, ich hätte ihn selber angehabt.«

»Erinnern Sie sich, ob noch irgendetwas Besonderes passierte, nachdem er die Wohnung verlassen hatte?«

»Nur, dass er in den Zeitungsladen gegenüber ging, bevor er in seinen Wagen stieg und wegfuhr.«

»Ja, so viel wissen wir auch schon«, sagte der Chefinspektor. »Sie wissen wohl nicht, welche Wagentype es war?«

Zwei Minuten waren jetzt verflossen, und ich begann den Sekundenzeiger genau zu beobachten.

»Ich glaube, es war ein BMW«, sagte ich.

»Erinnern Sie sich zufällig an die Farbe?«

»Nein, dazu war es zu dunkel.« Ich hielt inne. »Aber ich sah, wie er einen Strafzettel von der Windschutzscheibe riss, also sollte es nicht zu schwer für Sie sein, ihn ausfindig zu machen …«

»Und um wie viel Uhr war das alles?«

»Etwa zwischen Viertel nach sechs und halb sieben, Inspektor«, sagte ich.

»Und können Sie mir sagen …«

Zwei Minuten achtundfünfzig Sekunden. Ich legte auf. Der Schweiß brach mir aus allen Poren,

»Schön, Sie an einem Samstag im Büro zu sehen«, sagte der Direktor grimmig, als er an meiner Tür vorbeiging. »Sobald Sie fertig sind, würde ich Sie gerne kurz sprechen.«

Ich verließ meinen Schreibtisch und folgte ihm den Korridor entlang in sein Büro. Während der folgenden Stunde ging er die von mir vorgelegten Zahlen mit mir durch, doch sosehr ich mich bemühte, ich konnte mich nicht konzentrieren. Es dauerte nicht lange, bis er seine Ungeduld nicht mehr verbergen konnte.

»Denken Sie an etwas ganz anderes?«, fragte er und

schloss seine Akte. Sie scheinen geistesabwesend zu sein.«

»Nein«, beteuerte ich, »ich habe nur in letzter Zeit eine Menge Überstunden gemacht«, und stand auf, um zu gehen.

Wieder in meinem Büro, verbrannte ich das Stück Papier mit den fünf Stichworten und machte mich auf den Weg nach Hause. In der ersten Ausgabe der Nachmittagszeitung war die »Liebesstreit«-Geschichte nach hinten auf Seite sieben gerückt worden. Sie hatten nichts Neues zu berichten.

Der verbleibende Rest des Samstags schien nicht enden zu wollen, doch dann verschaffte mir der *Sunday Express* meiner Frau doch noch so etwas wie Erleichterung.

»Laut Informationen, die uns zu dem Carla-Moorland-›Liebesstreit‹-Fall vorliegen, unterstützt ein Mann die Polizei bei ihren Ermittlungen.« Die abgedroschenen Phrasen, die ich schon oft in der Vergangenheit gelesen hatte, bekamen plötzlich eine neue, reale Bedeutung.

Ich durchstöberte die anderen Sonntagszeitungen, hörte jede Nachrichtensendung im Radio und sah mir jedes Nachrichtenprogramm im Fernsehen an. Als meine Frau neugierig wurde, erklärte ich, im Büro gehe das Gerücht um, die Firma sei in Gefahr, ein zweites Mal übernommen zu werden, was bedeuten könnte, dass ich meinen Job verlöre.

Bis Montagmorgen hatte der *Daily Express* den Mann in dem »Mord nach Liebesstreit«-Fall als Paul Menzies, (51), Versicherungsmakler aus Sutton, identifiziert. Seine Frau wurde in einem Krankenhaus in Epsom mit Beruhigungsmitteln behandelt, während er selbst in einer Zelle im Brixton Prison unter Arrest gehalten wurde. Ich fragte mich, ob Mr. Menzies Carla die Wahrheit über seine Frau gesagt hatte und welchen Kosenamen sie ihm wohl gegeben hatte.

Später am Morgen wurde Menzies vor die Richter beim Gerichtshof in der Horseferry Road geführt und des Mordes an Carla Moorland angeklagt. Die Polizei hatte mit Erfolg gegen eine Haftkaution Einspruch erhoben, lautete die für mich beruhigende Mitteilung des *Standard*.

Wie ich feststellen sollte, dauert es sechs Monate, bis ein Fall von dieser Schwere in Old Bailey zur Verhandlung kommt. Paul Menzies verbrachte diese Monate in Untersuchungshaft im Brixton Prison. Ich durchlebte dieselben sechs Monate in der Angst vor jedem Telefonanruf, jedem Klopfen an der Tür, jedem unerwarteten Besucher. Und alle diese Ereignisse riefen ihren eigenen Alptraum hervor. Unschuldige Leute haben keine Ahnung, wie oft sich solches jeden Tag ereignet. Ich verrichtete meine Arbeit, so gut ich konnte, und fragte mich oft, ob Menzies wohl von meiner Beziehung zu Carla wisse, ob er meinen Namen kenne oder überhaupt eine Ahnung von meiner Existenz habe.

Es muss ein paar Monate vor dem anberaumten Prozesstermin gewesen sein, als die Firma ihre Jahreshauptversammlung abhielt. Meinerseits war ein beachtliches Maß an fantasievoller Buchhaltung nötig gewesen, um Zahlenmaterial vorzulegen, das bewies, dass wir überhaupt Gewinne erzielten. In dem Jahr haben wir unseren Aktionären ganz gewiss keine Dividende gezahlt.

Ich kam aus der Sitzung mit einem Gefühl der Erleichterung, ja fast der freudigen Erregung. Sechs Monate waren seit Carlas Tod vergangen, und es hatte in diesem

Zeitraum nicht ein einziges Vorkommnis gegeben, wodurch irgendjemand hätte vermuten können, dass ich sie überhaupt gekannt habe, geschweige denn die Ursache für ihren Tod gewesen sei. Ich fühlte mich oft schuldig wegen Carla, ich vermisste sie sogar, aber nach sechs Monaten war ich in der Lage, einen ganzen Tag ohne Angstgefühle zu verbringen. Seltsamerweise fühlte ich keinerlei Schuld an Menzies' verzweifelter Situation. Schließlich war er das Instrument, mit dessen Hilfe ich mir ein Leben im Gefängnis ersparen würde. Als das Schicksal dann zuschlug, hatte es daher auf mich eine doppelt niederschmetternde Wirkung.

Es war am 26. August – ich werde den Tag nie vergessen –, als ich einen Brief erhielt, dessen Inhalt mir klar machte, dass ich möglicherweise gezwungen sein würde, jedes Wort des Verfahrens mitzuverfolgen. Wie sehr ich mir auch einzureden versuchte, es gäbe Gründe, es mir zu ersparen, wusste ich doch, ich würde es durchstehen müssen.

An demselben Morgen, einem Freitag – wahrscheinlich passieren diese Dinge immer an einem Freitag –, wurde ich – wie ich annahm, zu einem jener wöchentlichen Routinetermine – zum geschäftsführenden Direktor gerufen, um dann lediglich davon in Kenntnis gesetzt zu werden, dass man mich nicht länger benötige.

»Offen gesagt, während der letzten paar Monate hat sich Ihre Arbeit nur noch verschlechtert«, wurde mir mitgeteilt.

Ich fühlte mich außerstande, etwas zu meiner Verteidigung vorzubringen.

»Und Sie haben mir keine andere Wahl gelassen, als Sie durch eine andere Kraft zu ersetzen.«

Eine höfliche Art zu sagen: Sie sind gefeuert.

»Bis heute Nachmittag um fünf hat Ihr Schreibtisch geräumt zu sein«, fuhr der Direktor fort, »und dann erhalten Sie von der Rechnungsabteilung einen Scheck über 17 500 Pfund.«

Ich runzelte die Stirn.

»Die Abfindung für sechs Monate, wie in Ihrem Vertrag vereinbart, als wir die Firma übernahmen.«

Als der Direktor die Hand ausstreckte, tat er es nicht, um mir viel Glück zu wünschen, sondern weil er die Schlüssel zu meinem Rover zurückhaben wollte.

Ich erinnere mich an meinen ersten Gedanken, nachdem er mir seine Entscheidung mitgeteilt hatte: Wenigstens bin ich jetzt in der Lage, jeden Tag dem Gerichtsverfahren beizuwohnen.

Meine Frau nahm meine Entlassung schlecht auf, fragte aber nur, was ich unternehmen werde, um einen neuen Job zu finden.

Während des nächsten Monats tat ich so, als suchte ich nach einer Anstellung bei einer anderen Firma, merkte aber, dass keine Aussicht bestand, mich irgendeiner Angelegenheit in Ruhe widmen zu können, bevor der Prozess vorüber war.

Am Morgen der Gerichtsverhandlung brachten alle Zeitungen farbige Hintergrundberichte. Der *Daily Express* hatte auf seiner Titelseite sogar ein schmeichelhaftes Foto von Carla im Badeanzug am Strand von Marbella. Ich fragte mich, wie viel man ihrer Schwester in Fulham für dieses seltene Stück wohl gezahlt hatte. Direkt daneben war ein Foto von Paul Menzies im Profil, das ihn schon jetzt wie einen Sträfling aussehen ließ. Ohne jeden erläuternden Text überließen sie es ihren Lesern, selbst herauszufinden, bei wem ihrer Ansicht nach die Schuld lag.

Ich war unter den Ersten, denen man sagte, in welchem Gerichtssaal des Old Bailey der Fall »Die Krone gegen Menzies« verhandelt werden sollte. Ein uniformierter Polizist erklärte mir ausführlich den Weg, und zusammen mit etlichen anderen Leuten machte ich mich auf zu Saal Nr. 4.

Beim Gerichtssaal angekommen, marschierte ich in der Reihe hinein und sicherte mir einen Platz am Ende der Bank. Ich blickte um mich und dachte, jeder müsse mich anstarren, aber zu meiner Erleichterung zeigte niemand das geringste Interesse an mir.

Ich konnte den Beschuldigten, der auf der Anklagebank saß, gut sehen. Er war ein kränklich wirkender Mann; einundfünfzig Jahre alt, hatten die Zeitungen geschrieben, aber er sah eher aus wie siebzig. Wie sehr mochte ich wohl selber während der letzten paar Monate gealtert sein, fragte ich mich.

Menzies trug einen eleganten dunkelblauen Anzug, der lose an seinem Körper hing, ein sauberes Hemd und, wie ich zu erkennen glaubte, eine Krawatte in den Farben seines Regiments. Sein ergrauendes Haar wurde schon dünn und war streng nach hinten gekämmt; ein silbriger Schnurrbart verlieh ihm ein militärisches Aussehen. Er sah gewiss nicht wie ein Mörder aus, auch nicht wie der ideale Liebhaber, aber wer mich ansah, kam bestimmt zu genau demselben Schluss. In einem Meer von Gesichtern suchte ich nach Mrs. Menzies, aber auf niemanden im Gerichtssaal passte ihre Beschreibung in den Zeitungen.

Wir erhoben uns alle, als Richter Buchanan den Saal

betrat. »Die Krone gegen Menzies«, las der Protokollführer laut vor.

Der Richter beugte sich vor, bedeutete Menzies, er könne sich setzen, und wandte sich dann langsam der Geschworenenbank zu.

Obwohl das Interesse der Presse an diesem Fall erheblich gewesen sei, erläuterte er, komme es allein auf ihre Meinung an, da nur von ihnen eine Entscheidung darüber erwartet werde, ob der Angeklagte schuldig oder nicht schuldig sei. Auch riet er den Geschworenen eindringlich, keine Zeitungsartikel, die den Prozess beträfen, zu lesen und sich auch nicht die Ansichten anderer anzuhören, besonders nicht solcher, die der Verhandlung nicht beigewohnt hatten: Diese seien, sagte er, immer die Ersten, die eine unverrückbare Meinung darüber hätten, wie das Urteil auszufallen habe. Er führte weiter aus, wie wichtig es sei, sich nur auf das Beweismaterial zu konzentrieren, denn das Schicksal eines Mannes stehe auf dem Spiel. Ich ertappte mich dabei, wie ich zustimmend mit dem Kopf nickte.

Ich ließ meinen Blick flüchtig durch den Gerichtssaal schweifen und hoffte, dass dort niemand säße, der mich erkannte. Menzies' Augen waren starr auf den Richter geheftet, der sich jetzt dem Anklagevertreter zuwandte.

Sobald Sir Humphrey Mountcliff sich von seinem Platz erhob, war ich dankbar, dass er gegen Menzies antrat und nicht gegen mich. Ein Mann von imponierender Körpergröße, mit hoher Stirn und silbergrauem Haar, beherrschte er den Gerichtssaal nicht allein durch seine physische Präsenz, sondern auch durch seine Stimme, die um nichts weniger gebieterisch war.

Vor dem stumm dasitzenden Publikum legte er für den

Rest des Morgens den Standpunkt der Anklage dar. Sein Blick wich selten von der Geschworenenbank.

Er beschrieb die Ereignisse jenes Abends im April, so wie er sich ihren Ablauf vorstellte.

Die Eröffnungsrede dauerte zweieinhalb Stunden, kürzer, als ich erwartet hatte. Dann schlug der Richter eine Mittagspause vor und bat uns alle, um zehn nach zwei wieder auf unseren Plätzen zu sein.

Nach dem Lunch rief Sir Humphrey seinen ersten Zeugen auf, Kriminalinspektor Simmons. Ich war unfähig, den Polizisten direkt anzusehen, als er seine Aussage machte. Jede Antwort, die er gab, klang, als wäre sie an mich persönlich gerichtet.

Ich fragte mich, ob er nicht schon die ganze Zeit vermutete, es sei noch ein anderer Mann in die Sache verwickelt. Nichtsdestotrotz gab Simmons eine höchst professionelle Darstellung, indem er ausführlich beschrieb, wie sie die Leiche gefunden und später durch die Aussagen zweier Zeugen und den verhängnisvollen Strafzettel Menzies aufgespürt hatten. Als Sir Humphrey sich setzte, konnten nur wenige Leute im Gerichtssaal der Meinung sein, Simmons habe den falschen Mann verhaftet.

Menzies' Verteidiger, der sich erhob, um den Kriminalinspektor ins Kreuzverhör zu nehmen, war ein völlig anderer Typ als Sir Humphrey. Mr. Robert Scott war klein und untersetzt, mit dichten, buschigen Augenbrauen. Er sprach langsam und monoton. Es freute mich, zu sehen, dass einer der Geschworenen Schwierigkeiten hatte, bei seinen Ausführungen wach zu bleiben.

Während der nächsten zwanzig Minuten ging Scott mit dem Kriminalbeamten noch einmal gewissenhaft dessen Zeugenaussage durch, war aber nicht imstande, Simmons dazu zu bringen, irgendetwas von Bedeutung zu widerrufen. Als der Inspektor den Zeugenstand verließ, fühlte ich mich selbstsicher genug, ihm direkt in die Augen zu sehen.

Der nächste Zeuge war der Pathologe Dr. Anthony Mallins, der nach ein paar einleitenden Formalitäten rasch auf eine Frage von Sir Humphrey einging. Seine Antwort war für alle überraschend. Der Gerichtsmediziner setzte das Gericht davon in Kenntnis, es gäbe einen klaren Beweis dafür, dass Miss Moorland kurz vor ihrem Tod Sexualverkehr gehabt habe.

»Wie können Sie sich dessen so sicher sein, Dr. Mallins?«

»Weil ich Spuren der Blutgruppe B auf Miss Moorlands Oberschenkel fand, während ihre eigene Blutgruppe, wie später festgestellt wurde, 0 war. Auch fanden sich Spuren von Samenflüssigkeit auf dem Negligee, das sie zum Zeitpunkt ihres Todes trug.«

»Sind das häufige Blutgruppen?«, fragte Sir Humphrey.

»Blutgruppe 0 ist verbreitet«, räumte Dr. Mallins ein. »Gruppe B ist jedoch ziemlich selten.«

»Und was war Ihrer Meinung nach die Todesursache?«, fragte Sir Humphrey.

»Ein Schlag oder mehrere Schläge auf den Kopf, wodurch es zu einem gebrochenen Kiefer kam, und Risse an der Schädelbasis, die von einem stumpfen Gegenstand herrühren könnten.«

Ich wollte aufspringen und rufen: »Ich kann Ihnen erklären, was für ein Gegenstand das war!«, als Sir Humphrey sagte: »Ich danke Ihnen, Dr. Mallins. Keine weiteren Fragen. Bitte bleiben Sie noch im Zeugenstand.«

Mr. Scott behandelte den Arzt mit weit mehr Respekt

als Inspektor Simmons, obwohl Mallins als Belastungszeuge auftrat.

»Könnte der Schlag auf Miss Moorlands Hinterkopf durch einen Sturz verursacht worden sein?«, fragte er.

Der Arzt zögerte. »Das wäre möglich«, bejahte er. »Aber es würde nicht den gebrochenen Kiefer erklären.«

Mr. Scott ignorierte die Bemerkung und drängte weiter.

»Wie viel Prozent der Menschen in Großbritannien haben Blutgruppe B?«

»Ungefähr fünf oder sechs Prozent«, schätzte der Doktor.

»Zweieinhalb Millionen Menschen«, sagte Mr. Scott und ließ den Klang der Zahl genüsslich auf die Anwesenden einwirken, bevor er plötzlich seine Taktik änderte.

Aber sosehr er sich auch bemühte, er konnte die Meinung des Mediziners nicht ändern, weder was den Zeitpunkt des Todes noch was die Tatsache betraf, dass irgendwann während der Stunden, die sein Klient mit Carla verbracht hatte, Geschlechtsverkehr stattgefunden haben musste. Als Mr. Scott sich wieder setzte, erkundigte sich der Richter bei Sir Humphrey, ob er den Zeugen nochmals verhören wolle.

»Ja, Euer Ehren. Dr. Mallins, Sie haben dem Gericht erklärt, dass Miss Moorland einen gebrochenen Kiefer und Risse an ihrem Hinterkopf erlitten hatte. Besteht die Möglichkeit, dass sie auf einen stumpfen Gegenstand gefallen ist, nachdem der Kiefer gebrochen war?«

»Ich muss Einspruch erheben, Euer Ehren«, warf Mr. Scott ein und erhob sich mit erstaunlicher Behändigkeit. »Dies ist eine Suggestivfrage.«

Richter Buchanan beugte sich vor und sah hinunter auf

den Doktor. »Ich bin derselben Meinung, Mr. Scott, aber ich möchte erfahren, ob Dr. Mallins die Blutgruppe 0, Miss Moorlands Blutgruppe, noch an anderen Gegenständen in dem Zimmer gefunden hat?«

»Ja, Euer Ehren«, entgegnete der Doktor. »An der Ecke des Glastisches in der Mitte des Zimmers.«

»Ich danke Ihnen, Dr. Mallins«, sagte Sir Humphrey. »Keine weiteren Fragen.«

Sir Humphreys nächste Zeugin war Mrs. Rita Johnson, die Dame, die behauptete, alles gesehen zu haben.

»Mrs. Johnson, haben Sie am Abend des 7. April einen Mann beim Verlassen des Wohnblocks gesehen, in dem Miss Moorland wohnte?«, fragte Sir Humphrey.

»Ja, das habe ich.«

»Und um welche Uhrzeit war das ungefähr?«

»Ein paar Minuten nach sechs.«

»Bitte erzählen Sie dem Gericht, was dann geschah.«

»Er überquerte die Straße, entfernte einen Strafzettel von seinem Wagen, stieg ein und fuhr davon.«

»Sehen Sie diesen Mann heute im Gerichtssaal?«

»Ja«, sagte sie mit Bestimmtheit und zeigte auf Menzies, der bei dieser Äußerung heftig den Kopf schüttelte.

»Keine weiteren Fragen.«

Mr. Scott erhob sich langsam wieder.

»Was sagten Sie, war die Marke des Wagens, in den der Mann einstieg?«,

»Ich könnte es nicht mit Sicherheit sagen«, erklärte Mrs. Johnson, »aber ich glaube, es war ein BMW.«

»Nicht ein Rover, wie Sie der Polizei an dem darauf folgenden Morgen erzählt hatten?«

Die Zeugin gab keine Antwort.

»Und haben Sie tatsächlich gesehen, wie der Mann, um

den es hier geht, einen Strafzettel von der Windschutzscheibe des Wagens entfernte?«, fragte Mr. Scott.

»Ich glaube schon, Sir, aber es geschah alles so schnell.«

»Das kann ich mir denken«, sagte Mr. Scott. »Offen gesagt, behaupte ich Ihnen gegenüber, es geschah so schnell, dass Sie sich, sowohl was den Mann, als auch was den Wagen betrifft, geirrt haben.«

»Nein, Sir«, erwiderte sie, wenn auch ohne die Überzeugung, mit der sie ihre früheren Antworten gegeben hatte.

Sir Humphrey vernahm die Zeugin nicht nochmals. Mir wurde klar, dass er ihre Aussage so schnell wie möglich im Gedächtnis der Geschworenen verwischen wollte. Als sie den Zeugenstand verließ, hinterließ sie – so wie die Dinge standen – auch in uns beträchtliche Zweifel.

Carlas Hausmädchen war bei weitem überzeugender. Sie gab unzweideutig an, sie habe an jenem Nachmittag, als sie kurz vor fünf in der Wohnung eintraf, Menzies im Wohnzimmer gesehen. Sie gab jedoch zu, er sei ihr vor dem betreffenden Tag noch nie begegnet.

»Aber es trifft nicht zu«, fragte Sir Humphrey, »dass Sie gewöhnlich nur vormittags arbeiten?«

»Ja«, antwortete sie. »Aber Miss Moorland hatte die Gewohnheit, sich jeden Donnerstagnachmittag Arbeit mit nach Hause zu nehmen, so war es günstig für mich, vorbeizukommen und meinen Lohn abzuholen.«

»Und wie war Miss Moorland an dem Nachmittag gekleidet?«, fragte Sir Humphrey.

»Sie hatte ihren blauen Morgenrock an«, erwiderte das Hausmädchen.

»War sie an jedem Donnerstagnachmittag so gekleidet?«

»Nein, Sir, aber ich nahm an, sie sei im Begriff, ein Bad zu nehmen, bevor sie an dem Abend ausgehen würde.«

»Aber als Sie die Wohnung verließen, war Mr. Menzies noch immer bei ihr?«

»Ja, Sir.«

»Erinnern Sie sich sonst noch an irgendetwas, das sie an dem Tag trug?«

»Ja, Sir. Unter dem Morgenrock trug sie ein rotes Negligee.«

Mein Negligee wurde daraufhin vorgezeigt, und Maria Lucia identifizierte es. An diesem Punkt starrte ich die Zeugin direkt an, doch sie zeigte nicht die winzigste Regung, dass sie mich erkannte. Ich dankte allen Göttern im Olymp, dass ich Carla nie morgens besucht hatte.

»Bleiben Sie bitte noch da«, waren Sir Humphreys Schlussworte an Miss Lucia.

Mr. Scott stand auf, um das Kreuzverhör zu beginnen.

»Miss Lucia, Sie haben dem Gericht gesagt, der Grund für Ihren Besuch sei der gewesen, dass Sie Ihren Lohn abholen wollten. Wie lange waren Sie bei der Gelegenheit in der Wohnung?«

»Ich habe ein bisschen in der Küche aufgeräumt und eine Bluse gebügelt, vielleicht zwanzig Minuten.«

»Haben Sie Miss Moorland während dieser Zeit gesehen?«

»Ja, ich ging in den Salon, um zu fragen, ob sie noch etwas Kaffee wünsche, aber sie sagte nein.«

»War Mr. Menzies zu diesem Zeitpunkt bei ihr?«

»Ja.«

»Ist Ihnen irgendwann aufgefallen, dass es einen Streit zwischen den beiden gab, oder dass sie lauter redeten?«

»Nein, Sir.«

»Was passierte dann?«

»Miss Moorland kam ein paar Minuten später in die Küche, gab mir mein Geld, und dann ging ich.«

»Als Sie mit Miss Moorland allein in der Küche waren, gab sie in irgendeiner Form zu verstehen, dass sie Angst vor ihrem Gast hatte?«

»Nein, Sir.«

»Keine weiteren Fragen, Euer Ehren.«

Als Maria Lucia am späten Nachmittag den Zeugenstand verließ, wurde sie nicht neuerlich von Sir Humphrey verhört, der den Richter davon in Kenntnis setzte, dass die Beweisaufnahme durch die Anklage abgeschlossen sei. Richter Buchanan sagte, er habe den Eindruck, damit sei es genug für heute; ich war jedoch nicht davon überzeugt, dass es ausreichen würde, Menzies zu verurteilen.

Bei meiner Heimkehr an diesem Abend fragte mich Elizabeth nicht, wie mein Tag verlaufen sei, und freiwillig wollte ich keine Auskunft geben. Ich verbrachte den Abend damit, so zu tun, als arbeitete ich an meinen Bewerbungsschreiben.

Am darauf folgenden Morgen frühstückte ich verspätet und las die Zeitungen durch, ehe ich meinen Platz am Ende der Sitzreihe im Gerichtssaal wieder einnahm, nur wenige Augenblicke, bevor der Richter hereinkam.

Richter Buchanan setzte sich, rückte seine Perücke zurecht und rief dann Mr. Scott auf, den Standpunkt der Verteidigung vorzutragen. Der Strafverteidiger erhob sich, langsam wie immer – ein Mann, der gegen Stundenhonorar arbeitet, dachte ich böse. Er begann sein Plädoyer mit der Versicherung, er werde sich bei seinen einleitenden Worten kurz fassen, und blieb dann während der nächsten zweieinhalb Stunden stehen.

Zunächst befasste er sich in einer Verteidigungsrede in allen Einzelheiten mit den in seinen Augen bedeutungsvollen Stationen in Menzies' Vorleben. Dabei versicherte er uns allen, wer immer auch an Menzies' Leumund herumkritteln wollte, würde entdecken müssen, dieser sei makellos. Paul Menzies sei ein glücklich verheirateter Mann, der mit seiner Frau und seinen drei Kindern, Polly, einundzwanzig, Michael, neunzehn, und Sally, sechzehn, in Sutton lebe. Zwei der Kinder besuchten jetzt die Universität, die Jüngste habe gerade ihr GCSE-Diplom erhalten. Die Ärzte hätten Mrs. Menzies geraten, an dem Prozess nicht teilzunehmen, da sie erst kürzlich aus dem Krankenhaus entlassen worden sei. Ich bemerkte, wie zwei Frauen auf der Geschworenenbank mitfühlend und verständnisvoll lächelten.

Mr. Menzies, fuhr Mr. Scott fort, habe während der letzten sechs Jahre bei ein und derselben Versicherungsmakler-Firma in der Londoner City gearbeitet, und obwohl man ihn nie befördert habe, sei er ein hoch geachteter Mitarbeiter. Er sei eine Säule seiner Ortsgemeinde, da er in der Landwehr gedient und dem lokalen Fotoklub angehört habe. Er habe sogar einmal für den Gemeinderat in Sutton kandidiert. Man könne ihn sich mithin schwerlich ernsthaft als Mörder vorstellen.

Mr. Scott ging dann zu dem eigentlichen Tag des Mordes über und bestätigte, dass Mr. Menzies Miss Moorland an dem fraglichen Nachmittag besucht habe, jedoch sei dies in streng dienstlicher Funktion geschehen, und zwar mit der einzigen Absicht, sie bei der Wahl einer für sie geeigneten Versicherung zu beraten. Es habe keinen anderen Grund für ihn geben können, Miss Moorland während der Geschäftszeit zu besuchen. Er habe keinen Geschlechtsverkehr mit ihr gehabt und sie auch ganz gewiss nicht ermordet.

Der Angeklagte habe seine Klientin wenige Minuten nach sechs Uhr wieder verlassen. Soviel er wisse, habe sie vorgehabt, sich noch umzuziehen, bevor sie zum Dinner mit ihrer Schwester nach Fulham fahren wollte. Er habe mit ihr vereinbart, sie am darauf folgenden Mittwoch in seinem Büro zu treffen, um die Versicherungspolice vollständig auszufertigen. Die Verteidigung, fuhr Mr. Scott fort, werde später einen Eintrag in seinem Terminkalender vorlegen, welcher die Richtigkeit dieser Darstellung bestätigen werde.

Die Beschuldigung gegen den Angeklagten, gab er zu bedenken, stütze sich fast ausschließlich auf Indizienbeweise. Er sei zuversichtlich, dass die Geschworenen, wenn der Prozess zu seinem Abschluss komme, keine andere Wahl haben würden, als seinen Klienten wieder in den Schoß seiner liebenden Familie zu entlassen. »Sie müssen diesem Alptraum ein Ende machen«, schloss Mr. Scott seine Ausführungen. »Für einen unschuldigen Mann hat er schon viel zu lange gedauert.«

An dieser Stelle schlug der Richter eine Mittagspause vor. Während des Essens war ich unfähig, mich zu konzentrieren oder überhaupt wahrzunehmen, was um mich herum geredet wurde. Die Mehrzahl derer, die eine Meinung abzugeben hatten, schien von der Unschuld Menzies' überzeugt zu sein.

Sobald wir zurückgekehrt waren, um zehn nach zwei, rief Mr. Scott seinen ersten Zeugen auf: den Angeklagten selbst.

Paul Menzies verließ die Anklagebank und ging langsam zum Zeugenstand hinüber. Er nahm ein Exemplar des Neuen Testaments in seine rechte Hand und las von der Karte, die er in seiner Linken hielt, stockend die Eidesformel ab.

Aller Augen waren auf ihn gerichtet, während Mr. Scott begann, seinen Klienten vorsichtig durch ein Minenfeld von Beweismaterial zu führen.

Während der Tag sich dahinschleppte, wurde Menzies allmählich immer selbstsicherer in seinen Aussagen, und als der Richter den Anwesenden verkündete: »Das ist genug für heute«, war ich überzeugt, er würde freikommen, und sei es auch nur aufgrund eines Mehrheitsbeschlusses.

Ich verbrachte eine unruhige Nacht, bevor ich am dritten Tag mit den schlimmsten Befürchtungen an meinen Platz zurückkehrte. Würden sie Menzies freilassen und dann anfangen, nach mir zu suchen?

Mr. Scott eröffnete den dritten Morgen in derselben gemäßigten Weise, in der er den zweiten begonnen hatte, wiederholte jedoch so viele Fragen vom Vortag, dass offensichtlich wurde, dass er seinem Klienten in Vorbereitung auf das Verhör des Staatsanwalts lediglich den Rücken stärken wollte. Bevor er sich schließlich wieder setzte, fragte er Menzies zum dritten Mal: »Hatten Sie je Geschlechtsverkehr mit Miss Moorland?«

»Nein, Sir. Ich bin ihr an jenem Tag überhaupt zum ersten Mal begegnet«, erwiderte Menzies bestimmt.

»Und haben Sie Miss Moorland ermordet?«

»Ganz gewiss nicht, Sir«, sagte Menzies, und seine Stimme klang jetzt stark und selbstsicher.

Mr. Scott nahm seinen Platz wieder ein. Auf seinem Gesicht lag ein Ausdruck stiller Befriedigung.

In aller Fairness Menzies gegenüber muss gesagt werden, dass einem in einem normalen Leben nur sehr wenig widerfährt, was einen auf ein Kreuzverhör durch Sir Humphrey vorbereiten könnte. Ich hätte mir keinen besseren Ankläger wünschen können.

»Wenn Sie erlauben, Mr. Menzies, möchte ich mit dem anfangen«, begann er, »worauf Ihr Verteidiger so großen Wert als Beweis Ihrer Unschuld zu legen scheint.«

Menzies' dünne Lippen bildeten nach wie vor einen festen, geraden Strich.

»Der fragliche Eintrag in Ihrem Terminkalender, der darauf hindeutet, dass Sie mit Miss Moorland – der *Ermordeten*« – ein Wort, das Sir Humphrey während des Kreuzverhörs immer und immer wieder anbringen sollte –, »ein zweites Treffen vereinbarten, und zwar für den Mittwoch, nachdem sie getötet worden war.«

»Ja, Sir«, sagte Menzies.

»Diese Eintragung erfolgte – berichtigen Sie mich, wenn ich mich irre – im Anschluss an Ihr Treffen in Miss Moorlands Wohnung.«

»Ja, Sir«, sagte Menzies, dem offensichtlich eingeschärft worden war, nichts hinzuzufügen, was dem Staatsanwalt später helfen könnte.

»Wann also haben Sie diese Eintragung gemacht?«, fragte Sir Humphrey.

»Freitagmorgen.«

»Nachdem Miss Moorland getötet worden war?«

»Ja, aber das wusste ich ja nicht.«

»Tragen Sie einen Terminkalender bei sich, Mr. Menzies?«

»Ja, aber nur einen kleinen Taschenkalender, nicht den großen von meinem Schreibtisch.«

»Haben Sie ihn heute bei sich?«

»Ja.«

»Darf ich einen Blick darauf werfen?«

Zögernd holte Menzies einen kleinen grünen Kalender aus seiner Jackentasche und übergab ihn dem Gerichtsschreiber, der ihn seinerseits an Sir Humphrey weiterreichte. Sir Humphrey begann darin zu blättern.

»Ich sehe, dass es hier keinen Eintrag bezüglich Ihrer Verabredung mit Miss Moorland für den Nachmittag gibt, an dem sie getötet wurde?«

»Nein, Sir«, sagte Menzies. »Ich trage geschäftliche Termine nur in meinen Schreibtischkalender ein; private Verabredungen sind ausschließlich meinem Taschenkalender vorbehalten.«

»Ich verstehe«, sagte Sir Humphrey. Er hielt inne und sah auf. »Ist es nicht merkwürdig, Mr. Menzies, dass Sie einem Termin mit einem Klienten zur Besprechung weiterer geschäftlicher Angelegenheiten zustimmten und ihn dann Ihrem Gedächtnis anvertrauten, anstatt ihn einfach in dem Kalender, den Sie ständig bei sich haben, zu notieren und später zu übertragen?«

»Vielleicht habe ich es auf ein Stück Papier geschrieben, aber wie ich bereits erklärte, ist das hier mein privater Kalender.«

»Tatsächlich?«, sagte Sir Humphrey, während er ein paar Seiten weiter zurückblätterte. »Wer ist David Paterson?«, fragte er.

Menzies schien zu versuchen, den Namen irgendwo unterzubringen.

»Mr. David Paterson, 112 City Road, 11 Uhr 30, am 9. Januar dieses Jahres«, las Sir Humphrey dem Gericht vor. Menzies wurde unruhig. »Wir können Mr. Paterson vorladen, wenn Sie sich an diesen Termin nicht erinnern können«, sagte Sir Humphrey hilfsbereit.

»Er ist ein Klient unserer Firma«, sagte Menzies leise.

»Ein Klient Ihrer Firma«, wiederholte Sir Humphrey langsam. »Ich frage mich, wie viele von denen ich wohl noch finden würde, wenn ich Ihren Kalender sorgfältig durcharbeiten würde?« Menzies senkte den Kopf, als Sir Humphrey, der sein Ziel erreicht hatte, den Kalender an den Gerichtsschreiber zurückgab.

»Jetzt würde ich mich gerne einigen wichtigeren Fragen zuwenden ...«

»Aber erst nach dem Lunch, Sir Humphrey«, schaltete sich der Richter ein. »Es ist fast ein Uhr, und ich glaube, wir sollten jetzt eine Pause machen.«

»Wie Euer Ehren wünschen«, kam die höfliche Antwort zurück.

Diesmal verließ ich den Gerichtssaal in optimistischerer Stimmung, obwohl ich es kaum abwarten konnte, zu erfahren, was denn wichtiger war als jener Kalender. Dass Sir Humphrey auf kleinen Lügen herumritt – obwohl diese Menzies nicht als Mörder entlarvten –, zeigte, dass dieser etwas verheimlichte. Ich begann mir Sorgen zu machen, dass Mr. Scott Menzies während der Pause raten könnte, seine Affäre mit Carla zuzugeben, um so den Rest seiner Geschichte glaubwürdiger erscheinen zu lassen. Zu meiner Erleichterung erfuhr ich beim Essen, dass nach englischem Recht Menzies seinen Anwalt nicht zu Rate ziehen durfte, solange er noch im Zeugenstand war. Als wir in den Gerichtssaal zurückkehrten, fiel mir auf, dass Mr. Scotts Lächeln verschwunden war.

»Sie haben unter Eid ausgesagt, Mr. Menzies, dass Sie ein glücklich verheirateter Mann sind.«

»Das bin ich, Sir«, erwiderte der Angeklagte mit Nachdruck.

»War Ihre erste Ehe genauso glücklich, Mr. Menzies?«, fragte Sir Humphrey beiläufig.

Der Angeklagte wurde bleich. Ich schaute schnell hinüber zu Mr. Scott, der nicht verbergen konnte, dass es hier um etwas ging, in das er nicht eingeweiht worden war.

»Lassen Sie sich Zeit, bevor Sie antworten«, sagte Sir Humphrey.

Alle Augen kehrten zu dem Mann im Zeugenstand zurück.

»Nein«, sagte Menzies und fügte schnell hinzu: »Aber ich war damals noch sehr jung. Es ist viele Jahre her und war alles ein furchtbarer Fehler.«

»Alles ein furchtbarer Fehler?«, wiederholte Sir Humphrey und blickte die Geschworenen direkt an. »Und wie endete diese Ehe?«

»Mit einer Scheidung«, sagte Menzies schlicht.

»Und was war der Grund für diese Scheidung?«

»Grausamkeit«, sagte Menzies, »aber ...«

»Aber? ... Möchten Sie, dass ich den Geschworenen vorlese, was Ihre Frau damals unter Eid vor Gericht ausgesagt hat?«

Menzies stand da und zitterte. Er wusste: egal, ob er nun mit Ja oder mit Nein antwortete, er steckte den Kopf in die Schlinge.

»Nun, da Sie unfähig zu sein scheinen, uns darauf eine Antwort zu geben, werde ich mit Ihrer Erlaubnis, Euer Ehren, die Aussage verlesen, die von der ersten Mrs. Menzies am 9. Juni 1961 beim Grafschaftsgericht Swindon vor Richter Rodger gemacht wurde.« Sir Humphrey räusperte sich. »Er hat mich immer wieder geschlagen, und es wurde so schlimm, dass ich davonlaufen musste, aus Angst, er könnte mich eines Tages umbringen.« Sir Humphrey betonte die letzten Worte.

»Sie hat übertrieben«, rief Menzies aus dem Zeugenstand.

»Wie bedauerlich, dass die arme Miss Moorland heute nicht unter uns sein kann, um uns zu sagen, ob die Geschichte, die Sie über sie erzählen, auch eine Übertreibung ist.«

»Ich erhebe Einspruch, Euer Ehren«, sagte Mr. Scott. »Sir Humphrey quält den Zeugen unnötig.«

»Einspruch stattgegeben«, sagte der Richter. »Seien Sie in Hinkunft zurückhaltender, Sir Humphrey.«

»Ich bitte um Verzeihung, Euer Ehren«, sagte Sir Humphrey, und das klang so gar nicht schuldbewusst. Er schloss die Akte, auf die er sich bezogen hatte, und legte sie wieder auf den Tisch vor sich hin, bevor er eine andere in die Hand nahm. Er öffnete sie langsam und vergewisserte sich dabei, dass alle im Gerichtssaal jede seiner Bewegungen verfolgten. Dann zog er ein einzelnes Blatt Papier heraus.

»Wie viele Geliebte haben Sie seit Ihrer Heirat mit der zweiten Mrs. Menzies gehabt?«

»Einspruch, Euer Ehren. Das gehört nicht hierher!«

»Euer Ehren, ich möchte mit allem Respekt darauf hinweisen, dass es sehr wohl hierher gehört. Ich habe die Absicht, zu beweisen, dass die Beziehung, die Mr. Menzies zu Miss Moorland unterhielt, nicht eine rein geschäftliche, sondern eine höchst private war.«

»Ich lasse die Frage an den Angeklagten zu«, entschied der Richter.

Menzies sagte nichts, als Sir Humphrey vor ihm das Blatt Papier emporhielt und es aufmerksam betrachtete.

»Lassen Sie sich ruhig Zeit, denn ich will die exakte Anzahl«, sagte Sir Humphrey und schaute dabei über den Rand seiner Brille hinweg.

Sekunden verstrichen, während wir alle warteten.

»Hm – drei, glaube ich«, sagte Menzies schließlich mit kaum hörbarer Stimme. Die Herren von der Presse fingen an, wie verrückt Notizen zu machen.

»Drei«, sagte Sir Humphrey und blickte ungläubig auf sein Blatt Papier.

»Nun ja, vielleicht vier.«

»Und war die vierte Miss Carla Moorland?«, fragte Sir Humphrey. »Denn Sie hatten doch an jenem Nachmittag Geschlechtsverkehr mit ihr, nicht wahr?«

»Nein, hatte ich nicht«, entgegnete Menzies, aber inzwischen glaubten ihm nur noch wenige im Gerichtssaal.

»Also schön«, fuhr Sir Humphrey fort, während er das Blatt Papier vor sich hinlegte. »Aber bevor ich zu Ihrer Beziehung mit Miss Moorland zurückkehre, lassen Sie uns die Wahrheit über die anderen vier erfahren.«

Ich starrte auf das Blatt, von dem Sir Humphrey vorgelesen hatte. Von meinem Platz aus konnte ich sehen, dass darauf überhaupt nichts geschrieben stand. Vor ihm lag ein leeres weißes Blatt.

Es fiel mir schwer, ein Grinsen von meinem Gesicht fern zu halten. Menzies' ehebrecherisches Vorleben war ein unerwarteter Bonus für mich und die Presse – und ich konnte nicht umhin, mich zu fragen, wie Carlas Reaktion gewesen wäre, wenn sie davon gewusst hätte.

Sir Humphrey verbrachte den Rest des Tages damit, Menzies Einzelheiten über seine Beziehungen zu seinen vier Geliebten zu entlocken. Das Gericht lauschte gespannt, die Journalisten schrieben eifrig mit, sie wussten, dieser Tag brachte ihnen fette Beute. Als das Gericht sich erhob, hatte Mr. Scott die Augen geschlossen.

Ich fuhr an diesem Abend selbstzufrieden nach Hause, wie ein Mann, der einen erfolgreichen Arbeitstag hinter sich gebracht hatte.

Mir fiel am nächsten Morgen beim Betreten des Gerichtssaals auf, dass die Zuschauer anfingen, andere Stammzuhörer wiederzuerkennen und ihnen zuzunicken. Ich ertappte mich dabei, wie ich ihrem Beispiel folgte und einige Leute still grüßte, als ich meinen gewohnten Platz am Ende der Bank einnahm.

Sir Humphrey brachte den Morgen damit zu, sich mit einigen von Menzies' anderen Verfehlungen zu beschäftigen. Wir erfuhren, dass er in der Landwehr nur fünf Monate gedient und die Truppe nach einer Meinungsverschiedenheit mit seinem Vorgesetzten wieder verlassen hatte. Bei diesem Streit war es darum gegangen, wie viele Stunden er an Wochenenden mit Exerzieren hätte verbringen sollen und wie viel Spesenersatz er für diese Stunden gefordert hatte. Wir hörten auch, dass seine Bemühungen, in den Stadtrat zu kommen, mehr aus Ärger darüber erfolgt waren, dass man ihm die Baugenehmigung für ein an sein Haus angrenzendes Stück Land verweigert hatte, als aus dem selbstlosen Verlangen, seinen Mitmenschen zu dienen. Man muss allerdings zugeben, dass Sir Humphrey es auch geschafft hätte, den Erzengel Gabriel wie einen Fußballrowdy aussehen zu lassen; dabei sollte er seine Trumpfkarte erst noch ausspielen.

»Mr. Menzies, ich möchte jetzt zurückkehren zu Ihrer Version dessen, was an dem Abend, als Miss Moorland getötet wurde, geschah.«

»Ja«, seufzte Menzies mit müder Stimme.

»Wenn Sie einen Klienten zur Erörterung einer Ihrer Policen besuchen, wie lange, würden Sie sagen, dauert eine solche Beratung?«

»Gewöhnlich eine halbe Stunde, höchstens eine Stunde.«

»Und wie lange dauerte die Beratung bei Miss Moorland?«

»Eine gute Stunde«, erwiderte Menzies.

»Und Sie verließen sie, wenn ich mich Ihrer Aussage recht erinnere, kurz nach sechs Uhr.«

»Das stimmt.«

»Und um wie viel Uhr waren Sie verabredet?«

»Um fünf Uhr, wie aus meinem Schreibtischkalender zu ersehen ist«, sagte Menzies.

»Also, Mr. Menzies, wenn Sie gegen fünf ankamen, um pünktlich bei Miss Moorland zu sein, und kurz nach sechs wieder wegfuhren, wie haben Sie es dann geschafft, einen Strafzettel zu bekommen?«

»Ich hatte gerade kein Kleingeld für die Parkuhr«, sagte Menzies selbstsicher. »Da ich mich schon um ein paar Minuten verspätet hatte, bin ich einfach das Risiko eingegangen.«

»Sie sind einfach das Risiko eingegangen«, wiederholte Sir Humphrey langsam. »Offensichtlich sind Sie überhaupt ein Mann, der Risiken eingeht, Mr. Menzies. Würden Sie freundlicherweise einen Blick auf den fraglichen Strafzettel werfen?«

Der Gerichtsschreiber reichte ihn zu Menzies hinauf.

»Wären Sie so liebenswürdig, dem Gericht vorzulesen, welche Uhrzeit, einschließlich der Minuten, der Verkehrspolizist in die kleinen Kästchen eingetragen hat, um festzuhalten, wann genau das Delikt begangen wurde?«

Abermals dauerte es lange, bis Menzies antwortete.

»Vier Uhr sechzehn bis vier Uhr dreißig«, sagte er schließlich.

»Ich habe Sie nicht verstanden«, sagte der Richter.

»Würden Sie das freundlicherweise für den Richter noch einmal wiederholen?«, fragte Sir Humphrey.

Menzies wiederholte die verhängnisvollen Zahlen.

»Damit ist also jetzt nachgewiesen, dass Sie tatsächlich bereits einige Zeit vor vier Uhr sechzehn bei Miss Moorland waren und nicht etwa, wie Sie später – so behaupte ich – in Ihren Terminkalender eintrugen, erst um fünf. Das war lediglich eine weitere Lüge, nicht wahr?«

»Nein«, sagte Menzies. »Ich muss etwas früher dort eingetroffen sein, als ich annahm.«

»Mindestens eine Stunde früher, scheint es. Und ich behaupte außerdem, dass Sie so früh dort eingetroffen sind, weil Ihr Interesse an Carla Moorland nicht ein rein geschäftliches war!«

»Das ist nicht wahr.«

»Dann hatten Sie also nicht die Absicht, sie zu Ihrer Geliebten zu machen?«

Menzies zögerte so lange, dass Sir Humphrey seine Frage selbst beantworten konnte. »Denn der geschäftliche Teil Ihrer Verabredung war in der üblichen halben Stunde erledigt, nicht wahr, Mr. Menzies?« Er wartete auf eine Antwort, aber es erfolgte immer noch keine.

»Welche Blutgruppe haben Sie, Mr. Menzies?«

»Ich habe keine Ahnung.«

Sir Humphrey änderte ohne Vorwarnung seine Angriffstaktik.

»Haben Sie zufällig schon einmal von DNS gehört?«

»Nein«, kam die überraschte Antwort.

»Der Desoxyribonukleinsäure-Test ist ein bewährtes Verfahren, um zu beweisen, dass die genetischen Informationen für jedes Individuum einmalig sein können. Blut- oder Samenproben sind vergleichbar. Samen, Mr. Menzies, ist so unverwechselbar wie jeder Fingerabdruck. Durch eine solche Probe würden wir sofort wissen, ob Sie Miss Moorland vergewaltigt haben.«

»Ich habe sie nicht vergewaltigt«, sagte Menzies entrüstet.

»Nichtsdestoweniger hat Geschlechtsverkehr stattgefunden, nicht wahr?«, sagte Sir Humphrey ruhig. »Soll ich den Gerichtsmediziner noch einmal aufrufen und ihn bitten, einen DNS-Test vorzunehmen?«

Menzies gab noch immer keine Antwort.

»Und Ihre Blutgruppe feststellen?« Sir Humphrey machte eine Pause. »Ich frage Sie jetzt noch einmal, Mr. Menzies: Hat an jenem Donnerstagnachmittag zwischen Ihnen und der Ermordeten Geschlechtsverkehr stattgefunden?«

»Ja, Sir«, sagte Menzies flüsternd.

»Ja, Sir«, wiederholte Sir Humphrey, damit der ganze Gerichtssaal es hören konnte.

»Aber es war keine Vergewaltigung!«, schrie Menzies Sir Humphrey an.

»War es das nicht?«, sagte Sir Humphrey.

»Und ich schwöre, ich habe sie nicht getötet.«

Ich muss die einzige Person im Saal gewesen sein, die wusste, dass er die Wahrheit sagte. Alles, was Sir Humphrey von sich gab, war: »Keine weiteren Fragen, Euer Ehren.«

Im Verlauf des nun folgenden abermaligen Verhörs versuchte Mr. Scott mannhaft, die Glaubwürdigkeit seines Klienten wiederherzustellen, aber die Tatsache, dass

Menzies' Lügen über seine Beziehung zu Carla an den Tag gekommen waren, ließ alles, was er vorher gesagt hatte, zweifelhaft erscheinen.

Wenn Menzies nicht geleugnet hätte, Carlas Liebhaber gewesen zu sein, dann wäre seine Geschichte wohl akzeptiert worden. Ich fragte mich, warum er das ganze Versteckspiel so beharrlich weiterbetrieben hatte. Um seine Frau zu schützen? Was immer der Grund gewesen war, es hatte lediglich dazu geführt, ihn an einem Verbrechen schuldig erscheinen zu lassen, das er nicht begangen hatte.

Ich ging an diesem Abend heim und aß so ausgiebig wie seit Tagen nicht mehr.

Am darauf folgenden Morgen rief Mr. Scott zwei weitere Zeugen auf. Der erste entpuppte sich als Vikar von St. Peter's in Sutton, der hier beweisen sollte, was für eine Säule der Gemeinde Menzies darstellte. Nach Sir Humphreys Kreuzverhör blieb von ihm nichts weiter übrig als ein freundlicher, weltfremder alter Mann, der Menzies nur von dessen gelegentlichen Besuchen des Sonntagsgottesdienstes her kannte.

Der zweite Zeuge war Menzies' Vorgesetzter bei der Firma, für die sie beide in der City arbeiteten. Er erwies sich als ein bei weitem beeindruckenderer Zeuge, konnte aber nicht nachweisen, dass Miss Moorland jemals eine Klientin der Firma gewesen war.

Mr. Scott benannte keine weiteren Zeugen und informierte Richter Buchanan, dass der Fall für die Verteidigung abgeschlossen sei. Der Richter nickte, wendete sich Sir Humphrey zu und sagte ihm, es sei nicht erforderlich, dass er vor dem folgenden Morgen sein Schlusswort halte.

Damit war für das Gericht das Zeichen gegeben, sich zu erheben.

Noch ein langer Abend und eine noch längere Nacht mussten von Menzies und mir ertragen werden. Wie an jedem bisherigen Tag des Prozesses sicherte ich mir rechtzeitig meinen Platz, bevor der Richter eintrat.

Sir Humphreys Schlussrede war meisterhaft. Jede kleine Unwahrheit wurde zerpflückt, und man begann der Meinung zuzuneigen, dass auf Menzies' Zeugenaussage nur wenig Verlass war.

»Wir werden nie mit Sicherheit erfahren«, sagte Sir Humphrey, »aus welchem Grund die arme junge Carla Moorland ermordet wurde. War es wegen ihrer Weigerung, Menzies' Annäherungsversuchen nachzugeben? War es ein Wutausbruch, der mit einem Schlag endete, der sie hinfallen und später allein sterben ließ? Es gibt jedoch einige Dinge, meine Damen und Herren Geschworenen, die für uns mit Sicherheit feststehen.

Wir können – aufgrund der Beweislage hinsichtlich des verhängnisvollen Strafzettels – davon ausgehen, dass Menzies an jenem Tag vor vier Uhr sechzehn bei der Ermordeten eintraf.

Wir können davon ausgehen, dass er kurz nach sechs wieder ging, da wir eine Augenzeugin haben, die ihn wegfahren sah, und er selbst das ja auch nicht bestreitet.

Und wir können davon ausgehen, dass er einen gefälschten Eintrag in seinen Terminkalender gemacht hat, um uns glauben zu machen, er habe einen Geschäftstermin mit der Ermordeten gehabt und nicht etwa ein privates Stelldichein.

Und wir können jetzt weiter davon ausgehen, dass er bei der Frage, ob er mit Miss Moorland Geschlechtsverkehr gehabt habe, kurz bevor sie getötet wurde, gelogen hat, obwohl wir nicht mit Sicherheit sagen können, ob dieser Verkehr stattgefunden hat bevor oder nachdem der Kiefer gebrochen war.«

Sir Humphreys Blick ruhte auf den Geschworenen, bevor er fortfuhr.

»Schließlich können wir, was die Todeszeit betrifft, aufgrund des gerichtsmedizinischen Gutachtens jenseits aller berechtigten Zweifel davon ausgehen, dass Menzies die letzte Person war, die Carla Moorland lebend gesehen hat.

Es gibt also sonst niemanden, der Carla Moorland getötet haben könnte – und vergessen Sie dabei nicht die Zeugenaussage von Inspektor Simmons –, und wenn für Sie das klar ist, dann kann für Sie auch kein Zweifel mehr darüber bestehen, dass nur Menzies für die Tat verantwortlich sein kann. Wie belastend muss es doch erscheinen, dass er die Existenz seiner ersten Frau verheimlichte, die ihn wegen seiner Grausamkeit verlassen hatte, und die der vier Geliebten, von denen wir nicht wissen, warum und unter welchen Umständen sie ihn verlassen haben. Eine ähnliche Zahl wie bei Blaubart«, fügte Sir Humphrey mit Nachdruck hinzu.

»Um all der jungen Mädchen willen, die allein in dieser Stadt leben, müssen Sie Ihre Pflicht tun, so schmerzlich das auch sein mag, und Menzies des Mordes für schuldig befinden.«

Als Sir Humphrey sich wieder setzte, hätte ich am liebsten applaudiert.

Der Richter schickte uns zu einer weiteren Pause hinaus. Überall um mich herum ließen sich Stimmen vernehmen, die Menzies für schuldig hielten. Ich hörte ihnen zufrieden zu, äußerte jedoch keine eigene Meinung. So viel war mir klar: Falls die Jury Menzies für schuldig erklärte, war der Fall abgeschlossen, und kein Blick würde je auf mich gerichtet sein. Ich saß bereits an meinem Platz, als der Richter um zehn nach zwei erschien. Er rief Mr. Scott auf.

Menzies' Anwalt hielt eine schwungvolle Verteidigungsrede zugunsten seines Klienten, in der er darauf hinwies, dass das gesamte Beweismaterial, das Sir Humphrey präsentiert habe, lediglich auf Indizien beruhe, und es sei sogar denkbar, dass noch jemand anders Carla Moorland besucht habe, nachdem sein Klient an dem Abend gegangen sei. Mr. Scotts buschige Augenbrauen begannen förmlich ein Eigenleben zu entwickeln, als er energisch betonte, es sei die Aufgabe des Staatsanwalts, seinen Standpunkt jenseits aller Zweifel zu beweisen, und nicht etwa seine, diesen zu widerlegen, und seiner Ansicht nach sei dies seinem verehrten Kollegen, Sir Humphrey, nicht gelungen.

Während seines Plädoyers vermied Scott jegliche Erwähnung von Eintragungen im Terminkalender, Strafzetteln, verflossenen Geliebten, Geschlechtsverkehr oder der Rolle seines Klienten in dessen Gemeinde. Einem Zuspätgekommenen, der nur die beiden Schlussplädoyers gehört hätte, wäre nicht zu verdenken gewesen, wenn er zur Meinung gelangt wäre, die beiden gelehrten Herren hätten zwei völlig verschiedene Fälle behandelt.

Mr. Scotts Gesicht wurde grimmig, als er sich zum Schlusswort an die Geschworenen wandte. »Sie, die zwölf Geschworenen«, sagte er, »halten das Schicksal meines Klienten in Ihren Händen. Deswegen müssen Sie sich jenseits aller Zweifel sicher, ich wiederhole: sicher sein, dass Paul Menzies tatsächlich ein so schreckliches Verbrechen wie Mord begangen hat.

Bei diesem Prozess geht es nicht um Mr. Menzies' Lebensstil, seine Stellung in der Gesellschaft oder seine sexuellen Gewohnheiten. Wenn Ehebruch ein Verbrechen wäre, dann wäre Mr. Menzies, und davon bin ich überzeugt, nicht die einzige Person hier, die auf die Anklagebank gehörte.« Er hielt inne und ließ seinen Blick über die Geschworenen schweifen.

»Aus diesem Grunde bin ich sicher, dass Sie auf die Stimme Ihres Herzens hören und meinen Klienten von den Qualen erlösen werden, die man ihn während der letzten sieben Monate leiden hat lassen. Er ist, wie sich zweifellos gezeigt hat, ein unschuldiger Mann, der Ihr Mitleid verdient.«

Mr. Scott sank auf die Bank nieder. Er hatte, wie ich dachte, in seinem Klienten einen Hoffnungsschimmer erweckt.

Der Richter teilte uns mit, er werde mit seinem Schlusswort erst Montagmorgen beginnen.

Das Wochenende zog sich endlos hin. Am Montag war ich davon überzeugt, dass viele Geschworene der Ansicht sein würden, zu einer Verurteilung sei das Beweismaterial einfach nicht ausreichend.

Sobald die Verhandlung im Gange war, begann der Richter damit, noch einmal zu erklären, dass allein die Geschworenen die letzte Entscheidung zu fällen hätten. Es sei nicht seine Aufgabe, sie seine Meinung wissen zu lassen, sondern lediglich, sie in rechtlicher Hinsicht zu beraten.

Er ging noch einmal das ganze Beweismaterial durch,

wobei er versuchte, alles ins richtige Verhältnis zu setzen, aber er ließ seine persönlichen Ansichten nicht ein einziges Mal durchblicken. Als er am Spätnachmittag sein Resümee beendet hatte, schickte er die Geschworenen hinaus, damit sie sich beraten könnten.

Ich wartete bestimmt mit ebenso viel Angst wie Menzies, während ich den Meinungsäußerungen der anderen zuhörte. In dem kleinen Raum vergingen unerbittlich die Minuten. Dann, vier Stunden später, wurde eine Nachricht zum Richter hinaufgeschickt.

Unverzüglich bat er die Geschworenen, ihre Plätze wieder einzunehmen, während die Presse wieder in den Gerichtssaal strömte, der aussah wie das Unterhaus am Tag der Haushaltsdebatte. Der Protokollführer reichte Richter Buchanan pflichtgemäß den Zettel mit dem Votum hinauf. Dieser entfaltete ihn und las, was außer ihm nur noch zwölf Personen im Saal wissen konnten.

Er reichte ihn dem Gerichtsschreiber wieder, der dann dem verstummten Gerichtssaal seinen Inhalt vorlas.

Richter Buchanan runzelte die Stirn, bevor er fragte, ob man mit einem einstimmigen Urteil rechnen könne, falls er mehr Bedenkzeit gestatte. Sobald er erfuhr, dass sich dies als unmöglich herausstellte, gab er nickend, wenn auch widerwillig, einem Mehrheitsurteil seine Zustimmung.

Die Geschworenen verschwanden wieder die Treppe hinunter, um ihre Beratungen fortzusetzen, und kehrten erst nach drei Stunden an ihre Plätze zurück. Ich konnte die Anspannung im Gerichtssaal fühlen, als meine Nachbarn auf der Sitzbank sich in geräuschvollem Flüsterton bemühten, ihre Meinung auszutauschen. Der Gerichtsschreiber bat um Ruhe, während der Richter wartete, bis jedermann sich hingesetzt hatte, bevor er den Gerichtsschreiber anwies, seines Amtes zu walten.

Als der Gerichtsschreiber sich erhob, konnte ich die Personen neben mir atmen hören.

»Der Obmann der Geschworenen möge sich bitte erheben.«

Ich stand von meinem Platz auf.

»Sind Sie zu einem Urteil gekommen, dem wenigstens zehn von Ihnen zugestimmt haben?«

»Ja, Sir.«

»Befinden Sie den Angeklagten Paul Menzies für schuldig oder nicht schuldig?«

»Schuldig!«, antwortete ich.

Ignatius, der Saubermann

Als man Ignatius Agarbi zum Finanzminister Nigerias ernannte, interessierte das nur wenige. Schließlich sei er, gaben die Spötter zu bedenken, innerhalb von siebzehn Jahren der siebzehnte, der diese Position innehabe.

Bei seiner ersten Grundsatzerklärung vor dem Parlament versprach Ignatius, Amtsmissbrauch und Korruption im öffentlichen Leben ein Ende zu machen, und hielt den Wählern warnend vor Augen, dass keiner in offizieller Position sich in Sicherheit wiegen dürfe, es sei denn, er führe ein untadeliges Leben. Er beendete seine Jungfernrede mit den Worten: »Ich habe mir vorgenommen, Nigerias Augiasställe zu reinigen.«

Die Wirkung der Rede des Ministers war derart gering, dass man sie in der Lagoser *Times* mit keinem Wort erwähnte. Vielleicht war der Herausgeber davon ausgegangen, seine Leser könnten meinen, das alles schon einmal gehört zu haben, da die Zeitung ausführlich über die Reden der vorherigen sechzehn Minister berichtet hatte.

Ignatius wollte sich jedoch durch das mangelnde Vertrauen, das man ihm entgegenbrachte, nicht entmutigen lassen und machte sich mit Energie und Zielstrebigkeit an die neue Aufgabe. Schon wenige Tage nach seiner Bestellung hatte er dafür gesorgt, dass ein kleiner Beamter aus dem Ernährungsministerium ins Gefängnis wanderte, weil er Dokumente, die den Import von Getreide betrafen, gefälscht hatte. Der Nächste, der die Borsten von Ignatius' neuem Besen zu spüren bekam, war ein führender libanesischer Finanzfachmann, der wegen Verletzung der Devisenbestimmungen ohne Gerichtsverhandlung des Landes verwiesen wurde. Einen Monat später kam es zu dem, was Ignatius als einen persönlichen Coup verbuchte: nämlich zur Verhaftung des Polizeipräsidenten wegen Annahme von Bestechungsgeldern – Nebeneinnahmen also, die in den Augen der Bürger von Lagos in der Vergangenheit zu seinem Job gehört hatten. Als der Polizeipräsident vier Monate später zu achtzehn Monaten Gefängnis verurteilt wurde, gelang es dem Finanzminister endlich, auf die Titelseite der Lagoser *Times* zu kommen. Der Leitartikel an zentraler Stelle der Zeitung nannte ihn »Ignatius, den Saubermann«, den neuen Besen, den jeder Schuldige fürchtete. Ignatius' Ruf als Saubermann wuchs noch weiter an, als Verhaftung auf Verhaftung folgte und durch nichts begründete Gerüchte in der Hauptstadt umzugehen begannen, dass selbst General Otobi, das Staatsoberhaupt, zum Ziel von Ermittlungen durch seinen eigenen Finanzminister geworden sei.

Ignatius kontrollierte, prüfte und genehmigte jetzt als Einziger alle Auslandsverträge, deren Wert hundert Millionen Dollar überstieg. Und obwohl jede Entscheidung, die er fällte, von seinen Feinden peinlich genau unter die Lupe genommen wurde, verband man mit seinem Namen nie auch nur die leiseste Idee eines Skandals.

Als Ignatius' zweites Dienstjahr als Finanzminister begann, begannen sogar die Spötter seine Leistungen anzuerkennen. Etwa um diese Zeit besaß General Otobi noch genug Selbstsicherheit, Ignatius zu einer außerplanmäßigen Unterredung zu sich zu zitieren.

Das Staatsoberhaupt hieß den Minister in den Durden Barracks willkommen und bot ihm in seinem Arbeitszimmer, von dem aus man den Paradeplatz überschauen konnte, einen Sessel an.

»Ignatius, ich habe gerade den letzten Haushaltsbericht zu Ende gelesen und bin bestürzt, dass Sie zu dem Schluss kommen, die Staatskasse verliere nach wie vor jährlich Millionen von Dollar durch Bestechungsgelder, die von ausländischen Firmen an Vermittler gezahlt werden. Haben Sie irgendeine Vermutung, in wessen Taschen dieses Geld fließt? Das ist es, was ich gerne wissen möchte.«

»Ich vermute, dass ein hoher Prozentsatz dieser Gelder auf privaten Schweizer Bankkonten landet, kann es jedoch im Augenblick noch nicht beweisen.«

»Dann werde ich Ihnen alle zusätzlichen Vollmachten erteilen, die Sie dazu benötigen«, sagte General Otobi. »Sie können sich jeglicher Hilfsmittel bedienen, die Sie für erforderlich erachten, um diese Schurken aufzuspüren. Fangen Sie damit an, alle Mitglieder meines Kabinetts zu überprüfen, sowohl die jetzigen als auch die ehemaligen. Und lassen Sie sich in Ihren Bemühungen nicht beirren, was immer deren Rang oder ihre guten Beziehungen sein mögen.«

»Zur erfolgreichen Lösung einer solchen Aufgabe werde ich ein besonderes, von Ihnen unterzeichnetes Bevollmächtigungsschreiben brauchen, General ...«

»Es wird bis heute Abend sechs Uhr auf Ihrem Schreibtisch liegen«, sagte der Staatspräsident.

»Und den Rang eines bevollmächtigten Botschafters, wann immer ich ins Ausland reisen muss.«

»Schon bewilligt.«

»Ich danke Ihnen«, sagte Ignatius und erhob sich von seinem Sessel, in der Annahme, die Audienz sei beendet.

»Vielleicht werden Sie auch das hier brauchen«, sagte der General, während sie auf die Tür zugingen. Das Staatsoberhaupt reichte Ignatius eine kleine Selbstladepistole. »Ich habe nämlich inzwischen den Verdacht, dass Sie fast ebenso viele Feinde haben wie ich.«

Ungeschickt nahm Ignatius die Pistole aus der Hand des Soldaten entgegen, steckte sie in die Tasche und murmelte seinen Dank.

Ignatius verließ seinen Vorgesetzten ohne weitere Worte und wurde zurück in sein Ministerium gefahren.

Ohne Kenntnis des Vorsitzenden der State Bank of Nigeria, und ungehindert von irgendwelchen höheren Staatsbeamten, nahm Ignatius enthusiastisch seine neue Aufgabe in Angriff. Nachts betrieb er allein seine Nachforschungen und besprach am Tag mit niemandem, was er entdeckt hatte. Drei Monate später war er so weit, zuschlagen zu können.

Der Minister wählte den Monat August für einen außerplanmäßigen Besuch im Ausland, da dies die Zeit war, in der die meisten Nigerianer in die Ferien gingen, sodass seine Abwesenheit keines Kommentars für wert befunden würde.

Er bat seinen Staatssekretär, für ihn, seine Frau und ihre zwei Kinder einen Flug nach Orlando zu buchen, und vergewisserte sich, dass die Kosten seinem Privatkonto in Rechnung gestellt wurden.

Nach ihrer Ankunft in Florida stieg die Familie im Marriot-Hotel ab. Hierauf teilte Ignatius seiner Frau ohne jede Erklärung und ohne ihr vorher Bescheid gegeben zu haben, mit, dass er für ein paar Tage geschäftlich in New York sein und anschließend für den Rest der Ferien wieder zu ihnen stoßen werde. Am darauf folgenden Morgen überließ Ignatius seine Familie der Wunderwelt von Disneyworld, während er selbst das Flugzeug nach New York bestieg. Die Taxifahrt vom La-Guardia- zum Kennedy-Airport war kurz, wo ein Wechsel der Kleidung und ein bar bezahltes Zweite-Klasse-Ticket es Ignatius ermöglichten, unbemerkt an Bord einer Swiss-Air-Maschine nach Genf zu gehen.

In Genf angekommen, bezog Ignatius ein Zimmer in einem unscheinbaren Hotel, ging zu Bett und schlief acht Stunden lang fest. Beim Frühstück am nächsten Morgen studierte er die Liste von Banken, die er noch in Nigeria im Anschluss an seine Nachforschungen sorgfältig erstellt hatte: Jeder Name war mit eigener Hand deutlich lesbar aufgeschrieben. Ignatius beschloss, mit Gerber et Cie zu beginnen, deren Gebäude, wie er von seinem Hotelzimmer aus feststellen konnte, die halbe Avenue de Parchine einnahm. Er ließ sich vom Concierge die Richtigkeit der Telefonnummer bestätigen, bevor er die Bank anrief. Der Bankdirektor erklärte sich einverstanden, den Minister um zwölf Uhr zu empfangen.

Nur mit einer alten, abgewetzten Aktentasche ausgerüstet, traf Ignatius ein paar Minuten vor dem verabredeten Zeitpunkt in der Bank ein. Ein ungewöhnliches Auftreten für einen Nigerianer, dachte der mit einem eleganten grauen Anzug, weißem Hemd und grauer Seidenkrawatte bekleidete junge Mann, der in der marmornen Eingangshalle wartete, um ihn in Empfang zu nehmen. Er verbeugte sich vor dem Minister, stellte sich als der persönliche Assistent des Bankdirektors vor und erklärte, er werde Ignatius zum Büro des Direktors geleiten. Der junge Bankbeamte führte den Minister zu einem wartenden Fahrstuhl, und keiner der beiden Männer sagte ein einziges Wort, bis sie den elften Stock erreicht hatten.

Auf ein leichtes Klopfen an der Tür des Direktors hörte man *»Entrez!«*, worauf sie eintraten.

»Der nigerianische Finanzminister, Monsieur.«

Der Direktor erhob sich hinter seinem Schreibtisch und trat vor, um den Gast zu begrüßen. Ignatius konnte nicht umhin zu bemerken, dass auch er einen grauen Anzug, ein weißes Hemd und eine graue Seidenkrawatte trug.

»Guten Morgen, Herr Minister«, sagte der Bankdirektor. »Wollen Sie nicht Platz nehmen?« Er führte Ignatius zu einem niedrigen, von bequemen Sesseln umgebenen Glastisch am anderen Ende des Zimmers. »Ich habe für uns beide Kaffee bestellt, wenn Ihnen das recht ist.«

Ignatius nickte, stellte die abgewetzte Aktentasche auf den Boden neben seinem Sessel ab und starrte aus dem großen Spiegelglasfenster. Er machte ein wenig Konversation über die herrliche Aussicht auf den prächtigen Springbrunnen, während ein junges Mädchen den drei Männern Kaffee servierte.

Sobald das Mädchen den Raum verlassen hatte, kam Ignatius sogleich zur Sache.

»Mein Präsident hat mich beauftragt, Ihrer Bank einen Besuch abzustatten und mich mit einer ziemlich ungewöhnlichen Bitte an Sie zu wenden«, begann er. Auf den Gesichtern des Direktors und seines jungen Assistenten war nicht das geringste Anzeichen von Überraschung zu sehen. »Er hat mir die ehrenvolle Aufgabe übertragen, in Erfahrung zu bringen, welche nigerianischen Bürger bei Ihrer Bank Nummernkonten besitzen.«

Auf diese Mitteilung hin bewegten sich beim Bankdirektor lediglich die Lippen. »Ich bin nicht befugt, solche Dinge ...«

»Erlauben Sie mir, Ihnen den Sachverhalt zu unterbreiten«, sagte der Minister und hob eine weiße Handfläche. »Lassen Sie mich Ihnen zuerst versichern, dass ich die uneingeschränkte Vollmacht meiner Regierung besitze.« Ohne jedes weitere Wort zog Ignatius schwungvoll einen Umschlag aus seiner Innentasche. Er übergab ihn dem Direktor, der den Brief, der darin steckte, herausnahm und langsam las.

Sobald er seine Lektüre beendet hatte, sagte der Bankier: »Ich fürchte, dieses Dokument hat in meinem Land keine Gültigkeit, Monsieur.« Er steckte es in den Umschlag zurück und händigte Ignatius diesen wieder aus. »Selbstverständlich zweifle ich«, fuhr der Direktor fort, »nicht einen Augenblick daran, dass Sie sowohl als Minister als auch als Botschafter die volle Unterstützung Ihres Staatsoberhauptes genießen, aber das ändert nichts an unserem Grundsatz der Währung des Bankgeheimnisses in solchen Angelegenheiten. Unter keinen Umständen würden wir die Namen unserer Kontoinhaber ohne deren Zustimmung preisgeben. Es tut mir Leid, ihnen so wenig behilflich sein zu können, aber dies sind nun einmal und werden immer die Richtlinien dieser Bank sein.« Der Direktor stand auf, da er die Unterredung jetzt als beendet betrachtete. Aber er hatte nicht mit Ignatius, dem Saubermann, gerechnet.

»Mein Präsident«, sagte Ignatius und dämpfte dabei merklich seinen Tonfall, »hat mich autorisiert, an Ihre Bank heranzutreten und Ihnen die Vermittlung aller zukünftigen Transaktionen zwischen meinem Land und der Schweiz anzubieten.«

»Wir fühlen uns durch Ihr Vertrauen geschmeichelt, Herr Minister«, entgegnete der Direktor, der noch immer bewegungslos dastand. »Ich bin jedoch überzeugt, Sie werden verstehen, dass dies an unserer Haltung im Interesse unserer Kunden nichts ändern kann.«

Ignatius blieb gelassen.

»Dann tut es mir Leid, Sie davon informieren zu müssen, Monsieur Gerber, dass wir unseren Botschafter in Genf anweisen werden, an das Schweizer Auswärtige Amt ein offizielles Kommunique zu richten, das die fehlende Kooperationsbereitschaft Ihrer Bank bezüglich der Bitte um Informationen über Angehörige unseres Staates zum Thema haben wird.« Er wartete die Wirkung seiner Worte ab. »Selbstverständlich können Sie einer solchen peinlichen Lage aus dem Wege gehen, indem Sie mir ganz einfach die Namen derjenigen meiner Landsleute, die bei Gerber et Cie Konten innehaben, und die betreffenden Summen nennen. Ich kann Ihnen garantieren, dass wir unsere Informationsquelle geheim halten werden.«

»Es steht Ihnen völlig frei, ein solches Kommunique einzureichen, Sir, und ich bin sicher, unser Minister wird Ihrem Botschafter in der höflichsten Diplomatensprache erklären, dass das Auswärtige Amt nach Schweizer Recht keine Befugnis hat, solche Auskünfte zu verlangen.«

»Wenn das so ist, dann werde ich mein eigenes Handelsministerium anweisen, in Nigeria sämtliche Geschäfte mit Schweizer Staatsbürgern einzufrieren, bis diese Namen freigegeben sind.«

»Das ist Ihr gutes Recht, Herr Minister«, entgegnete der Bankdirektor unbewegt.

»Auch werden wir jeden Vertrag, über den Ihre Landsleute zurzeit in Nigeria verhandeln, nochmals erwägen müssen. Und außerdem werde ich persönlich dafür sorgen, dass keine vertraglichen Strafklauseln akzeptiert werden.«

»Wäre ein derartiges Vorgehen nicht ein wenig überstürzt?«

»Lassen Sie mich Ihnen versichern, Mr. Gerber, dass ein solcher Entschluss mir keine schlaflose Nacht bereiten wird«, sagte Ignatius. »Selbst wenn ich in meinen Bemühungen, diese Namen in Erfahrung zu bringen, gezwungen sein sollte, Ihr ganzes Land in die Knie zu zwingen, werde ich mich nicht erweichen lassen.«

»Tun Sie, was Sie tun müssen, Herr Minister«, erwiderte der Direktor. »Es ändert jedoch nach wie vor nichts an der Haltung dieser Bank zum Bankgeheimnis.«

»Wenn das weiterhin der Fall ist, Sir, werde ich noch heute unserem Botschafter Instruktionen erteilen, unsere Botschaft in Genf zu schließen, und ich werde Ihren Gesandten in Lagos zur *persona non grata* erklären.«

Zum ersten Mal runzelte der Direktor die Stirn.

»Des Weiteren«, fuhr Ignatius fort, »werde ich in London eine Pressekonferenz abhalten, die die Weltpresse nicht im Zweifel am Missfallen meines Staatspräsidenten über die Haltung dieser Bank lassen wird. Ich bin mir sicher, dass Sie, wenn dies öffentlich bekannt wird, feststellen werden müssen, dass viele Ihrer Kunden es vorziehen, Ihre Konten bei Ihnen abzuziehen, während andere, in deren Augen Sie bisher ein sicherer Hafen waren, sich genötigt sehen werden, sich anderswo umzusehen.«

Der Minister wartete, aber der Bankdirektor gab immer noch keine Antwort.

»Dann lassen Sie mir keine andere Wahl«, sagte Ignatius und erhob sich von seinem Sessel.

Der Direktor streckte die Hand aus, in der Annahme, der Minister wolle sich jetzt endlich verabschieden, musste jedoch zu seinem Entsetzen zusehen, wie Ignatius eine Hand in seine Jackentasche steckte und eine kleine Pistole herausholte. Die beiden Schweizer Bankiers erstarrten, als der nigerianische Finanzminister einen Schritt vorwärts machte und die Mündung der Pistole gegen des Direktors Schläfe drückte.

»Ich brauche diese Namen, Mr. Gerber, und mittlerweile sollten Sie bemerkt haben, dass ich vor nichts zurückschrecken werde. Wenn Sie sie mir nicht unverzüglich aushändigen, werde ich Ihnen das Gehirn wegpusten. Haben Sie mich verstanden?«

Der Bankdirektor nickte schwach, und auf seiner Stirn wurden Schweißperlen sichtbar. »Und er ist als Nächster dran«, sagte Ignatius mit einer Handbewegung zu dem jungen Mann hinüber, der sprachlos und wie gelähmt ein paar Schritte entfernt stand.

»Beschaffen Sie mir die Namen von jedem Nigerianer, der bei dieser Bank ein Konto besitzt«, sagte Ignatius ruhig und sah dabei den jungen Mann an, »oder ich verspritze das Gehirn Ihres Direktors über seinen ganzen weichen Samtteppich. Sofort, hören Sie?«

Der junge Mann schaute zum Direktor hinüber, der,

obwohl er jetzt zitterte, mit klarer Stimme sagte: *»Non Pierre, jamais.«*

»D'accord«, antwortete der Assistent flüsternd.

»Sagen Sie nicht, ich hätte Ihnen nicht jede Chance gegeben«, sagte Ignatius, während er den Hahn spannte. Schweiß strömte über das Gesicht des Direktors, und der junge Mann musste seine Augen abwenden, während er mit Entsetzen auf den Schuss wartete.

»Ausgezeichnet«, sagte Ignatius jetzt, nahm die Pistole von der Schläfe des Bankdirektors und kehrte zu seinem Sessel zurück. Die beiden Bankiers zitterten noch immer; sie atmeten schwer und waren nicht imstande zu sprechen.

Der Minister stellte die abgewetzte Aktentasche vor sich auf den Glastisch. Er drückte auf die Spangenschlösser, und der Deckel sprang auf.

Die beiden Bankiers starrten auf die säuberlich eingepackten Stapel von Hundertdollar-Scheinen. Jeder Zentimeter der Aktentasche war damit ausgefüllt. Der Direktor überschlug schnell, dass sich die Gesamtsumme wahrscheinlich auf runde fünf Millionen Dollar belaufen musste.

»Ich würde gerne wissen, Monsieur«, sagte Ignatius, »was ich zu tun habe, wenn ich bei Ihrer Bank ein Konto eröffnen will?«

A la Carte

Arthur Hapgood wurde am 3. November 1946 aus der Armee entlassen. Innerhalb eines Monats war er glücklich wieder zurück an seinem Arbeitsplatz in der Montagehalle der Triumph-Werke in Coventry.

Die fünf bei den Sherwood Foresters zugebrachten Jahre – vier davon als Quartiermeister in einem Panzerregiment – waren ein würdiges Vorspiel für Arthurs voraussehbares Nachkriegsschicksal gewesen, wenn er auch stets gehofft hatte, einen lukrativeren Job zu finden, wenn der Krieg erst einmal zu Ende sein würde. Wie dem auch sei, bei seiner Rückkehr nach England entdeckte er schnell, dass in einem »Land von Helden« Jobs nicht so leicht zu finden waren, und obwohl er nicht die geringste Lust hatte, zu der Arbeit zurückzukehren, die er während der fünf Jahre vor Kriegsausbruch verrichtet hatte, nämlich Räder an Autos zu montieren, sprach er nach vierwöchiger Arbeitslosigkeit widerwillig bei seinem früheren Betriebsleiter in den Triumph-Werken am Stadtrand vor.

»Wenn Sie wollen, können Sie den Job haben«, versicherte ihm der Betriebsleiter.

»Und wie sieht's mit der Zukunft aus?«

»Das Auto ist kein Spielzeug für reiche Exzentriker mehr und auch nicht mehr nur notwendige Anschaffung für den Geschäftsmann«, antwortete der Betriebsleiter. »Genau genommen«, fuhr er fort, »bereitet sich die Geschäftsleitung auf die Zwei-Auto-Familie vor.«

»Das heißt, es müssen noch mehr Räder an Autos montiert werden«, sagte Arthur mit sinkendem Mut.

»Sie haben es erfasst.«

Noch in derselben Stunde unterschrieb Arthur den Arbeitsvertrag, und es dauerte nur ein paar Tage, bis er wieder im alten Trott war. Schließlich brauche man, erinnerte er oft seine Frau, kein Ingenieursdiplom, um einhundertmal pro Schicht vier Muttern an einem Rad zu befestigen.

Über kurz oder lang akzeptierte Arthur die Tatsache, dass er sich mit einem Leben in Mittelmäßigkeit würde abfinden müssen. Mittelmäßigkeit war jedoch nicht das, was er mit seinem Sohn vorhatte.

Mark hatte seinen fünften Geburtstag gefeiert, noch bevor sein Vater ihn je zu Gesicht bekommen hatte, aber von dem Augenblick an, da er wieder zu Hause war, verwöhnte Arthur den Jungen, so gut er nur konnte.

Arthur war fest entschlossen, den Sohn nicht in der Montagehalle einer Autofabrik landen zu lassen. Zu diesem Zweck machte er Überstunden, um ja sicherzustellen, dass Mark private Nachhilfestunden in Mathematik, Naturwissenschaft und Englisch haben konnte. Er fühlte sich belohnt für seine Mühen, als der Junge seine »eleven-plus«-Prüfung zur Aufnahme an einer höheren Schule ablegte und einen Platz an der King Henry VIII Grammar School ergatterte. Und dieser Stolz kam nicht ins Schwanken, als Mark daraufhin mit sechzehn Jahren fünf O-Levels bestand und zwei Jahre später noch zwei A-Levels hinzufügte.

Arthur versuchte seine Enttäuschung zu verbergen, als der Junge ihn an seinem achtzehnten Geburtstag davon in Kenntnis setzte, er wolle nicht die Universität besuchen.

»Welche Art von Karriere hast du dir denn überhaupt vorgestellt, mein Junge?«, erkundigte sich Arthur.

»Ich habe ein Bewerbungsformular ausgefüllt, um bei dir in der Montagehalle zu arbeiten, sobald ich die Schule verlasse.«

»Aber warum willst du –?«

»Warum nicht? Die meisten meiner Freunde, die mit Semesterende von der Schule abgehen, sind schon bei Triumph aufgenommen worden, und sie können es kaum erwarten, dort anzufangen.«

»Du musst den Verstand verloren haben.«

»Hör schon auf, Dad. Die Bezahlung ist gut, und du selbst hast bewiesen, dass man mit Überstunden jederzeit eine Menge Extrageld machen kann. Und ich hab nichts gegen harte Arbeit.«

»Glaubst du wirklich, ich habe all die Jahre dafür gelebt, dass du eine erstklassige Erziehung bekommst, nur um dich dann enden zu lassen wie mich? Willst du vielleicht bis an dein Lebensende Räder an Autos montieren?«, schrie Arthur.

»Der Job hat noch mehr zu bieten, und das weißt du, Dad.«

»Nur über meine Leiche gehst du da hin«, sagte sein Vater. »Es ist mir egal, was deine Freunde am Ende machen, mir geht es nur um dich. Du könntest Anwalt werden, oder Buchhalter, oder Offizier, oder sogar Lehrer. Warum willst du in einer Autofabrik enden?«

»Das Anfangsgehalt ist höher als das eines Lehrers«, sagte Mark. »Mein Französischlehrer hat mir einmal gesagt, er sei längst nicht so gut dran wie du.«

»Darum geht es nicht, mein Junge –«

»Es geht darum, Dad, dass man von mir nicht erwarten kann, dass ich mein Leben lang eine Arbeit verrichte, die mir keinerlei Spaß macht, nur um dir einen deiner Träume zu erfüllen.«

»Aber ich werde nicht erlauben, dass du dein Leben verplemperst«, sagte Arthur und stand vom Frühstückstisch auf. »Als Erstes werde ich, wenn ich heute Morgen zur Arbeit gehe, dafür sorgen, dass deine Bewerbung abgelehnt wird.«

»Das ist nicht fair, Dad. Ich habe ein Recht auf –«

Aber sein Vater hatte das Zimmer bereits verlassen und sagte, bevor er sich auf den Weg zur Fabrik machte, kein einziges Wort mehr zu dem Jungen.

Mehr als eine Woche lang sprachen Vater und Sohn nicht miteinander. Es war Marks Mutter, die schließlich einen Kompromiss herbeiführte. Mark könne sich um jeden Job bewerben, der seines Vaters Zustimmung fände, und sollte er dabei ein volles Jahr durchhalten, könne er sich, wenn er dies immer noch wolle, um einen Arbeitsplatz in der Fabrik bewerben. Als Gegenleistung würde sein Vater ihm dann keine Hindernisse mehr in den Weg legen.

Arthur nickte. Widerwillig stimmte auch Mark dem Kompromiss zu.

»Aber nur, wenn du ein volles Jahr durchhältst«, wiederholte Arthur feierlich.

Während dieser letzten Tage der Sommerferien machte Arthur Mark mehrere Vorschläge, die er überdenken sollte, aber der Junge zeigte für keinen von ihnen Begeisterung. Marks Mutter begann schon, sich Sorgen zu machen, dass ihr Sohn am Ende völlig ohne jeden Job dastehen werde, bis Mark ihr eines Abends, als er ihr beim Kartoffelschälen half, anvertraute, in seinen Augen sei das Hotelmanagement noch der am wenigsten unattraktive von allen Vorschlägen, über die er nachgedacht habe.

»Wenigstens hättest du ein Dach überm Kopf und dazu regelmäßige Mahlzeiten«, sagte seine Mutter.

»Ich wette, die kochen nicht so gut wie du, Mum«, sagte Mark, während er die in Scheiben geschnittenen Kartoffeln oben auf den Lancashire-Eintopf legte. »Na ja, es ist ja nur für ein Jahr.«

Während des folgenden Monats ging Mark zu mehreren Vorstellungsgesprächen in Hotels im ganzen Land, hatte aber nirgendwo Erfolg. Um diese Zeit kam Arthur dahinter, dass sein alter Kompaniesergeant Chefportier im »Savoy« war. Sofort begann Arthur seine Beziehungen spielen zu lassen.

»Wenn der Junge gut ist«, versicherte Arthurs alter Waffenbruder ihm bei einem Glas Bier, »kann er es zum Chefportier, vielleicht sogar zum Hoteldirektor bringen.«

Arthur schien äußerst zufrieden, wenn Mark auch immer noch seinen Freunden versicherte, er werde auf den Tag genau in einem Jahr zu ihnen stoßen.

Am 1. September 1959 fuhren Arthur und Mark Hapgood gemeinsam im Bus zum Bahnhof von Coventry. Arthur schüttelte dem Jungen die Hand und versprach ihm: »Deine Mutter und ich werden dafür sorgen, dass es in diesem Jahr ein ganz besonderes Weihnachtsfest wird, wenn sie dir deinen ersten Urlaub geben. Und mach dir keine Sorgen – du wird bei ›Sarge‹ in guten Händen sein. Er wird dir das eine oder das andere beibringen. Denk nur immer daran, dich anständig zu benehmen.«

Mark sagte gar nichts und schenkte seinem Vater nur ein dünnlippiges Lächeln, als er in den Zug stieg. »Du wirst es nie bereuen …«, waren die letzten Worte, die Mark seinen Vater sagen hörte, als der Zug aus dem Bahnhof fuhr.

Mark bereute es von dem Moment an, da er das Hotel betrat.

Als Anfänger begann sein Tag um sechs Uhr morgens und endete um sechs Uhr abends. Man erlaubte ihm eine fünfzehnminütige Frühstückspause, eine Mittagspause von einer Dreiviertelstunde und eine weitere fünfzehnminütige Pause so gegen halb vier. Nach einem Monat wusste er schon nicht mehr, wann man ihm je an einem Tag alle drei Pausen zugebilligt hatte, und er begriff schnell, dass es niemanden gab, bei dem er sich deswegen hätte beschweren können. Seine Pflichten bestanden darin, den Gästen die Koffer aufs Zimmer zu tragen und sie wieder hinunterzuschleppen, wenn sie abreisen wollten. Bei durchschnittlich dreihundert Leuten pro Nacht war dies ein schier endloser Prozess. Die Bezahlung betrug lediglich die Hälfte dessen, was seine Freunde zu Hause verdienten, und da er – ganz gleich, wie viele Überstunden er machte – dem Chefportier alle seine Trinkgelder abliefern musste, bekam er nie einen Extrapenny zu Gesicht. Das einzige Mal, dass er es wagte, dies dem Chefportier gegenüber zu erwähnen, wurde ihm geantwortet: »Deine Zeit wird kommen, mein Junge.«

Es ärgerte Mark nicht, dass seine Uniform ihm nicht passte oder dass sein Zimmer nur einsachtzig mal einsachtzig groß war und man von dort direkt auf Charing Cross Station hinuntersah und auch nicht, dass er von den Trinkgeldern nichts abbekam; was ihn ärgerte, war, dass er dem Chefportier nichts recht machen konnte – wie anständig er sich auch benahm.

Sergeant Crann, für den das »Savoy« nichts weiter war als eine Fortsetzung seiner alten Kompanie, hatte für junge Männer, die unter seinem Befehl standen und ihren Wehrdienst nicht abgeleistet hatten, nicht viel übrig.

»Aber ich kam für den Wehrdienst gar nicht in Frage«, beteuerte Mark. »Keinen, der nach 1939 geboren ist, hat man einberufen.«

»Rede dich nicht heraus, mein Junge.«

»Es ist keine Ausrede, Sarge. Es ist die Wahrheit.«

»Und nenn mich nicht ›Sarge‹. Für dich bin ich ›Sergeant Crann‹, und das solltest du besser nicht vergessen.«

»Jawohl, Sergeant Crann.«

Am Ende eines Tages kehrte Mark in sein armseliges Kämmerchen mit seinem kleinen Bett, einem kleinen Stuhl und einer winzigen Kommode zurück und brach dort erschöpft zusammen. Das einzige Bild im Zimmer befand sich auf dem Kalender, der über Marks Bett hing. Um das Datum des 1. September 1960 war ein roter Kreis gemalt, der ihn daran erinnerte, wann er sich zu Hause den Freunden in der Fabrik anschließen durfte. Jede Nacht kreuzte er darauf vor dem Schlafengehen einen weiteren verhassten Tag durch, gleich einem Sträfling, der in seine Zellenwand Strichlisten ritzt.

Zu Weihnachten kehrte Mark zu einem viertägigen Urlaub heim, und als seine Mutter sah, in welcher Verfassung ihr Sohn war, versuchte sie seinen Vater dazu zu überreden, ihm zu erlauben, seinen Job früher als geplant aufzugeben. Aber Arthur blieb unerbittlich.

»Wir haben eine Vereinbarung getroffen. Man kann nicht von mir erwarten, dass ich ihm einen Job in der Fabrik besorge, wenn er noch nicht einmal genug Verantwortung zeigt, seinen Teil des Abkommens einzuhalten.«

Während des Urlaubs wartete Mark vor dem Fabriktor auf seine Freunde und hörte ihren Geschichten von Wochenenden zu, an denen sie sich Fußballspiele ansahen, im Pub tranken und zur Musik der Everly Brothers tanzten. Sie hatten alle Verständnis für seine Lage und freuten sich auf September, wenn er zu ihnen stoßen würde. »Bloß noch ein paar Monate«, erinnerte ihn einer von ihnen fröhlich.

Viel zu schnell befand Mark sich wieder auf dem Rückweg nach London, wo er lustlos weiter Monat für Monat Koffer auf den Hotelfluren hin- und hertrug.

Sobald die englische Regenperiode vorbei war, begann der übliche Zustrom amerikanischer Touristen. Mark mochte die Amerikaner, die ihn wie ihresgleichen behandelten und ihm oft einen Shilling Trinkgeld zusteckten, während andere ihm nur Sixpence gaben. Welchen Betrag Mark jedoch auch immer bekam, Sergeant Crann steckte ihn mit dem unvermeidlichen »Deine Zeit wird kommen, mein Junge« in die eigene Tasche.

Einer dieser Amerikaner, für den Mark während dessen zweiwöchigen Aufenthalts jeden Tag unermüdlich umhergerannt war, gab dem Jungen schließlich, als er den Haupteingang des Hotels verließ, eine Zehnpfundnote.

Mark sagte: »Danke, Sir«, drehte sich um und sah, dass Sergeant Crann ihm den Weg versperrte.

»Her damit«, sagte Crann, sobald der amerikanische Gast außer Hörweite war.

»Ich wollte es Ihnen sowieso gleich geben, als ich Sie sah«, erwiderte Mark und überreichte seinem Vorgesetzten die Banknote.

»Du hattest doch hoffentlich nicht vor, etwas einzustecken, was rechtmäßig mir gehört, oder?«

»Nein, hatte ich nicht«, sagte Mark. »Obwohl ich es mir weiß Gott redlich verdient habe.«

»Deine Zeit wird kommen, mein Junge«, sagte Sergeant Crann rein gewohnheitsmäßig.

»Nicht, solange hier jemand das Sagen hat, der so knauserig ist wie Sie«, entgegnete Mark heftig.

»Was hast du da gerade gesagt, mein Junge?«, fragte der Chefportier und drehte sich dabei um.

»Sie haben mich schon beim ersten Mal verstanden, Sarge.«

Die Ohrfeige kam für Mark völlig überraschend.

»Du, mein Junge, hast gerade deinen Job verloren. Niemand, aber auch wirklich niemand redet so mit mir.« Sergeant Crann wendete sich um und setzte sich forsch in Richtung des Direktionsbüros in Bewegung.

Der Hoteldirektor, Gerald Drummond, hörte sich den Vorfall in der Version des Chefportiers an und bat dann Mark, sich sofort in seinem Büro zu melden. »Sie sind sich doch wohl darüber im Klaren, dass ich keine andere Wahl habe, als Sie zu entlassen«, waren seine ersten Worte, sobald die Tür sich geschlossen hatte.

Mark hob den Blick zu dem hochgewachsenen, eleganten Mann in dem langen schwarzen Rock mit weißem

Kragen und schwarzer Krawatte. »Darf ich Ihnen erzählen, was tatsächlich passiert ist, Sir?«, fragte er.

Mr. Drummond nickte und hörte, ohne ihn zu unterbrechen, zu, als Mark ihm seine Version dessen, was an jenem Morgen geschehen war, und auch die mit seinem Vater getroffene Übereinkunft darlegte. »Bitte, lassen Sie mich meine letzten zehn Wochen noch ableisten«, schloss Mark seine Ausführungen, »sonst sagt mein Vater, ich hätte meinen Teil unseres Abkommens nicht eingehalten.«

»Ich habe im Augenblick keine andere freie Stelle für Sie«, erklärte der Direktor. »Es sei denn, Sie wären bereit, zehn Wochen lang Kartoffeln zu schälen.«

»Mir ist alles recht«, sagte Mark.

»Dann melden Sie sich morgen früh um sechs in der Küche. Ich werde dem Sous-Chef sagen, dass Sie kommen. Nur, falls Sie denken, der Chefportier sei ein Leuteschinder, dann warten Sie ab, bis Sie Jacques, unseren *chef de maître cuisine* kennen lernen. Der gibt Ihnen keine Ohrfeige, sondern schneidet Ihnen das Ohr gleich komplett ab.«

Mark machte sich nichts daraus. Er war überzeugt, er würde während der restlichen zehn Wochen mit allem fertig werden, und um halb sechs am folgenden Morgen vertauschte er seine dunkelblaue Uniform mit einer weißen Mütze und blau-weiß karierten Hosen, ehe er sich zu seinem neuen Dienst meldete. Zu seiner Überraschung nahm die Küche fast das ganze Kellergeschoss des Hotels ein, und in ihr herrschte noch mehr Geschäftigkeit, als dies im Foyer der Fall gewesen war.

Der Sous-Chef wies ihm einen Platz in der Ecke der Küche zu, neben einem Berg von Kartoffeln, einer Schüssel mit kaltem Wasser und einem scharfen Messer. Mark schälte Frühstück, Mittag- und Abendessen hindurch und schlief an diesem Abend ein, ohne vorher einen Tag in seinem Kalender auszukreuzen.

Während der ersten Woche bekam er den sagenumwobenen Jacques nie wirklich zu Gesicht. Angesichts der Zahl von siebzig Leuten, die unten in den Küchen arbeiteten, war er überzeugt, seine Zeit dort absitzen zu können, ohne dass irgendjemand ihn zur Kenntnis nähme.

Jeden Morgen um sechs begann er mit dem Schälen und übergab dann die Kartoffeln einem schlaksigen Jungen namens Terry, der sie anschließend – je nach den Instruktionen des Sous-Chefs für das Gericht des Tages – entweder in Würfel oder in kleine Scheiben schnitt. Montags wurde sautiert, dienstags püriert, mittwochs fritiert, donnerstags in Scheiben geschnitten, freitags geröstet, und samstags gab es Kroketten ... Mark hatte schnell den Vorteil beim Schälen raus, sodass er immer einen ordentlichen Vorsprung vor Terry hatte und so keinen Ärger bekommen konnte.

Nachdem Mark Terry mehr als eine Woche lang bei seiner Arbeit zugesehen hatte, war er davon überzeugt, dass er dem jungen Lehrling zeigen könnte, wie seine Arbeitslast auf ganz einfache Weise zu verringern wäre, aber er beschloss, den Mund zu halten.

Den Mund aufzumachen mochte ihm nur noch mehr Unannehmlichkeiten einbringen, und eine zweite Chance, dessen war er sich sicher, würde der Direktor ihm nicht geben.

Bald fand Mark heraus, dass Terry immer weit zurückblieb, wenn montags Sheperd's Pie und donnerstags Lancashire-Eintopf zubereitet wurde. Von Zeit zu Zeit kam der Sous-Chef vorbei, um ihn anzutreiben, und dabei schaute er immer zu Mark hinüber, um sich zu vergewissern, dass nicht vielleicht er es war, der die Dinge aufhielt. Mark sorgte dafür, dass er stets einen Ersatzkübel mit geschälten Kartoffeln neben sich stehen hatte, damit ihm jeder Vorwurf erspart bliebe.

Es war am Morgen des ersten Donnerstags im August (Lancashire-Eintopf), als Terry sich versehentlich die Spitze seines Zeigefingers abschnitt. Blut spritzte nach allen Richtungen, auf die Kartoffelscheiben, auf den hölzernen Tisch, während der Junge hysterisch zu schreien begann.

»Bringt ihn raus!«, hörte Mark den *chef de maître cuisine* über den Lärm in der Küche hinwegbrüllen, während er auf sie zustürmte.

»Und du«, sagte er und zeigte dabei auf Mark, »machst Schweinerei sauber und schneidest Rest von Kartoffeln. Ich 'abe acht'undert 'ungrige Gäste, die noch auf Essen warten.«

»Ich?«, sagte Mark ungläubig. »Aber –«

»Ja, du. Du könntest Arbeit kaum schlechter machen als Idiot, der will Kochlehrling sein und Finger abschneidet.« Der Chefkoch marschierte davon, und Mark musste notgedrungen zu dem Tisch hinübergehen, an dem Terry gearbeitet hatte. Angesichts der Tatsache, dass der Kalender ihn daran erinnerte, dass ihm nur noch fünfundzwanzig Tage blieben, hatte er keine Lust zu protestieren.

Mark machte sich an die Arbeit, die er schon so oft für seine Mutter verrichtet hatte. Die sauberen, exakten Schnitte wurden von ihm mit einer Geschicklichkeit ausgeführt, zu der Terry es nie gebracht haben würde. Am

Ende des Tages war er zwar erschöpft, fühlte sich jedoch längst nicht so müde wie in der Vergangenheit.

An jenem Abend warf der *chef de maître cuisine* um elf Uhr seine Mütze hin und stürmte durch die Schwingtür hinaus; ein Zeichen für alle anderen, dass auch sie die Küche verlassen konnten, sobald in den Bereichen, für die sie verantwortlich waren, alles aufgeräumt war. Wenige Sekunden darauf schwang die Tür wieder auf, und der Chefkoch platzte herein. Er starrte in der Küche umher, und alle warteten, was er als Nächstes tun würde. Als er gefunden hatte, was er suchte, ging er geradewegs auf Mark los.

»O mein Gott«, dachte Mark. »Er wird mich umbringen.«

»Wie 'eißt du?«, verlangte der Chefkoch zu wissen.

»Mark Hapgood, Sir«, stieß Mark hervor.

»Du bist an falsche Platz bei Kartoffel, Mark 'apgood«, sagte der Chefkoch. »Morgen früh du fängst an bei Gemüse. Melde dich um sieben. Wenn diese *crétin* mit halbe Finger zurückkommt, du lässt ihn Kartoffel schälen.«

Der Küchenchef machte auf dem Absatz kehrt, noch bevor Mark Gelegenheit hatte zu antworten. Ihm graute vor dem Gedanken, drei Wochen im Zentrum der Küche zubringen zu müssen, also nie außer Sichtweite des *chef de maître cuisine*, aber er fand sich damit ab, dass ihm keine andere Wahl blieb.

Am nächsten Morgen erschien Mark – aus Angst, zu spät zu kommen – schon um sechs Uhr und sah eine Stunde lang zu, wie das frische Gemüse vom Markt in Covent Garden ausgeladen wurde. Der Leiter des Hotel-Einkaufs überprüfte sorgfältig jede Kiste und ließ mehrere von ihnen zurückgehen, bevor er eine Rechnung unterschrieb, die zeigte, dass das Hotel mit Gemüse im Wert von über dreitausend Pfund beliefert worden war. Ein ganz normaler Tag, versicherte er Mark.

Der *chef de maître cuisine* kam ein paar Minuten vor halb acht, überprüfte die Speisekarten und trug Mark auf, den Rosenkohl einzukerben, die grünen Bohnen zurechtzuschneiden und die groben äußeren Blätter von den Kohlköpfen zu entfernen.

»Aber ich weiß nicht, wie man das macht«, antwortete Mark ehrlich. Er konnte spüren, wie die anderen Lehrlinge in der Küche langsam von ihm abrückten.

»Dann ich zeige dir«, dröhnte der Chefkoch. »Vielleicht ist einzige Möglichkeit, dass du lernst, wenn du guter Koch werden willst, dass du jede Arbeit in der Küche machen kannst, auch die von Kartoffelschäler.«

»Aber was ich werden will, ist …«, begann Mark, besann sich dann aber eines Besseren. Der Küchenchef schien Mark nicht zugehört zu haben und nahm neben dem Neuling Platz. Alle in der Küche starrten auf den Küchenchef, während dieser begann, Mark in die grundlegenden Kenntnisse des Zurechtschneidens, des Würfelns und Scheibenschneidens einzuweihen.

»Und denk an Finger von andere Idiot«, sagte der Chefkoch nach Abschluss der Lektion und gab Mark das rasierklingenscharfe Messer zurück. »Deiner kann nächster sein.«

Behutsam fing Mark an, zuerst die Karotten, dann den Rosenkohl in Würfel zu schneiden. Bei den letzteren entfernte er zuvor die äußeren Blätter, bevor er in den Stiel eine kreuzförmige Kerbe schnitt. Als Nächstes machte er sich daran, die Bohnen zu putzen und in Stücke zu schneiden. Einmal mehr fiel es ihm ziemlich leicht, die Anforderungen des Küchenchefs zu übertreffen.

Am Ende eines jeden Tages blieb Mark, nachdem der Küchenchef gegangen war, noch eine Weile da, um in Vorbereitung auf den nächsten Morgen alle seine Messer zu schärfen, und er verließ seinen Arbeitsplatz erst, wenn dieser makellos sauber war.

Am sechsten Tag schloss Mark daraus, dass der Chefkoch ihm kurz zunickte, dass er sich wohl nicht ganz so ungeschickt anstellte. Den Samstag darauf bemerkte er, dass er die einfache Kunst der Gemüsezubereitung jetzt beherrschte, und ertappte sich dabei, wie er sich mehr und mehr dafür interessierte, womit der Chefkoch selbst sich befasste. Obwohl Jacques beim Durchschreiten des riesigen Küchenareals nur selten an irgendjemand ein Wort richtete, außer, um grunzend seine Zustimmung oder sein Missfallen kundzutun – und gewöhnlich war es Letzteres –, lernte Mark sehr schnell seinen Wünschen zuvorzukommen. Innerhalb kurzer Zeit fing er an, sich als Teil eines Teams zu fühlen – obwohl er nur allzu genau wusste, dass er nichts weiter war als ein blutiger Anfänger.

In der darauf folgenden Woche erhielt Mark an den freien Tagen des stellvertretenden Chefkochs die Erlaubnis, das fertig gekochte Gemüse in den jeweiligen Schüsseln zu arrangieren, und er verbrachte einige Zeit damit, jedes Gericht sowohl verlockend als auch genießbar aussehen zu lassen. Der Küchenchef nahm nicht nur davon Notiz, sondern murmelte sogar sein höchstes Lob – *»Bon.«*

Während dieser letzten drei Wochen im »Savoy« schaute Mark nicht einmal mehr auf den Kalender über seinem Bett.

An einem Donnerstagmorgen kam Nachricht vom Vertreter des Direktors, Mark solle sich, sobald es ihm möglich sei, in seinem Büro melden. Mark hatte vollkommen vergessen, dass es der 31. August war – sein letzter Tag. Er schnitt zehn Zitronen in Viertel und beendete die Vorbereitung von vierzig Tellern mit dünn geschnittenem Räucherlachs, womit der erste Gang eines Hochzeitlunchs gekrönt werden sollte. Voller Stolz betrachtete er das Resultat seiner Anstrengung, faltete seine Schürze zusammen und ging, um seine Papiere und seine letzte Lohntüte abzuholen.

»Wo willst du hin?«, fragte der Küchenchef und sah auf.

»Ich gehe jetzt«, sagte Mark. »Zurück nach Coventry.«

»Ich seh dich also Montag. Du 'ast freien Tag verdient.«

»Nein, ich geh nach Hause, für immer«, entgegnete Mark.

Der Küchenchef hörte auf, das halbrohe Rindfleisch zu begutachten, aus dem der zweite Gang des Hochzeitsessens bestehen sollte.

»Gehen?«, wiederholte er, als verstünde er dieses Wort nicht.

»Ja. Ich habe mein Jahr beendet, und jetzt geht's nach Hause, zum Arbeiten.«

»'offentlich du 'ast gefunden Erste-Klasse-'otel«, sagte der Küchenchef mit echtem Interesse.

»Ich werde nicht in einem Hotel arbeiten.«

»In Restaurant, vielleicht?«

»Nein, ich kriege einen Job bei Triumph.«

Der Küchenchef schaute für einen Moment verdutzt drein. Spielte ihm sein Englisch einen Streich, oder machte der Junge sich über ihn lustig?

»Was ist – Triumph?«

»Ein Ort, wo sie Autos herstellen.«

»Du wirst Autos 'erstellen?«

»Nicht ein ganzes Auto, aber ich werde die Räder daran montieren.«

»Du montierst Autos an Räder?«, sagte der Küchenchef ungläubig.

»Nein«, lachte Mark. »Räder an Autos.«

Der Küchenchef schien sich immer noch nicht ganz sicher zu sein.

»Dann du wirst also kochen für die Autoarbeiter?«

»Nein. Wie ich schon sagte, ich werde die Räder an den Autos festmachen«, sagte Mark langsam und sprach dabei jedes Wort deutlich aus.

»Das ist nicht möglich.«

»Oh doch, das ist es«, antwortete Mark. »Und ich habe ein ganzes Jahr darauf gewartet, es zu beweisen.«

»Wenn ich dir Job als *commis chef* anbiete, du änderst Meinung?«, fragte der Chefkoch ruhig.

»Warum sollten Sie das tun?«

»Weil du 'ast Talent in diese Finger. Ich denke, bald du wirst Chef sein, vielleicht sogar guter Chef.«

»Nein, danke. Ich geh nach Coventry zu meinen Kumpels.«

Der Chefkoch zuckte die Achseln. *»Tant pis«*, sagte er, und kehrte, ohne noch einmal aufzusehen, zu dem Rindfleisch zurück. Er warf einen Blick auf die Teller mit dem Räucherlachs. »Ein vergeudetes Talent«, fügte er hinzu, nachdem die Schwingtür hinter seinem potenziellen Schützling zugefallen war.

Mark schloss sein Zimmer ab, warf den Kalender in den Papierkorb und ging zur Hotelverwaltung, um beim Hausmeister seine Küchenkluft abzugeben. Seine letzte Handlung war, dem stellvertretenden Direktor seinen Zimmerschlüssel auszuhändigen.

»Ihre Lohntüte, Ihre Unterlagen und Ihre Lohnsteuerkarte. Oh, übrigens hat der Chefkoch angerufen und lässt Ihnen sagen, er würde Ihnen gerne ein Zeugnis ausstellen«, sagte der stellvertretende Direktor. »Ich muss zugeben, das passiert nicht alle Tage.«

»Werde ich nicht brauchen, da, wo ich hingehe«, sagte Mark. »Aber trotzdem vielen Dank.«

In zügigem Tempo machte er sich auf zum Bahnhof, und an seiner Seite baumelte ein kleiner, abgewetzter Koffer. Bald musste er jedoch feststellen, dass er mit jedem Schritt langsamer vorankam.

Als er Euston Station erreichte, ging er zu Bahnsteig 7 und begann dort auf und ab zu wandern, wobei er gelegentlich auf die große Uhr über der Schalterhalle starrte. Er sah zu, wie erst ein Zug, und dann ein zweiter, beide nach Coventry, den Bahnhof verließ. Er merkte, wie langsam Schatten durch das Glasdach der Bahnhofshalle fielen und es im Bahnhof dunkel wurde. Plötzlich machte er kehrt und ging mit weit schnelleren Schritten davon. Wenn er sich beeilte, würde er gerade noch rechtzeitig zurück sein, um dem Küchenchef bei den Vorbereitungen für das Abendessen zu helfen.

Mark absolvierte eine fünfjährige Lehrzeit bei Jacques le Renneu. Auf das Gemüse folgten die Saucen, auf Fisch das Geflügel, auf Fleischgerichte das Feingebäck. Nach acht Jahren im »Savoy« ernannte man ihn zum zweiten Chef, und von seinem Mentor hatte er so viel gelernt, dass Stammkunden nie mit Sicherheit zu sagen wussten, wann der *chef de maître cuisine* seinen freien Tag hatte. Zwei Jahre später wurde Mark Meisterkoch, und als Jacques 1971 das Angebot erhielt, nach Paris zurückzukehren und im »George Cinq« Küchenchef zu werden, willigte Jacques ein, jedoch nur unter der Bedingung, dass Mark ihn begleite.

»Es ist entgegengesetzte Richtung von Coventry«, warnte Jacques ihn, »und in jede Fall sie werden dir sicher mein Job in ›Savoy‹ anbieten.«

»Ich sollte lieber mitkommen, sonst bekommen diese Franzmänner nie ein anständiges Essen.«

»Diese Franzmänner«, sagte Jacques, »werden immer genau wissen, wann es ist mein freier Tag.«

»Ja, und an solchen Tagen wird es umso mehr Tischbestellungen geben«, behauptete Mark lachend.

Es dauerte nicht lange, bis die Pariser in Scharen ins »George Cinq« kamen, aber nicht, um ihr müdes Haupt dort auszuruhen, sondern um die Kochkünste des Küchenchef-Teams zu genießen.

Als Jacques seinen fünfundsechzigsten Geburtstag feierte, brauchte das berühmte Hotel nicht lange nach einem Nachfolger für ihn zu suchen.

»Der erste Engländer als *chef de maître cuisine* im ›George Cinq‹«, sagte Jacques, als er bei seinem Abschiedsbankett ein Glas Champagner hob. »Wer hätte das gedacht? Natürlich, du wirst deinen Namen ändern müssen in Marc, um solche Stellung zu bekleiden.«

»Zu keinem von beiden wird es je kommen«, sagte Mark.

»O doch, das wird es, denn ich 'abe dich schon vorgeschlagen.«

»Dann werde ich es ablehnen.«

»Und doch Autos an Räder montieren, *peut-être?*«, fragte Jacques spöttisch.

»Nein, aber ich habe ein kleines Restaurant am linken

Seineufer entdeckt. Mit meinen eigenen Ersparnissen kann ich mir die Pacht nicht ganz leisten, aber mit Ihrer Hilfe …«

»Chez Jacques« eröffnete am 1. Mai 1982 am linken Ufer der Seine in der Rue du Plaisir, und es dauerte nicht lange, bis diejenigen Kunden, für die das »George Cinq« eine Selbstverständlichkeit geworden war, den beiden nachfolgten.

Marks guter Ruf breitete sich weiter aus, als die beiden zu den Pionieren der »Nouvelle Cuisine« wurden, und bald konnte jemandem, der nicht länger als drei Wochen warten wollte, nur dann ein Tisch im Restaurant garantiert werden, wenn er entweder Filmstar oder Regierungsmitglied war.

Am Tag, an dem der *Michelin* »Chez Jacques« den dritten Stern verlieh, entschloss sich Mark, mit Jacques' Segen ein zweites Restaurant zu eröffnen. Daraufhin kam es in der Presse und unter den Kunden zu einem Streit darüber, welches von beiden das exklusivere Etablissement sei. Die Tischbestellungs-Listen zeigten deutlich, dass in den Augen der Öffentlichkeit zwischen beiden kein Unterschied bestand.

Als Jacques im Oktober 1986 im Alter von einundsiebzig Jahren starb, schrieben die Restaurantkritiker der Zeitungen kühn, das Niveau werde jetzt wohl fallen. Ein Jahr später mussten dieselben Journalisten eingestehen, dass einer der fünf großen Köche Frankreichs aus einer Stadt in den britischen Midlands komme, deren Namen sie nicht einmal aussprechen konnten.

Nach Jacques' Tod sehnte sich Mark nur noch mehr nach seiner Heimat, und als er im *Daily Telegraph* las, in Covent Garden werde ein neues Bauprojekt realisiert, rief er den Grundstücksmakler an, um weitere Einzelheiten zu erfahren.

Marks drittes Restaurant wurde am 11. Februar 1987 im Herzen von London eröffnet.

Im Laufe der Jahre reiste Mark Hapgood oft zurück nach Coventry, um seine Eltern zu besuchen. Sein Vater war schon lange pensioniert, aber Mark konnte die beiden noch immer nicht dazu überreden, nach Paris zu kommen und seine kulinarischen Leistungen zu begutachten. Jetzt, wo er auch zu Hause in der Hauptstadt ein Restaurant aufgemacht hatte, hoffte er, sie doch noch dazu überreden zu können.

»Wir brauchen nicht nach London zu fahren«, sagte seine Mutter beim Tischdecken. »Du kochst für uns, wann immer du nach Hause kommst, und ansonsten lesen wir von deinen Erfolgen in den Zeitungen. Auf jeden Fall ist dein Vater heutzutage nicht mehr ganz so gut zu Fuß.«

»Wie nennst du das, mein Sohn?«, fragte sein Vater, als ihm ein Lamm-Noisette mit winzigen Karotten vorgesetzt wurde.

»›Nouvelle Cuisine‹.«

»Und die Leute zahlen gutes Geld dafür?«

Mark lachte und kochte am darauf folgenden Tag das Lieblingsgericht seines Vaters, Lancashire-Eintopf.

»Das nenne ich eine vernünftige Mahlzeit«, sagte Arthur, nachdem er sich ein drittes Mal bedient hatte. »Und eins will ich dir sagen, mein Junge: Du kochst fast so gut wie deine Mutter.«

Ein Jahr darauf verkündete der *Michelin*, welche Restaurants in der ganzen Welt den begehrten dritten Stern verliehen bekommen hätten. Wie die *Times* ihre Leser gleich auf der Titelseite wissen ließ, war »Chez Jacques« das erste englische Restaurant, dem diese Ehre zuteil geworden war.

Um die Auszeichnung zu feiern, erklärten sich Marks Eltern schließlich einverstanden, die Reise nach London zu machen, dies jedoch erst, als Mark ein Telegramm schickte, in dem er ihnen mitteilte, er spiele mit dem Gedanken, sich doch noch um den Job bei British Leyland zu bewerben. Er schickte seinen Eltern einen Wagen und brachte sie in einer Suite im »Savoy« unter. Und er reservierte für sie den begehrtesten Tisch im »Chez Jacques«.

Gemüsesuppe, gefolgt von Steak mit Nierenpastete und eine Portion Pudding als Abschluss standen eigentlich nicht auf der Tageskarte, aber sie wurden für die besonderen Gäste an Tisch 17 serviert.

Unter der Wirkung des edlen Weines plauderte Arthur bald glücklich mit jedem, der ihm Gehör schenkte, und konnte nicht widerstehen, den Oberkellner daran zu erinnern, dass sein Sohn es sei, dem das Restaurant gehöre.

»Sei nicht albern, Arthur«, sagte seine Frau. »Das weiß er doch.«

»Nette Leute, Ihre Eltern«, vertraute der Oberkellner seinem Boss an, nachdem er den beiden ihren Kaffee serviert und Arthur eine Zigarre besorgt hatte. »Was hat Ihr alter Herr eigentlich gemacht, bevor er in Pension ging? War er Bankier, Rechtsanwalt oder vielleicht Lehrer?«

»O nein, nichts dergleichen«, sagte Mark ruhig. »Er hat sein ganzes Berufsleben damit verbracht, Räder an Autos zu montieren.«

»Wieso hat er seine Zeit verschwendet?«, fragte der Kellner.

»Weil er nicht so viel Glück wie ich hatte, einen solchen Vater zu haben wie ich«, antwortete Mark.

Nicht echt

Gerald Haskins und Walter Ramsbottom aßen nun schon seit über einem Jahr Cornflakes.

»Ich tausche mein ›Military Cross‹ und meinen ›Distinguished Service Order‹ gegen dein ›Victoria Cross‹«, sagte Walter eines Tages auf dem Weg zur Schule.

»Auf keinen Fall«, sagte Gerald. »Schließlich braucht man zehn Packungsdeckel, um ein ›Victoria Cross‹ zu kriegen, und nur zwei für ein ›Military Cross‹ oder einen ›Distinguished Service Order‹.«

Gerald sammelte weiter Packungsdeckel, bis er jeden Orden hatte, der auf der Rückseite der Cornflakes-Packungen abgebildet war.

Walter bekam das »Victoria Cross« nie.

Angela Bradbury fand die beiden albern.

»Es sind doch nur Kopien«, machte sie ihnen immer wieder klar, »keine echten, und *mich* interessieren nur die echten«, ließ sie hochmütig wissen.

Weder Gerald noch Walter lag damals etwas an Angelas Meinung, da beide Jungen sich vorläufig mehr für Orden als für die Ansichten des anderen Geschlechts interessierten.

Kellog's Gratisorden-Angebot endete am 1. Januar

1950, gerade zu dem Zeitpunkt, als Gerald es geschafft hatte, seine Sammlung zu vervollständigen.

Walter gab es auf, Cornflakes zu essen.

Den Kindern der 50er Jahre bot sich dann die Gelegenheit, die Welt von »Meccano« zu entdecken. »Meccano« bedeutete für sie, noch weit mehr Cornflakes essen zu müssen, und innerhalb eines Jahres hatte Gerald einen ausreichend großen Satz gesammelt, um Brücken, Pontons, Kräne und sogar ein Bürohaus bauen zu können.

Geralds Familie mampfte selbstlos weiter Cornflakes. Als er ihnen jedoch eröffnete, er wolle – gemäß Kellogs' allerletztem Angebot – eine ganze Stadt bauen, mussten ihm fast alle Freunde aus der fünften Klasse der Hull Grammar School helfen, um genügend morgendliche Maisflocken zu verzehren, damit er seinen ehrgeizigen Plan verwirklichen konnte.

Walter Ramsbottom verweigerte jeglichen Beistand.

Angela Bradbury war nie um Mithilfe gebeten worden.

Jeder der drei ging weiter seinen eigenen Weg.

Als Gerald Haskins zwei Jahre später einen Platz an der Durham University erhielt, war niemand überrascht, dass er als Studienfach Bautechnik wählte und angab, sein Lieblingshobby sei das Sammeln von Orden.

Walter Ramsbottom trat bei seinem Vater im familieneigenen Juweliergeschäft ein und begann, Angela Bradbury den Hof zu machen.

Es war während der Pfingstferien in Geralds zweitem Jahr in Durham, als er Walter und Angela zum ersten Mal wiedersah. Sie saßen bei einem Bach-Konzert im Rathaus von Hull in derselben Reihe. In der Pause erzählte Walter ihm, sie hätten sich gerade erst verlobt, jedoch noch kein Datum für die Hochzeit festgelegt.

Gerald hatte Angela über ein Jahr lang nicht gesehen, doch diesmal hörte er ihren Meinungsäußerungen zu, weil er sich wie Walter in sie verliebt hatte.

Anstatt sich weiter dem fleißigen Verzehr von Cornflakes zu widmen, lud Gerald jetzt Angela häufig zum Dinner ein, in der Absicht, sie seinem alten Rivalen auszuspannen.

Gerald verzeichnete einen weiteren Punkt für sich, als Angela ein paar Tage vor Weihnachten Walter ihren Verlobungsring zurückgab.

Walter verbreitete daraufhin das Gerücht, Gerald wolle Angela nur deshalb heiraten, weil ihr Vater Vorsitzender des Städtischen Ausschusses für die Erhaltung von Sehenswürdigkeiten in Hull sei und er hoffe, nach seiner Abschlussprüfung in Durham auf diesem Weg einen Job im Stadtrat zu bekommen.

Als die Hochzeitseinladungen verschickt wurden, stand Walter nicht auf der Gästeliste.

In ihren Flitterwochen reisten Mr. und Mrs. Haskins nach Multavia, weil sie sich einerseits Nizza nicht leisten konnten und andererseits nicht nach Cleethorpes fahren wollten. Wie dem auch sei, das örtliche Reisebüro offerierte ein Sonderangebot für diejenigen, die sich für einen Besuch des winzigen Königreichs interessierten, das eingezwängt zwischen vergleichsweise riesenhaften Ländern im Zentrum Europas lag.

Als die Neuvermählten in ihrem Hotel in der Hauptstadt Teske eintrafen, wurde ihnen klar, warum das Angebot so günstig gewesen war.

Multavia durchlebte 1959 eine Identitätskrise, weil es versuchte, sich an den neuesten Staatsvertrag anzupassen, der von einem holländischen Rechtsanwalt in Genf in Französisch aufgesetzt, jedoch im Sinne einer Verständigung mit Russen und Amerikanern abgefasst worden war. Wie dem auch immer sei, König Alfons III., seinem ebenso klugen wie beliebten Monarchen, war zu danken, dass das Königreich sich weiterhin ununterbrochener Subventionen aus dem Westen und eines konstanten Besucherstroms aus dem Osten erfreute.

Wie die Haskins bald feststellen sollten, herrschte in der Hauptstadt von Multavia im Juni eine Durchschnittstemperatur nahe an die 30 Grad Celsius, und es fiel kein Regen. Dann gab es da noch die Überreste einer Kanalisation, die zwischen 1939 und 1944 von beiden Seiten wahllos bombardiert worden war. Angela musste sich tatsächlich beim Spazierengehen durch die kopfsteingepflasterten Straßen die Nase zuhalten. Das »Volkshotel« behauptete von sich, über fünfundvierzig Zimmer zu verfügen, aber worauf die Broschüre nicht hingewiesen hatte, war, dass lediglich drei von ihnen ein Bad und keins von diesen einen Badewannenstöpsel hatte. Hinzu kam das Essen, oder vielmehr der Mangel an demselben; zum ersten Mal in seinem Leben verlor Gerald an Gewicht.

Das Flitterwochenpaar sollte außerdem entdecken, dass Multavia keinerlei Denkmäler, Kunstgalerien, Theater oder Opernhäuser aufzuweisen hatte, die diesen Namen verdient hätten, und dass die Umgebung flacher und langweiliger war als das Marschland von Cambridgeshire. Das Königreich hatte keinen Zugang zum Meer, und der einzige Fluss, der Plotz, entsprang irgendwo in

Deutschland und floss nach Russland hinüber, was zur Folge hatte, dass keiner der Einheimischen ihm traute.

Am Ende ihrer Flitterwochen waren die Haskins nur allzu froh darüber, dass Multavia sich nicht einer eigenen nationalen Fluggesellschaft rühmen konnte. BOAC brachte sie sicher heim, und damit hätte dann auch Geralds Multavia-Abenteuer geendet, wäre da nicht noch diese Kanalisation gewesen – genauer gesagt, das Fehlen einer solchen.

Sobald die Haskins nach Hull zurückgekehrt waren, begann Gerald seine Tätigkeit als Assistent in der bautechnischen Abteilung des Stadtrats. Als Dritter Ingenieur war er vor allem verantwortlich für die städtischen Abwässer. Die meisten ehrgeizigen jungen Männer hätten ein solches Tätigkeitsfeld bloß als eine kleine Stufe auf der Erfolgsleiter des Lebens angesehen. Für Gerald war das keineswegs so. Er nahm sofort mit allen führenden Kanalisationsfirmen und deren Beratern sowie mit allen Fachbereichskollegen im ganzen Land Verbindung auf.

Zwei Jahre darauf konnte er dem Komitee seines Schwiegervaters einen Bericht vorlegen, der aufzeigte, wie der Stadtrat durch die Sanierung des Kanalisationssystems eine beträchtliche Menge an Steuergeldern sparen könnte.

Das Komitee war beeindruckt und beschloss, Mr. Haskins' Empfehlung in die Tat umzusetzen. Gleichzeitig ernannte es ihn zum Zweiten Ingenieur.

Dies war die erste Gelegenheit für Walter Ramsbottom, für den Stadtrat zu kandidieren; er wurde nicht gewählt.

Als drei Jahre später das Netz von kleinen Tunnels und Wasserstraßen fertig ausgebaut war, wurde Geralds Fleiß mit seiner Ernennung zum Stellvertretenden Stadtingenieur belohnt. Noch im selben Jahr wurde sein Schwiegervater Bürgermeister, und Walter Ramsbottom wurde Ratsmitglied.

Überall im Land sahen Stadtväter in Gerald nun einen Mann, dessen Rat eingeholt werden sollte, wenn ihnen ihre Kloake Sorge bereitete. Was zur Folge hatte, dass bei jedem Rotary-Club-Dinner, bei dem er anwesend war, Gerald Objekt respektloser Witze war, doch man pries ihn dennoch als den führenden Fachmann auf seinem Gebiet, oder vielmehr in seinen Abwässern.

Als 1966 die Stadt Halifax erwog, in freier Ausschreibung den Auftrag zur Erbauung eines neuen Kanalisationssystems zu vergeben, konsultierte man zuerst Gerald Haskins – denn Yorkshire ist die einzige Gegend auf der Welt, wo der Prophet im eigenen Lande etwas gilt.

Nachdem er einen Tag in Halifax mit dem rangältesten Ingenieur des Stadtrats verbracht hatte und ihm dabei bewusst geworden war, welche Summen das neue System kosten würde, sagte Gerald, und dies nicht zum ersten Mal, zu seiner Frau: »Wo Dreck ist, ist auch Zaster.« Es war dann aber Angela, die scharfsinnig genug war, sich zu überlegen, wie viel von dem Zaster ihr Mann bei minimalem Risiko selber einstreichen könnte. Während der nächsten paar Tage überlegte sich Gerald den Vorschlag seiner Frau, und als er in der Woche darauf nach Halifax zurückkehrte, war das Ziel seines Besuchs nicht das Amtszimmer des Stadtrates, sondern die Midland Bank. Geralds Wahl war nicht von ungefähr auf die Midland Bank gefallen: Der Bankdirektor war gleichzeitig Vorsitzender des Komitees für Stadtplanung im Gemeinderat von Halifax.

Zwischen den beiden Männern aus Yorkshire wurde ein Handel abgeschlossen, der beide Seiten zufrieden stellte, und mit dem Segen der Bank trat Gerald von seiner Stellung als Stellvertretender Stadtingenieur in Hull zurück und gründete eine private Handelsgesellschaft. Als er sich im Wettbewerb mit mehreren großen Londoner Firmen offiziell an der Ausschreibung in Halifax beteiligte, wunderte es niemanden, dass das Komitee für Stadtplanung sich einstimmig dafür entschied, *Haskins aus Hull* den Job ausführen zu lassen.

Drei Jahre später hatte Halifax sein vorzügliches neues Kanalisationssystem, und die Midland Bank war hoch erfreut, Haskins' Firmenkonto zu verwalten.

Während der nächsten fünfzehn Jahre waren Chester, Runcorn, Huddersfield, Darlington, Macclesfield und York gemeinsam und jeder für sich Gerald Haskins von *Haskins & Co plc* für seine Dienste zu Dank verpflichtet.

Haskins & Co (International) plc begannen dann, Aufträge in Dubai, Lagos und Rio de Janeiro anzunehmen. 1983 erhielt Gerald von der dankbaren Regierung den »Queen's Award for Industry«, und ein Jahr darauf ernannte ihn eine ebenso dankbare Monarchin zum »Commander of the British Empire«.

Die feierliche Ernennung fand im Buckingham Palace statt, im selben Jahr, als König Alfons III. von Multavia starb und damit sein Sohn Alfons IV. ihm auf den Thron folgte. Der neu gekrönte König entschied, dass endlich etwas getan werden müsse, um das Kanalisationsproblem in Teske aus der Welt zu schaffen. Es war seines Vaters letzter Wunsch gewesen, dass sein Volk nicht länger unter diesen unzumutbaren Gerüchen leiden solle, und

König Alfons IV. hatte nicht die Absicht, dieses Problem *seinem* Sohn zu hinterlassen.

Nachdem er im Westen viel erbettelt und zusammengeliehen und im Osten zahlreiche Besuche und Gespräche absolviert hatte, beschloss der Neugesalbte, die Erneuerung des Abwassersystems in der Hauptstadt des Königreichs ausschreiben zu lassen.

Die Ausschreibungsurkunde, die mehrere mit Details gespickte Seiten sowie eine Liste der Probleme enthielt, denen sich der Ingenieur, der bereit wäre, diese Aufgabe in Angriff zu nehmen, gegenübersehen würde, landete mit dumpfem Knall auf den Tischen der Sitzungssäle der meisten großen Baufirmen der Welt. Nachdem man dort sämtliche Unterlagen genauestens geprüft und realistisch die Chancen eines Profits erwogen hatte, erhielt König Alfons IV. nur wenige Antworten. Nichtsdestotrotz war der König in der Lage, eine ganze Nacht lang die Vorzüge der drei interessierten Firmen, die in die engere Wahl gekommen waren, gegeneinander abzuwägen. Könige sind auch nur Menschen, und als Alfons herausfand, dass Gerald vor mittlerweile fünfundzwanzig Jahren Multavia zum Ziel seiner Hochzeitsreise gemacht hatte, gab dies schließlich den Ausschlag. Als Alfons IV. an jenem Morgen einschlief, hatte er sich bereits entschieden, das Angebot von *Haskins & Co (International) plc* anzunehmen.

Und so kam es, dass Gerald Haskins Multavia ein zweites Mal aufsuchte, diesmal jedoch begleitet von einem Bauführer, drei Konstruktionszeichnern und elf Ingenieuren. Gerald bekam eine Privataudienz beim König und versicherte diesem, der Job würde fristgerecht und zum festgesetzten Preis erledigt werden. Er sagte dem König auch, wie viel Vergnügen ihm sein zweiter Besuch in dessen Land bereite. Bei der Rückkehr nach England jedoch versicherte er seiner Frau, in Multavia gäbe es immer noch vor und nach sieben Uhr wenig, was die Bezeichnung »Unterhaltung« verdienen würde.

Ein paar Jahre später und nach beträchtlichem Gefeilsche um gestiegene Materialkosten, konnte Teske schließlich eins der raffiniertesten Kanalisationssysteme in ganz Mitteleuropa sein Eigen nennen. Der König war entzückt – obgleich er weiter darüber murrte, dass *Haskins & Co* die ursprünglich im Vertrag festgelegten Kosten überschritten hatten. Das Wort »Eventualkosten« musste dem Monarchen mehrfach erläutert werden, der begriff, dass diese zusätzlichen zweihundertundvierzigtausend Pfund nun ihrerseits dem Osten erklärt und vom Westen »geliehen« werden mussten. Nach zahlreichen brieflichen verhüllten Drohungen und Anwaltsschreiben »unter Vorbehalt weiterer Schritte« erhielten *Haskins & Co* die Restzahlung. Dies geschah jedoch erst, nachdem der König ein weiteres Darlehen von der britischen Regierung bewilligt bekommen hatte, eine Zahlung, bei der die Midland Bank in der Sloane Street an ihre Filiale in der High Street in Hull eine Geldsumme überwies, ohne dass man diese in Multavia je zu Gesicht bekam. Schließlich, so erklärte Gerald seiner Frau, würden die meisten Hilfszahlungen ans Ausland so geregelt.

Die Geschichte von Gerald Haskins und dem Kanalisationsproblem von Teske hätte damit enden können, wäre es dem britischen Außenminister nicht eingefallen, dem Königreich von Multavia einen Besuch abzustatten.

Ursprünglicher Zweck der Europareise des Außenministers war es gewesen, Warschau und Prag zu besuchen, um sich davon zu überzeugen, wie *Glasnost* und *Perestroika* sich in diesen Ländern auswirkten. Als das Auswärtige Amt jedoch entdeckte, wie viel Hilfsmittel Multavia zugewiesen worden waren, und man dem Minister die Rolle des Landes als Pufferstaat erklärte, beschloss dieser, König Alfons' seit langer Zeit bestehender Einladung zu einem Besuch des winzigen Königreichs nachzukommen. Solche von britischen Außenministern unternommenen Visiten in kleinere Länder finden gewöhnlich in Flughafen-Wartesälen statt – eine Gepflogenheit, die die Briten erst von Henry Kissinger, später dann auch vom Genossen Gorbatschow übernommen haben; bei dieser Gelegenheit wollte man es jedoch anders machen. Man war der Ansicht, Multavia verdiene einen ganzen Tag.

Da die Hotels sich seit der Zeit von Geralds Hochzeitsreise nur geringfügig verbessert hatten, lud man den Außenminister ein, im Palast zu logieren. Der König bat ihn, während seines kurzen Aufenthalts nur zwei offizielle Verpflichtungen einzugehen: die Einweihung des neuen Kanalisationssystems der Hauptstadt und die Teilnahme an einem formellen Bankett.

Sobald der Außenminister auf dieses Ersuchen eingegangen war, lud der König Gerald und seine Frau ein, bei der Eröffnungszeremonie anwesend zu sein – auf eigene Kosten. Als der Tag der Eröffnung gekommen war, hielt der Außenminister die dem Anlass angemessene Rede. Zuerst pries er Gerald Haskins für seine beachtliche, ganz in der großen Tradition britischer Technik stehende Leistung, dann lobte er Multavia dafür, welchen Scharfsinn und Weitblick es bewiesen habe, indem es den Auftrag an eine britische Firma vergab. Der Außenminister unterließ es, die Tatsache zu erwähnen, dass die britische Regierung die finanzielle Garantie für das gesamte Projekt übernommen hatte. Gerald jedoch war von den Worten des Ministers gerührt und gab dies diesem gegenüber auch zum Ausdruck, nachdem dieser den Hebel betätigt hatte, der das erste Schleusentor öffnete.

An jenem Abend fand im Palast ein Bankett für über dreihundert Gäste statt, darunter auch das diplomatische Korps und mehrere britische Geschäftsleute. Es folgten wieder einmal die üblichen endlosen Ansprachen über »historische Verbundenheit«, Multavias Rolle in den englisch-sowjetischen Beziehungen und die »besonderen Bande« zu Englands Königsfamilie.

Zum Höhepunkt des Abends kam es jedoch erst nach den Reden, als der König zwei Ordensverleihungen vornahm. Die erste war die Vergabe des Pfauenordens Zweiter Klasse an den Außenminister. »Die höchste Auszeichnung, die ein Bürgerlicher erhalten kann«, erklärte der König dem versammelten Publikum, »da der Pfauenorden Erster Klasse Angehörigen von Königshäusern vorbehalten ist.«

Dann kündigte der König eine zweite Ordensverleihung an. Mit dem Pfauenorden Dritter Klasse sollte Gerald Haskins, Commander of the British Empire, für seine Leistung beim Bau des Abwassersystems in Teske ausgezeichnet werden. Gerald war überrascht und entzückt, als man ihn von seinem Platz am Kopfende der Tafel hinüber zum König führte, der sich zu ihm beugte, um ihm eine große goldene Kette umzuhängen, die mit Edelsteinen verschiedener Farben und Größen verziert war. Gerald machte zwei ehrerbietige Schritte rückwärts und verbeugte sich tief, während der Außenminister von seinem Sitzplatz aufsah und ermutigend zu ihm hinüberlächelte.

An jenem Abend verließ Gerald als letzter ausländischer Gast das Bankett. Angela, die sich zwei Stunden vorher allein zurückgezogen hatte, war bereits eingeschlafen, als Gerald in ihre Hotelsuite zurückkehrte. Er legte die Kette auf das Bett, entkleidete sich, zog seinen Pyjama an, vergewisserte sich, dass seine Frau immer noch schlief, und schlüpfte mit dem Kopf dann wieder durch die Kette, sodass sie auf seinen Schultern ruhte.

Für ein paar Minuten stand Gerald da und betrachtete sich im Badezimmerspiegel. Er konnte es kaum erwarten, nach Hause zurückzukehren.

Gleich nach seiner Ankunft in Hull diktierte Gerald einen Brief an das Auswärtige Amt. Er bat um die Erlaubnis, seine neu erworbene Auszeichnung bei denjenigen Anlässen tragen zu dürfen, bei denen auf der rechten unteren Ecke der Einladungskarten vermerkt war, dass Ehrenzeichen und Orden getragen werden dürfen. Das Auswärtige Amt leitete die Angelegenheit pflichtgemäß an Buckingham Palace weiter, wo die Queen, eine entfernte Kusine von König Alfons IV., dem Gesuch stattgab.

Der nächste offizielle Anlass, bei dem sich Gerald die Gelegenheit bot, den Pfauenorden zur Schau zu tragen, war die Zeremonie der Amtseinführung des Bürgermeisters, die im Sitzungssaal von Hull stattfand und der ein Festessen im Gildenhaus der Stadt vorausgehen sollte.

Gerald war eigens zu diesem Anlass aus Lagos zurückgekehrt und konnte, noch bevor er seinen Smoking anzog, nicht widerstehen, einen Blick auf seinen Pfauenorden Dritter Klasse zu werfen. Er öffnete die Schatulle, die seinen kostbaren Besitz beherbergte, und starrte ungläubig hinein: Das Gold war angelaufen, und einer der Edelsteine schien sich abzulösen. Mrs. Haskins hielt beim Ankleiden inne, um einen verstohlenen Blick auf den Orden zu werfen. »Es ist kein Gold«, erklärte sie mit einer Schlichtheit, die den Internationalen Währungsfonds aus der Fassung gebracht hätte.

Gerald gab keinen Kommentar ab und befestigte den losen Edelstein mit Klebstoff schnell wieder an seinem Platz, doch er musste sich selbst eingestehen, dass die handwerkliche Verarbeitung keiner sorgfältigen Prüfung standhielt. Auf ihrer Fahrt zum Rathaus erwähnte keiner von beiden noch einmal das Thema.

Während des Festessens für den Bürgermeister an jenem Abend im Gildenhaus erkundigten sich einige der Gäste nach der Geschichte des Pfauenordens Dritter Klasse, und obwohl es Gerald beträchtliche Befriedigung verschaffte, zu erläutern, wie er zu dieser Auszeichnung und der Erlaubnis der Queen, sie bei offiziellen Anlässen zu tragen, gekommen sei, hatte er den Eindruck, dass ein paar seiner Kollegen auf den Anblick des »ermatteten« Pfaus nicht sonderlich ehrfurchtsvoll reagierten. Gerald hielt es auch für eine nicht gerade glückliche Fügung, dass sie an demselben Tisch wie Walter Ramsbottom gelandet waren, der jetzt Stellvertretender Bürgermeister war.

»Ich nehme an, es wäre schwierig, seinen tatsächlichen Wert zu bestimmen«, sagte Walter und betrachtete die Kette geringschätzig.

»Das wäre es sicherlich«, sagte Gerald bestimmt.

»Ich meine nicht den Geldwert«, entgegnete der Juwelier grinsend. »Der wäre nur allzu leicht zu ermitteln. Ich meine natürlich den sentimentalen Wert.«

»Natürlich«, sagte Gerald. »Rechnest du übrigens damit, im nächsten Jahr Bürgermeister zu werden?«, fragte er und versuchte, das Thema zu wechseln.

»Es ist Tradition«, sagte Walter, »dass der Stellvertreter den Platz des Bürgermeisters einnimmt, wenn dieser nicht ein zweites Dienstjahr antritt. Und sei versichert, Gerald, dass ich dafür sorgen werde, dass du bei dem Anlass einen Platz am Kopfende der Tafel bekommst.« Walter hielt inne. »Die Kette des Bürgermeisters ist, wie du weißt, aus vierzehnkarätigem Gold.«

Gerald verließ das Bankett an dem Abend frühzeitig, entschlossen, des Pfauenordens wegen etwas zu unternehmen, bevor Walter an der Reihe sein würde, Bürgermeister zu werden.

Keiner von Geralds Freunden hätte ihn je als einen extravaganten Mann beschrieben, und sogar seine Frau war überrascht über die Anwandlung von Eitelkeit, die jetzt folgen sollte. Um neun Uhr am nächsten Morgen rief Gerald in seinem Büro an, um Bescheid zu sagen, dass er an diesem Tag nicht zur Arbeit kommen werde. Dann reiste er mit der Bahn nach London, um die Bond Street und dort im Besonderen einen berühmten Juwelier aufzusuchen.

Die Tür zu dem Geschäft in der Bond Street wurde Gerald von einem Wachebeamten geöffnet. Nachdem er eingetreten war, erläuterte er dem großen, schlanken, mit einem schwarzen Anzug bekleideten Herrn, der zu seiner Begrüßung vorgetreten war, sein Problem. Dann wurde er zu einem runden gläsernen Ladentisch in der Mitte des Geschäftsraums geführt.

»Unser Mr. Pullinger wird sich gleich um Sie kümmern«, wurde ihm versichert. Einen Augenblick später tauchte *»Asprey's«* Edelsteinexperte auf und erklärte sich eifrig bereit, Geralds Bitte um Schätzung des Pfauenordens Dritter Klasse nachzukommen. Mr. Pullinger legte die Kette auf ein schwarzes Samtkissen und untersuchte dann die Steine durch ein kleines Okular.

Nach einem flüchtigen Blick runzelte er enttäuscht die Stirn und sah dabei aus wie jemand, der am Schießstand auf dem Pier von Blackpool nur den dritten Preis gewonnen hat.

»Also, was ist sie wert?«, fragte Gerald bald darauf.

»Schwer, etwas zu schätzen, das auf eine so besondere Weise« – Pullinger zögerte – »ungewöhnlich ist.«

»Die Edelsteine sind aus Glas, und das Gold ist aus Blech – das ist es doch, was Sie sagen wollen, nicht wahr, guter Mann?«

Mr. Pullinger warf ihm einen Blick zu, der zu verstehen gab, dass er selbst es nicht prägnanter hätte formulieren können.

»Vielleicht würden Sie von jemandem, der solche Objekte sammelt, ein paar hundert Pfund dafür bekommen, aber ...«

»O nein«, sagte Gerald sichtlich gekränkt. »Ich habe kein Interesse daran, sie zu verkaufen. Der Grund, dass ich nach London gekommen bin, war, in Erfahrung zu bringen, ob Sie davon eine Kopie anfertigen können.«

»Eine Kopie?«, sagte der Experte ungläubig.

»Ja«, erwiderte Gerald. »Erstens möchte ich, dass jeder Stein je nach Farbe durch den jeweils echten Edelstein ersetzt wird. Zweitens erwarte ich, dass die Steine so eingefasst werden, dass dies eine Herzogin beeindrucken könnte. Und drittens verlange ich, dass die Arbeit nur vom besten Fachmann angefertigt wird und dabei mindestens achtzehnkarätiges Gold zur Verwendung kommt.«

Trotz jahrelanger Erfahrung im Umgang mit arabischen Kunden konnte *»Asprey's«* Experte seine Überraschung nicht verbergen.

»Das wäre nicht billig«, äußerte er fast unhörbar. »Billig« war eines jener Wörter, die man bei *»Asprey's«* offensichtlich missbilligte.

»Daran habe ich keinen Augenblick gezweifelt«, sagte Gerald. »Sie müssen jedoch verstehen, dass dies für mich in meinem Leben eine einmalige Ehrung darstellt. Also, wann meinen Sie, könnte ich auf einen Kostenvoranschlag hoffen?«

»In einem Monat, höchstens in sechs Wochen«, erwiderte der Experte.

Gerald ließ den Plüschteppich von *»Asprey's«* hinter sich und machte sich auf den Weg zu den Abwässern von Nigeria. Als er etwas mehr als einen Monat später nach London zurückflog, fuhr er direkt ins West End zu einem zweiten Treffen mit Mr. Pullinger.

Der Juwelier hatte Gerald Haskins und seinen merkwürdigen Wunsch nicht vergessen und holte rasch aus seinem Auftragsbuch ein sauber gefaltetes Stück Papier hervor. Gerald entfaltete es und las langsam das Lieferungsangebot: »Benötigt für Wunsch des Kunden: Zwölf Diamanten, sieben Amethyste, drei Rubine und ein Saphir, alle von vollendetster Farbe und Qualität. Ein aus Elfenbein geschnitzter und von einem Fachmann bemalter Pfau. Die gesamte Kette aus feinstem achtzehnkarätigen Gold.« In der letzten Zeile stand: Zweihundertelftausend Pfund – exklusive Mehrwertsteuer.«

Gerald, der sich nichts dabei gedacht hätte, um einen Kostenvoranschlag von einigen tausend Pfund für Bedachungsmaterial oder die Miete von schweren Baumaschinen oder gar auch eine Zahlungsfrist zu feilschen, fragte lediglich: »Wann kann ich es abholen?«

»Man kann nicht mit Sicherheit sagen, wie lange es dauert, ein so exquisites Stück zusammenzustellen«, sagte Mr. Pullinger. »Steine von perfekter Übereinstimmung zu finden, wird, fürchte ich, eine Weile dauern.« Er hielt inne. »Auch hoffe ich, dass unser bester Mann die Zeit haben wird, die Arbeit an diesem besonderen Auftrag auszuführen. Er hatte in der letzten Zeit ziemlich viel zu tun mit Geschenken für den bevorstehenden Besuch der Queen in Saudi-Arabien; daher denke ich, es wird nicht vor Ende März fertig sein.«

Gerade rechtzeitig zum Bankett zu Ehren des Bürgermeisters im nächsten Jahr, dachte Gerald. Stadtrat Ramsbottom würde sich diesmal nicht über ihn lustig machen können. Wie sagte er doch gleich – vierzehnkarätiges Gold?

Die Kanalisationssysteme von Lagos und Rio de Janeiro waren fertig und betriebsfähig, bevor Gerald *»Asprey's«* wieder aufsuchen konnte. Er bekam die außergewöhnliche Auszeichnung erst ein paar Wochen vor dem Tag der Amtseinführung des Bürgermeisters zu Gesicht.

Als Mr. Pullinger seinem Kunden zum ersten Mal die fertige Arbeit zeigte, stockte dem Mann aus Yorkshire vor Begeisterung der Atem. Der Orden war so prachtvoll, dass Gerald es für notwendig erachtete, bei *»Asprey's«* auch noch eine Perlenkette zu erwerben, um sich das Schweigen seiner Ehefrau zu erkaufen.

Bei seiner Rückkehr nach Hull wartete er bis nach dem Abendessen, um die grüne Lederschatulle von *»Asprey's«* zu öffnen und seine Frau mit dem neuen Orden zu überraschen. »Er ist eines Monarchen würdig, Liebste«, versicherte er ihr, aber Angela schien ganz mit ihren Perlen beschäftigt zu sein.

Nachdem Angela hinausgegangen war, um den Abwasch zu machen, fuhr ihr Mann eine ganze Weile fort, auf die so fachmännisch verarbeiteten und vollendet geschliffenen Edelsteine zu starren, bevor er schließlich die Schatulle wieder schloss. Am nächsten Morgen brachte er das kostbare Stück nur widerwillig zur Bank und erklärte, es müsse sicher im Tresor verwahrt werden, da er es nur einmal oder vielleicht zweimal im Jahr herauszunehmen wünsche. Er konnte nicht widerstehen, dem Bankdirektor, Mr. Sedgley, das Objekt seines Entzückens zu zeigen.

»Sie werden es doch sicher am Tag der Amtseinführung des Bürgermeisters tragen?«, erkundigte sich Mr. Sedgley.

»Falls ich eingeladen werde«, sagte Gerald.

»Oh, ich bin sicher, dass Ramsbottom alle seine alten Freunde dabeihaben will. Besonders Sie, vermute ich«, fügte er hinzu, ohne es näher zu erklären.

Gerald las seiner Frau beim Frühstück die Zeitungsnotiz in den Hofnachrichten der »*Times*« vor: »Buckingham Palace hat bekannt gegeben, dass König Alfons IV. von Multavia von 7. bis 11. April zu einem Staatsbesuch in England weilen wird.«

»Ob wir wohl die Gelegenheit haben werden, wieder mit dem König zusammenzutreffen?«, sagte Angela nachdenklich.

Gerald nahm dazu nicht Stellung.

Tatsächlich erhielten Mr. und Mrs. Gerald Haskins zwei Einladungen, die mit König Alfons' offiziellem Besuch in Zusammenhang standen: eine zum Dinner mit dem König bei »*Claridge's*«, da Multavias Londoner Botschaft nicht groß genug war, um bei einem solchen Anlass Gäste zu bewirten; und eine zweite, die einen Tag später per Kurier von Buckingham Palace eintraf.

Gerald war entzückt. Der Pfau, schien es, würde gleich dreimal in nur einem Monat ausgeführt werden, da ihr Besuch im Palace zehn Tage vor dem Datum lag, an dem Walter Ramsbottom in das Amt des Bürgermeisters eingeführt werden würde.

Das Staatsbankett war denkwürdig, und obwohl mehrere hundert Gäste anwesend waren, brachte Gerald es dennoch fertig, einen Moment lang mit seinem Gastgeber, König Alfons IV., allein zu sein, der – wie er zu seiner Freude feststellte – den Blick nicht von dem Pfauenorden Dritter Klasse wenden konnte.

Zum ersten Mal seit der Verleihung des Ordens of the British Empire im Jahre 1984 betraten Gerald und Angela wieder Buckingham Palace. Gerald brauchte zum Ankleiden für den Staatsakt fast ebenso lange wie seine Frau. Er verbrachte einige Zeit damit, dass sein CBE sich am vorteilhaftesten präsentierte, während gleichzeitig der Pfauenorden gerade auf seinen Schultern ruhen sollte. Gerald hatte seinen Schneider gebeten, kleine Schlaufen in seinen Frack einzunähen, damit der Orden nicht ständig zurechtgerückt werden müsste.

Als die Haskins im Buckingham Palace angekommen waren, folgten sie einer Gruppe ordengezierter Männer und Diademe tragender Damen zu dem Staatsbankettsaal, wo ein Lakai jedem Gast ein Sitzplatzkärtchen aushändigte. Gerald entfaltete seines und entdeckte, dass auf seinen Namen ein Pfeil zeigte. Er nahm seine Frau beim Arm und führte sie an ihre Plätze.

Er bemerkte, dass Angela sich jedes Mal, wenn sie ein Diadem sah, nach diesem umdrehte.

Obgleich sich ihre Plätze in einiger Entfernung von Ihrer Majestät an einem Ausläufer der Haupttafel befanden, saß zu Geralds Linken doch ein entferntes Mitglied der königlichen Familie und zu seiner Rechten der Landwirtschaftsminister. Er war mehr als zufrieden. Im Grunde ging der ganze Abend viel zu schnell vorüber, und Gerald begann bereits zu dämmern, dass die Amtseinführung des Bürgermeisters ein eher schwaches Gegenstück zu dem hier sein würde. Dennoch malte er sich die Szene aus, wie Ratsmitglied Ramsbottom den Pfauenorden Dritter Klasse bewunderte, während er selbst ihm von dem Bankett im Palace berichtete.

Nach zwei Toasts und nachdem beide Nationalhymnen erklungen waren, erhob sich die Queen von ihrem Platz. Sie sprach, indem sie sich an ihre dreihundert Gäste wandte, mit warmen Worten von Multavia und voller Herzlichkeit von ihrem Vetter, dem König. Ihre Majestät fügte hinzu, sie hoffe darauf, sein Königreich irgendwann in naher Zukunft besuchen zu können. Dies wurde mit beträchtlichem Applaus quittiert. Dann beendete sie ihre Ansprache mit den Worten, sie habe die Absicht, zwei Ordensverleihungen vorzunehmen.

Die Queen ernannte zuerst König Alfons IV. zum

»Knight Commander of the Royal Victorian Order« (KCVO) und anschließend Multavias Botschafter beim Court of St. James zum »Commander« desselben Ordens (CVO). In beiden Fällen handelte es sich um persönliche Auszeichnungen der Monarchin. Eine königsblaue Schatulle wurde vom höfischen Kammerherrn geöffnet, und die Auszeichnungen wurden den Empfängern um den Hals gelegt. Sobald die Queen ihren formellen Pflichten nachgekommen war, erhob sich König Alfons, um seine Erwiderung vorzutragen.

»Eure Majestät«, fuhr er, nachdem die üblichen Floskeln und Danksagungen erledigt waren, fort. »Auch ich würde gern zwei Auszeichnungen verleihen. Die erste ist bestimmt für einen Engländer, der meinem Land mit seiner Fachkenntnis und seinem Fleiß einen großen Dienst erwiesen hat« – dabei schaute der König in Geralds Richtung – »einen Mann«, fuhr er fort, »der eine Meisterleistung an sanitärer Bautechnik vollbracht hat, auf die jede Nation dieser Erde stolz sein könnte. Wir in der Hauptstadt Teske werden noch über Generationen in seiner Schuld sein. Aus diesem Grund verleihen wir Mr. Gerald Haskins, CBE, den Pfauenorden Zweiter Klasse.«

Gerald traute seinen Ohren nicht.

Als er sich auf den Weg zu Ihren Majestäten machte, wurde der verblüffte Gerald von stürmischem Beifall begrüßt. Er blieb hinter den Thronsesseln, irgendwo zwischen der Königin von England und dem König von Multavia, stehen. Der König lächelte dem frisch gebackenen Empfänger des Pfauenordens Zweiter Klasse zu, und die beiden Männer schüttelten sich die Hand. Bevor er ihm jedoch die neue Auszeichnung verlieh, beugte sich König Alfons vor und entfernte den Pfauenorden Dritter Klasse von Geralds Schultern, was ihm einige Schwierigkeiten bereitete.

»Dies werden Sie jetzt nicht mehr brauchen«, flüsterte der König in Geralds Ohr.

Mit Entsetzen musste Gerald zusehen, wie sein kostbarer Besitz in einem roten Lederkoffer verschwand, den der Privatsekretär des Königs geöffnet auf dem Arm hielt. Gerald starrte weiter den Privatsekretär an, der entweder ein ausgezeichneter Diplomat war oder vom Vorhaben des Königs keine Ahnung hatte, denn auf seinem Gesicht war nicht das geringste Anzeichen von Verlegenheit zu sehen. Sobald Geralds prächtiges Ehrenzeichen sicher verstaut war, schnappte der Koffer zu wie ein Safe, dessen Nummernkombination man Gerald nicht verraten hatte.

Gerald wollte protestieren, brachte jedoch kein Wort hervor.

Dann entnahm König Alfons einem anderen Koffer den Pfauenorden Zweiter Klasse und legte ihn Gerald um die Schultern. Gerald starrte auf die billigen bunten Glassteine und zögerte ein paar Augenblicke, bevor er stolpernd einen Schritt zurück machte, sich verbeugte und anschließend zu seinem Platz in dem großen Festsaal zurückkehrte. Er hörte nicht die Beifallswogen, die ihn auf seinem Weg begleiteten; sein einziger Gedanke war, wie er es anstellen könnte, seine verlorene Kette sofort nach der letzten Ansprache wiederzubekommen. Er sackte auf dem Stuhl neben seiner Frau in sich zusammen.

»Und jetzt«, fuhr der König fort, »möchte ich eine Ehrung vornehmen, die seit dem Todes meines Vaters noch niemandem zuteil geworden ist: den Pfauenorden Erster Klasse, den ich mit besonderer Freude an Ihre Majestät Queen Elisabeth II. verleihe.«

Die Queen erhob sich von ihrem Platz, während der Privatsekretär des Königs noch einmal vortrat. Auf seinen Armen ruhte derselbe rote Lederkoffer, der vorhin so fest zugeschnappt war, nachdem er Geralds unersetzlichen Besitz verschluckt hatte. Der Koffer wurde erneut geöffnet, und der König nahm den prachtvollen Orden aus der Schatulle und legte ihn der Queen um die Schultern. Die Edelsteine funkelten im Kerzenlicht, und den Gästen stockte beim bloßen Anblick dieser Pracht der Atem.

Gerald war der Einzige im Saal, der seinen wahren Wert kannte.

»Nun ja, du hast ja immer gesagt, er sei eines Monarchen würdig«, bemerkte seine Frau, während sie ihre Perlenkette betastete.

»Ja«, sagte Gerald. »Aber was wird Ramsbottom sagen, wenn er das hier sieht?«, fügte er traurig hinzu und befingerte den Pfauenorden Zweiter Klasse. »Er wird merken, dass er nicht echt ist.«

»Ich wüsste nicht, warum das so wichtig sein sollte«, erwiderte Angela.

»Was meinst du damit, Schatz?«, fragte Gerald. »Ich werde mich am Tag der Amtseinführung des Bürgermeisters in Hull zum Gespött der Leute machen.«

»Du solltest lieber die Abendzeitungen lesen, Gerald, statt dich im Spiegel zu betrachten, dann wüsstest du, dass Walter dieses Jahr nicht Bürgermeister wird.«

»Nicht Bürgermeister wird?«, wiederholte Gerald.

»Nein. Der jetzige Bürgermeister hat sich für ein zweites Amtsjahr entschieden, also wird Walter erst nächstes Jahr Bürgermeister.«

»Tatsächlich?«, sagte Gerald lächelnd.

»Und falls du das denkst, von dem ich denke, dass du es denkst, Gerald Haskins, dann wird es dich diesmal ein Diadem kosten.«

Gute Freunde, und nicht mehr

Ich wachte früher auf als er, kam mir sogleich ein wenig unverschämt vor, aber ich wusste, dagegen war nichts zu machen.

Ich blinzelte, und meine Augen gewöhnten sich sogleich an das Halbdunkel. Ich hob den Kopf und starrte auf die große Masse leblosen weißen Fleisches, die neben mir lag. Wenn er ebenso viel Bewegung machen würde wie ich, hätte er nicht diesen überflüssigen Wulst um die Hüften, dachte ich ohne Mitgefühl.

Roger bewegte sich unruhig und drehte sich sogar zu mir herum, doch ich wusste, er würde erst dann gänzlich aufwachen, wenn der Wecker auf seiner Seite des Bettes klingelte. Ich überlegte einen Moment lang, ob ich wieder einschlafen oder aufstehen und mich um ein Frühstück kümmern sollte, bevor er aufwachte. Am Ende begnügte ich mich damit, einfach nur still auf meiner Seite zu liegen und mit offenen Augen zu träumen, aber dabei achtete ich darauf, dass ich ihn nicht störte. Wenn er dann die Augen aufschlug, würde ich – so nahm ich mir vor – so tun, als schliefe ich noch; auf diese Weise würde er schließlich aufstehen und mir das Frühstück machen. Ich begann die Dinge durchzugehen, die getan werden müssten, nachdem er sich auf den Weg ins Büro gemacht haben würde. Solange ich bei seiner Rückkehr von der Arbeit hier war und bereit, ihn zu begrüßen, schien ihn das, was ich tagsüber tat, nicht weiter zu interessieren.

Ein leichtes Schnurren erklang von seiner Seite des Betts. Rogers Schnarchen störte mich nie. Meine Zuneigung zu ihm war grenzenlos, und ich wünschte mir nur, dass ich die Worte fände, es ihn wissen zu lassen. Wenn ich ehrlich bin, muss ich zugeben, dass er der erste Mann war, der mir wirklich wichtig war. Während ich sein Gesicht betrachtete, fiel mir ein, dass es nicht sein Aussehen gewesen war, das mich an jenem Abend im Pub angezogen hatte.

Ich war Roger zum ersten Mal im »Cat and Whistle«, einem Pub an der Ecke der Mafeking Road, begegnet. Man könnte durchaus sagen, dass es unser beider Stammkneipe war. Er erschien gewöhnlich gegen acht, bestellte ein Glas Bier und nahm es mit an einen kleinen Tisch in der Ecke des Raums, ganz in der Nähe der Wurfpfeil-Zielscheibe. Meistens saß er dort allein und sah zu, wie die Pfeile in Richtung *double top* geworfen wurden, jedoch weitaus am häufigsten – falls sie überhaupt die Scheibe trafen – in der Eins oder in der Fünf landeten. Er spielte niemals mit, und ich fragte mich von meinem Aussichtspunkt hinter der Bar aus oft, ob er fürchtete, seinen Lieblingsplatz aufzugeben, oder ob er einfach kein Interesse an diesem Sport hatte.

Dann änderten sich die Dinge mit einem Mal für Roger – in seinen Augen zweifellos zum Besseren –, als sich eines Abends im Frühling eine Blondine namens Madeleine, die einen Kunstpelzmantel trug und doppelte Gins mit italienischem Wermut trank, auf dem Hocke neben ihm niederließ. Ich hatte sie noch nie zuvor im Pub gesehen, aber ganz offensichtlich war sie hier bekannt, und achtloses Thekengerede ließ mich vermuten, dass die Sache nicht von Dauer sein konnte. Man munkelte, verstehen Sie, dass sie auf der Suche nach jemandem war, dessen Horizont über das »Cat and Whistle« hinausging.

Tatsächlich dauerte die Affäre – falls es je zu einer gekommen ist – ganze zwanzig Tage. Ich weiß das, weil ich sie alle gezählt habe. Dann gab es eines Abends eine laute Auseinandersetzung, Köpfe drehten sich, und sie verließ ebenso plötzlich, wie sie gekommen war, den kleinen Hocker wieder. Seine müden Augen beobachteten, wie sie zu einem freien Platz an der Ecke der Bar hinüberging, aber er zeigte keinerlei Überraschung über ihr Weggehen und machte auch keinen Versuch, ihr zu folgen.

Ihr Abgang war zugleich das Zeichen für meinen Auftritt. Ich schoss förmlich von meinem Platz hinter der Bar hervor und saß Sekunden später, nachdem ich mich nur gerade so schnell bewegt hatte, wie meine Würde es erlaubte, auf dem freien Hocker neben ihm. Er gab keinen Kommentar dazu ab und machte auch keinerlei Anstalten, mir einen Drink anzubieten, aber der eine flüchtige Blick, den er mir zuwarf, ließ mich erkennen, dass er mich für einen nicht unakzeptablen Ersatz hielt. Ich schaute mich um, da ich sichergehen wollte, dass sonst niemand vorhatte, mir meinen Platz streitig zu machen. Den Männern, die die Zielscheibe umringten, schien es gleichgültig zu sein. Sie waren vollauf damit beschäftigt, ein Punkteergebnis zu kommentieren. Ich blickte schnell zur Bar hinüber, um zu sehen, ob der Boss meine Abwesenheit bemerkt hatte, aber er nahm pausenlos Bestellungen entgegen. Ich sah, dass Madeleine bereits an einem Glas Champagner aus der einzigen Flasche, die es im Pub gab, nippte. Das Getränk war ihr von einem Fremden spendiert worden, dessen eleganter zweireihiger Blazer und gestreifte Fliege mich davon überzeugten, dass sie sich nicht länger mit Roger abgeben würde. Sie schien zumindest für die nächsten zwanzig Tage untergebracht zu sein.

Ich blickte zu Roger hoch – ich kannte seinen Namen bereits seit einer ganzen Weile, obgleich ich ihn nie mit diesem angesprochen hatte und auch nicht sicher war, ob er meinen wusste. Ich fing an, in ziemlich übertriebener Weise mit den Wimpern zu klimpern. Ich kam mir dabei ein bisschen lächerlich vor, aber es entlockte meinem Gegenüber doch wenigstens ein freundliches Lächeln. Er beugte sich vor und berührte meine Wange mit überraschend sanften Händen. Weder er noch ich verspürten das Bedürfnis zu sprechen. Wir waren beide einsam, und jede Erklärung schien überflüssig. Wir saßen schweigend da, er gelegentlich einen Schluck aus seinem Glas Bier nehmend und ich von Zeit zu Zeit meine Beine neu ordnend, während einige Schritte von uns entfernt die Wurfpfeile weiter ihrer ungewissen Flugbahn folgten.

Als der Wirt »Polizeistunde!« rief, goss sich Roger den Rest seines Biers hinter die Binde, während die Wurfpfeil-Spieler ihren letzten Durchgang begannen.

Niemand machte irgendwelche Bemerkungen, als wir gemeinsam aufbrachen, und es überraschte mich, dass Roger nicht protestierte, als ich ihn zu seiner Hälfte eines kleinen Doppelhauses begleitete. Ich wusste bereits genau, wo er wohnte, da ich ihn bei mehreren Gelegenheiten, eingereiht in eine Schlange unlustiger morgendlicher Fahrgäste, an der Bushaltestelle in der Dobson Street hatte warten sehen. Einmal hatte ich mich sogar auf einer nahe liegenden Mauer niedergelassen, um seine Gesichtszüge genauer zu studieren. Es war ein nichts sagendes, fast gewöhnliches Gesicht, aber er hatte die wärmsten Augen und das freundlichste Lächeln, das mir je bei einem Mann aufgefallen war.

Was mich beunruhigte, war, dass er mich gar nicht zu bemerken schien, er, der ständig geistesabwesend war, Morgen für Morgen mit den Gedanken, Abend für Abend mit den Augen bei Madeleine. Wie sehr ich dieses Mädchen beneidete! Sie hatte alles, was ich mir wünschte – außer einem anständigen Pelz, der das Einzige ist, was meine Mutter mir vermacht hat. In Wahrheit habe ich kein Recht, gehässig über Madeleine zu reden, da ihre Vergangenheit wohl kaum trostloser gewesen sein kann als meine.

Alles das war vor mehr als einem Jahr geschehen, und um Roger meine bedingungslose Hingabe zu beweisen, hatte ich seitdem keinen Fuß mehr ins »Cat and Whistle« gesetzt. Er schien Madeleine vergessen zu haben, denn in meiner Gegenwart sprach er nicht ein einziges Mal von ihr. Und da er ein außergewöhnlicher Mann war, fragte er mich auch nicht nach meinen verflossenen Beziehungen.

Vielleicht hätte er das doch tun sollen. Ich hätte ihm gerne die Wahrheit über mein Leben, wie es war, bevor wir uns kennen lernten, erzählt, obwohl mir das alles jetzt belanglos vorkommt. Wissen Sie, ich war die Jüngste in einer vierköpfigen Familie, und daher kam ich immer als Letzte dran. Meinen Vater hatte ich nie gekannt, und eines Abends, als ich nach Hause kam, musste ich feststellen, dass meine Mutter mit einem anderen Mann durchgebrannt war. Meine Schwester Tracy riet mir, nicht mit ihrer Rückkehr zu rechnen. Seit jenem Tag habe ich meine Mutter nie wiedergesehen. Es ist schrecklich, zugeben zu müssen – wenn auch nur sich selbst gegenüber –, dass die eigene Mutter ein Flittchen ist.

Nun zum Waisenkind geworden, begann ich mich treiben zu lassen, wobei ich oft versuchte, dem Gesetz immer einen Schritt voraus zu sein – gar nicht so einfach, wenn man nicht immer weiß, wo man sein müdes Haupt betten soll. Ich kann mich nicht einmal mehr erinnern, wie die Sache mit Derek – falls das sein richtiger Name war – ausging. Derek, dessen dunkle, sinnliche Erscheinung wohl jedes derartigen Reizen zugängliche weibliche Wesen angezogen haben würde, erzählte mir, er sei während der letzten drei Jahre auf einem Handelsschiff gefahren. So er mich liebte, war ich bereit, allem und jedem Glauben zu schenken. Ich erklärte ihm, dass ich nichts weiter wolle als ein warmes Zuhause, regelmäßige Mahlzeiten und beizeiten vielleicht eine eigene Familie. Er sorgte dafür, dass wenigstens einer meiner Wünsche in Erfüllung ging, denn ein paar Wochen, nachdem er mich verlassen hatte, saß ich mit Zwillingen, zwei Mädchen, da. Derek bekam sie nie zu Gesicht. Noch bevor ich ihm mitteilen konnte, dass ich schwanger sei, stach er wieder in See. Er hatte mir erst gar nicht alles Glück dieser Erde versprechen müssen, bei seinem blendenden Aussehen muss er gewusst haben, dass ich selbst für eine einzige Nacht voller Liederlichkeit die Seine geworden wäre.

Ich gab mir Mühe, die Mädchen anständig zu erziehen,

aber die Obrigkeit machte mir diesmal einen Strich durch die Rechnung, und so verlor ich sie alle beide. Wo sie jetzt wohl sein mögen? Das weiß nur der liebe Gott. Ich hoffe lediglich, dass sie ein gutes Zuhause gefunden haben. Wenigstens haben sie Dereks unwiderstehliches Aussehen geerbt, was ihnen auf ihrem Lebensweg nur helfen kann. Das ist nur ein weiteres Detail aus meinem Leben, von dem Roger nie erfahren wird. Durch sein blindes Vertrauen fühle ich mich nur noch schuldiger, und jetzt hat es ganz den Anschein, als würde sich nie mehr eine Möglichkeit finden, ihm die Wahrheit zu sagen.

Nachdem Derek wieder in See gestochen war, blieb ich fast ein Jahr lang allein, bis ich einen Halbtagsjob im »Cat and Whistle« bekam. Der Wirt war ein Geizkragen; nicht einmal für mein Essen und Trinken würde er gesorgt haben, wenn ich mich nicht an meinen Teil unserer Abmachung gehalten hätte.

Bevor Roger die Blondine mit dem schäbigen Pelzmantel kennen lernte, kam er gewöhnlich einmal, vielleicht zweimal wöchentlich herein. Danach geschah dies jeden Abend, bis sie plötzlich aufstand und ihn sitzen ließ.

Als er zum ersten Mal ein *pint of mild* bestellte, wusste ich gleich, dass er für mich der Richtige war. *Pint of mild* – kein Bier konnte Roger treffender beschreiben. In der ersten Zeit flirteten die Bardamen ganz offen mit ihm, doch zeigte er daran keinerlei Interesse. Bevor Madeleine sich an ihn ranmachte, war ich nicht einmal sicher gewesen, ob er überhaupt Frauen bevorzugte. Vielleicht war es am Ende mein androgynes Äußeres, das ihm gefiel.

Ich nehme an, ich war die Einzige in dem Pub, die nach etwas Beständigerem Ausschau hielt.

Und so erlaubte Roger mir, bei ihm zu übernachten. Ich erinnere mich, dass er, um sich auszuziehen, im Badezimmer verschwand, während ich dort lag, wo, wie ich vermutete, meine Seite des Bettes sein sollte. Seit jener Nacht hat er mich nie auch nur ein einziges Mal aufgefordert zu verschwinden, geschweige denn versucht, mich hinauszubefördern. Unsere Beziehung ist völlig problemlos. Nie habe ich es erlebt, dass er seine Stimme erhob oder mich unfair anfuhr. Verzeihen Sie mir die abgedroschene Phrase, aber zum ersten Mal in meinem Leben bin ich auf die Füße gefallen.

Rrr. Rrr. Rrr. Dieser verfluchte Wecker! Wenn ich ihn doch irgendwo vergraben könnte! Dieser Lärm würde auch diesmal so lange weitergehen, bis Roger sich endlich entschloss, sich zu bewegen. Einmal hatte ich versucht, mich über ihn hinwegzustrecken, um dem höllischen Geklingel ein Ende zu bereiten, dabei das Ding jedoch lediglich zu Boden gestoßen, was ihn nur noch mehr ärgerte als das Klingeln selbst. Nie wieder, entschied ich. Schließlich tauchte ein langer Arm unter der Bettdecke hervor, eine Handfläche fiel auf den oberen Teil des Weckers, und der scheußliche Lärm hörte auf. Ich habe einen leichten Schlaf – die geringste Bewegung lässt mich aufwachen. Wenn er mich doch nur darum gebeten hätte – ich selbst hätte ihn jeden Morgen viel sanfter wecken können. Schließlich sind meine Methoden ganz genauso verlässlich wie jede künstliche Verrichtung.

Halb wach, liebkoste Roger mich flüchtig und massierte dann meinen Rücken, was mir mit Garantie jedes Mal ein Lächeln entlockte. Dann gähnte er, streckte sich und erklärte wie jeden Morgen: »Muss mich beeilen, sonst komm ich zu spät zur Arbeit.« Andere weibliche Wesen hätten sich über die Voraussagbarkeit unserer morgendlichen Routine aufgeregt – nicht aber die Lady, die hier spricht. Das alles war Teil eines Lebens, in dem ich mich geborgen fühlte, weil ich glaubte, endlich etwas gefunden zu haben, dessentwegen es sich zu leben lohnte.

Roger schaffte es, seine Füße falsch in die Pantoffeln zu stecken, was immer eine Fifty-fifty-Chance war, bevor er sich ins Badezimmer schleppte. Wie immer kam er fünfzehn Minuten später wieder heraus und sah nur geringfügig besser aus als beim Betreten des Badezimmers. Ich habe gelernt, mit dem zu leben, was andere wohl seine kleinen Schwächen genannt hätten, während er gelernt hat, meinen Sauberkeitsfimmel und mein Geborgenheitsbedürfnis zu akzeptieren.

»Steh auf, du Faulpelz«, ermahnte er mich, lächelte dann jedoch nur, als ich mich wieder einrollte und ganz offensichtlich die warme Mulde, die sein Körper hinterlassen hatte, nicht verlassen wollte.

»Ich nehme an, du erwartest, dass ich dir Frühstück mache, bevor ich zur Arbeit gehe?«, fügte er hinzu, während er die Treppe hinunterging. Ich hielt es nicht für nötig zu antworten. Ich wusste, er würde ein paar Augenblicke später die Haustür öffnen, die Morgenzeitung, die Post und unsere tägliche Flasche Milch hereinholen. Verlässlich wie immer, würde er den Kessel aufsetzen, dann zur Speisekammer gehen, eine Schüssel mit meinem Lieblingsfrühstück füllen, meine Portion Milch dazugießen und sich selbst gerade genug für zwei Tassen Kaffee übrig lassen.

Ich war imstande, fast auf die Sekunde genau vorauszusagen, wann das Frühstück fertig war. Zuerst konnte ich das Wasser im Kessel kochen hören, ein paar Augenblicke darauf das Eingießen der Milch, und dann schließlich das Geräusch eines Stuhls, der über den Fußboden geschoben wird. Das war für mich das Signal, dass es nun an der Zeit sei, mich zu ihm zu gesellen.

Langsam streckte ich meine Beine aus und stellte dabei fest, dass ich mich um meine Nägel würde kümmern müssen. Ich hatte mich bereits entschieden, mich erst dann gründlich zu säubern, wenn er zur Arbeit gefahren war. Ich konnte das Geräusch des Stuhls hören, der über das Linoleum in der Küche geschoben wurde. Ich war so glücklich darüber, dass ich buchstäblich einen Sprung aus dem Bett machte, bevor ich zur offenen Tür ging. Sekunden später war ich unten. Obgleich er bereits seinen ersten Mund voll Cornflakes genommen hatte, hörte er in dem Moment, als er mich sah, zu essen auf.

»Nett, dass du mir Gesellschaft leistest«, sagte er, und auf seinem Gesicht breitete sich ein Lächeln aus.

Ich trottete zu ihm hinüber und sah erwartungsvoll zu ihm auf. Er beugte sich hinunter und schob mir meine Schüssel zu. Ich begann zufrieden die Milch aufzuschlecken, wobei mein Schwanz hin- und herwedelte.

Es ist reine Erfindung, dass wir nur mit dem Schwanz wedeln, wenn wir zornig sind.

Das Beutestück

Christopher und Margaret Roberts verbrachten ihre Sommerferien immer so weit weg von England, wie ihre Mittel es ihnen erlaubten. Da Christopher jedoch der Lehrer für klassische Sprachen an St. Cuthbert's, einer kleinen Privatschule nördlich von Yeovil, und Margaret die Vorsteherin dieser Schule war, stützte sich ihre Kenntnis von vieren der fünf Kontinente im Wesentlichen auf Zeitschriften wie *National Geographic Magazine* und *Time*.

Nichtsdestoweniger war den Roberts ihr jährlicher Urlaub im August heilig, und sie waren die restlichen elf Monate des Jahres damit beschäftigt, für diesen einen üppigen Luxus in ihrem Leben zu sparen, zu planen und Vorbereitungen zu treffen. Die darauf folgenden elf Monate vergingen dann damit, ihre Entdeckungen an die »Nachkommenschaft« weiterzugeben. Da sie keine eigenen Kinder hatten, sahen die Roberts alle Schüler von St. Cuthbert's als ihre Nachkommen an.

Während der langen Abende, an denen die »Nachkommen« in den Schlafsälen in ihren Betten zu liegen hatten, studierten die Roberts eifrig Landkarten, unterwarfen die Ansichten von Fachleuten einer genauen Analyse und stellten dann eine Liste der Orte zusammen, die in die engere Wahl kamen. Kürzliche Expeditionen hatten sie in so entfernte Länder wie Norwegen, Norditalien und Jugoslawien geführt, und schließlich hatten sie letztes Jahr Skyros, die Insel des Achilles, vor der Ostküste Griechenlands erkundet.

»Dieses Jahr ist unbedingt die Türkei an der Reihe«, sagte Christopher nach langem Grübeln. Eine Woche später kam Margaret zu demselben Ergebnis, und so konnten sie zu Phase zwei übergehen. Jedes Buch über die Türkei, das sie in der örtlichen Leihbücherei finden konnten, wurde ausgeliehen, zu Rate gezogen, erneut ausgeliehen und abermals zu Rate gezogen. Jeder von der türkischen Botschaft erhältliche Prospekt wurde derselben gnadenlosen Prüfung unterzogen.

Bis zu Beginn des Sommersemesters hatten sie ihre Charterflugtickets bezahlt, einen Wagen gemietet, ein etwas größeres Hotelzimmer gebucht und alles, was sich versichern ließ, umfassend versichert. In ihren Plänen fehlte nur noch ein einziges, letztes Detail.

»Also, was wird dieses Jahr unser ›Beutestück‹ sein?«, fragte Christopher.

»Ein Teppich«, sagte Margaret, ohne zu zögern. »Das und nichts anderes. Seit über tausend Jahren werden in der Türkei die in der ganzen Welt gefragtesten Teppiche hergestellt. Es wäre dumm von uns, irgendetwas anderes in Betracht zu ziehen.«

»Wie viel sollen wir dafür ausgeben?«

»Fünfhundert Pfund«, sagte Margaret und kam sich dabei sehr verschwenderisch vor.

Nachdem also diesbezüglich Einigung erzielt war, tauschten sie einmal mehr Erinnerungen an die »Beutestücke« aus, die sie über die Jahre zusammengetragen hatten. In Norwegen hatte es sich um einen in Form einer Galeone geschnitzten Walfischzahn aus der Hand eines einheimischen Künstlers, der kurz darauf von Steuben entdeckt worden war, gehandelt. In der Toskana war es eine Keramikschüssel gewesen, die sie in einem kleinen Dorf fanden, wo man solche Gefäße gießt und brennt, um sie dann in Rom zu Fantasiepreisen zu verkaufen: Ein kleiner Schönheitsfehler, den nur ein Fachmann bemerkt hätte, machte das Objekt zum »Beutestück«. Nicht weit außerhalb von Skopje hatte das Ehepaar Roberts eine örtliche Glasfabrik besucht und einen Wasserkrug erstanden, der unmittelbar vor ihren Augen geblasen worden war, und in Skyros hatten sie ihren bis heute triumphalsten Fund gemacht: das Bruchstück einer Urne, das sie nahe einer alten Ausgrabungsstätte entdeckt hatten. Die Roberts meldeten ihren Fund unverzüglich der Obrigkeit, aber die griechischen Beamten hielten das Bruchstück nicht für wichtig genug, um seine Ausfuhr nach St. Cuthbert's zu untersagen.

Bei seiner Rückkehr nach England konnte Christopher nicht widerstehen, den Ordinarius für Altertumskunde an seiner alten *Alma Mater* um sein Urteil zu bitten. Dieser bestätigte, dass das Stück wahrscheinlich aus dem 12. Jahrhundert stamme. Dieses jüngste »Beutestück« stand jetzt, sorgfältig in einer Halterung befestigt, auf dem Kaminsims in ihrem Salon.

»Ja, ein Teppich wäre ideal«, sagte Margaret in Gedanken versunken. »Das Problem ist nur, dass jedermann mit der Absicht in die Türkei fährt, sehr billig einen Teppich zu kaufen. Um also einen wirklich guten zu finden ...«

Sie kniete nieder und begann, die kleine Fläche vor dem Kamin in ihrem Salon zu vermessen.

»Sieben mal drei Fuß sollte genügen«, sagte sie.

Wenige Tage nach Semesterschluss fuhren die Roberts mit dem Bus nach Heathrow. Die Fahrt dauerte etwas länger als mit der Bahn, kostete jedoch nur die Hälfte. »Gespartes Geld ist Geld, das wir für den Teppich ausgeben können«, erinnerte Margaret ihren Mann.

»Einverstanden, Frau Vorsteherin«, sagte Christopher und lachte.

Bei ihrer Ankunft in Heathrow gaben sie ihr Gepäck für den Charterflug auf, nahmen zwei Nichtrauchersitze, und als sie feststellten, dass ihnen noch Zeit blieb, beschlossen sie, anderen Flugzeugen bei ihrem Start in noch viel exotischere Gegenden zuzusehen.

Es war Christopher, der die beiden offensichtlich verspäteten Passagiere, die über das Rollfeld hasteten, zuerst entdeckte.

»Sieh mal«, sagte er und deutete auf das rennende Paar. Seine Frau beobachtete das übergewichtige, von seinem letzten Urlaub noch immer braun gebrannte Gespann, wie es sich die Stufen der Gangway hinaufschleppte.

»Mr. und Mrs. Kendall-Hume«, sagte Margaret ungläubig. »Ich möchte ja nicht gern etwas Herzloses über jemanden aus der Nachkommenschaft sagen, aber ich finde, unser kleiner Malcolm Kendall-Hume ist ein …« Sie hielt inne.

»Verwöhntes kleines Balg?«, regte ihr Mann an.

»Genau«, erwiderte Margarete. »Ich will mir lieber gar nicht erst ausmalen, wie wohl seine Eltern sind.«

»Sehr erfolgreich, wenn man den Geschichten des Jungen Glauben schenken kann«, sagte Christopher. »Sie haben zwischen Birmingham und Bristol eine ganze Kette von Gebrauchtwagenläden.«

»Gott sei Dank sitzen sie nicht in unserer Maschine.«

»Die wollen nach Bermuda oder auf die Bahamas, würde ich schätzen«, meinte Christopher.

Aus dem Lautsprecher erklang eine Stimme, die Margaret keine Möglichkeit ließ, ihre Ansicht darüber zu äußern.

»Die Passagiere des Olympic-Airways-Fluges Nummer 172 nach Istanbul werden gebeten, sich jetzt über Flugsteig Nummer 37 an Bord zu begeben.«

»Das sind wir«, sagte Christopher vergnügt, und sie machten sich auf den langen Marsch zu ihrem Flugsteig.

Sie waren die ersten Fluggäste, die an Bord gingen, und nachdem man sie an ihre Plätze geführt hatte, machten sie es sich bequem, um die Türkei-Reiseführer und ihre drei Mappen mit den Ergebnissen ihrer Recherchen zu studieren.

»Wir dürfen nicht versäumen, den Tempel der Diana zu besichtigen, wenn wir in Ephesus sind«, sagte Christopher, während das Flugzeug zur Startbahn rollte.

»Dabei sollten wir auch nicht vergessen, dass wir dann nur wenige Kilometer von der überlieferten letzten Ruhestätte der Jungfrau Maria entfernt sind«, fügte Maria hinzu.

»Was von ernsthaften Historikern nur mit Vorbehalt geglaubt wird«, belehrte Christopher sie, so als rede er mit einem Schüler der unteren Klassen, aber seine Frau war zu vertieft in ihr Buch, um davon Notiz zu nehmen. Jeder der beiden studierte für sich allein, bis Christopher fragte, was seine Frau da lese.

»›*Teppiche – Dichtung und Wahrheit*‹ von Abdul Verizoglu, siebzehnte Auflage«, sagte sie, überzeugt, dass sämtliche Fehler in den vorausgegangenen sechzehn

Auflagen wohl getilgt worden sein mussten. »Äußerst aufschlussreich. Offenbar stammen die erlesensten Exemplare aus Hereke und werden aus Seide geknüpft, manchmal arbeiten zwanzig junge Frauen oder sogar Kinder gleichzeitig daran.«

»Wieso junge Frauen?«, wollte Christopher wissen. »Man sollte meinen, dass für eine so exakte Arbeit vor allem Erfahrung unentbehrlich ist.«

»Offenbar nicht«, antwortete Margaret. »Hereke-Teppiche werden von denen geknüpft, deren Augen noch jung sind und die komplizierte, manchmal nur stecknadelkopfgroße Muster, die bis zu neunhundert Knoten pro Quadratzentimeter enthalten, ausnehmen können. So ein Teppich«, fuhr Margaret fort, »kann bis zu fünfzehn-, sogar zwanzigtausend Pfund kosten.«

»Und wie sieht's am anderen Ende der Skala aus? Sind das dann von alten Frauen aus alten Wollresten gewebte Teppiche?«, meinte Christopher und beantwortete damit seine eigene Frage.

»So ist es zweifellos«, erwiderte Margaret. »Aber selbst für unser bescheidenes Portmonee gibt es da ein paar Richtlinien, denen man folgen sollte.«

Christopher lehnte sich zu ihr hinüber, um ja über den Lärm der Maschinen hinweg jedes Wort zu verstehen.

»Die gedämpften roten und blauen Farbtöne auf grünem Hintergrund werden als klassisch angesehen und von türkischen Sammlern überaus geschätzt, jedoch sollte man die hellen Gelb- und Orangetöne vermeiden«, las seine Frau vor. »Und ziehen Sie niemals Teppiche mit Tiermotiven, zum Beispiel mit Vögeln oder Fischen, in Betracht, da solche nur hergestellt werden, um abendländische Geschmäcker zu befriedigen.«

»Mögen die denn keine Tiere?«

»Ich glaube, das ist nicht der springende Punkt«, sagte Margaret. »Die sunnitischen Moslems, die die religiösen Herrscher des Landes sind, lehnen Götzenbilder ab. Aber wenn wir uns gründlich in den Bazars umsehen, schaffen wir es vielleicht doch, ein Sonderangebot für ein paar hundert Pfund zu finden.«

»Was für ein herrlicher Vorwand, den ganzen Tag in den Bazars zu verbringen.«

Margaret lächelte und fuhr dann fort: »Aber hör zu: Sehr wichtig ist das Feilschen. Normalerweise stellt die vom Händler anfänglich genannte Summe das Doppelte dessen dar, was er zu bekommen erwartet, und das Dreifache dessen, was der Teppich wert ist.« Sie sah von ihrem Buch auf. »Wenn es zum Feilschen kommt, wirst du das erledigen müssen, mein Lieber. Bei Marks & Spencer sind sie so etwas nicht gewohnt.«

Christopher lachte.

»Und«, fuhr seine Frau fort und blätterte um, »falls der Händler Ihnen Kaffee anbietet, sollten Sie annehmen. Das bedeutet, dass er erwartet, dass der Prozess noch eine ganze Weile andauert, da ihm das Feilschen mindestens ebenso viel Vergnügen bereitet wie der tatsächliche Verkaufsabschluss.«

»Wenn das der Fall ist, dann sollten die lieber einen sehr großen Topf Kaffee für uns bereithalten«, sagte Christopher, während er die Augen schloss und sich die Freuden, die ihn erwarteten, bildhaft vorzustellen begann. Margaret schloss ihr Buch über Teppiche erst, als das Flugzeug auf dem Flughafen von Istanbul landete, und öffnete sofort Mappe Nr. 1, die mit »Türkei: Vor der Ankunft« betitelt war.

»Ein Pendelbus wartet an der Nordseite des Terminals auf uns. Er bringt uns zu den Inlandsflügen«, beruhigte sie ihren Mann und stellte dabei bedächtig ihre Armbanduhr zwei Stunden vor.

Bald folgten die Roberts dem Strom von Fluggästen, der sich auf die Passkontrolle zubewegte. Die Ersten, die sie vor sich sahen, waren dieselben zwei mittleren Alters, von denen sie angenommen hatten, sie wären zu weit exotischeren Ufern unterwegs.

»Wo die wohl hinwollen?«, sagte Christopher.

»Zum ›Istanbul Hilton‹, nehme ich an«, erwiderte Margaret, während sie ein Vehikel bestiegen, das vor gut zwanzig Jahren von der Glasgow Corporation Bus Company aus dem Verkehr gezogen worden war. Es spuckte, als es auf Touren kam, schwarze Auspuffgase aus und bewegte sich dann in Richtung der Inlandsabfertigung der Turkish Airlines.

Die Roberts vergaßen Mr. und Mrs. Kendall-Hume bald völlig, sobald sie einmal aus den kleinen Flugzeugfenstern schauten und die türkische Westküste bewunderten, die der Sonnenuntergang nur noch schöner erscheinen ließ. Gerade, als die schimmernde rote Kugel hinter dem höchsten Berg verschwand, landete die Maschine in der Hafenstadt Izmir. Ein weiterer Bus, noch betagter als der vorherige, sorgte dafür, dass die Roberts ihre kleine Pension noch eben rechtzeitig für ein spätes Abendessen erreichten.

Ihr Zimmer war winzig, jedoch sauber, und das Gleiche galt für den Besitzer des Hauses. Er begrüßte sie beide mit übertriebenen Gebärden und einem strahlenden Lächeln, das für die kommenden einundzwanzig Tage nur Gutes verhieß.

Früh am nächsten Morgen gingen die Roberts ihren bis ins Details erstellten Plan für Tag eins in Mappe Nr. 2 durch. Danach wollten sie am Morgen zuerst den gemieteten Fiat abholen, der bereits in England bezahlt worden war, dann hinaus in die Hügel zu der altertümlichen byzantinischen Festung von Selcuk und anschließend am Nachmittag, sofern sie dazu noch Zeit hatten, zum Tempel der Diana fahren.

Nachdem der Frühstückstisch abgedeckt worden war und sie sich die Zähne geputzt hatten, verließen die Roberts wenige Minuten vor neun die Pension. Mit dem Leihwagenvertrag und dem Reiseführer bewaffnet, machten sie sich auf den Weg zu Beyaziks Garage, wo der ihnen versprochene Wagen auf sie wartete. Sie schlenderten die kopfsteingepflasterten Straßen entlang, vorbei an kleinen weißen Häusern, und genossen die Meeresbrise, bis sie die Bucht erreichten. Christopher entdeckte das Schild von Beyaziks Garage schon aus etwa hundert Meter Entfernung.

Sie gingen an den prächtigen Yachten vorüber, die im Hafenbecken festgemacht lagen, stellten sich gegenseitig auf die Probe, was das Erkennen der Nationalität jeder gehissten Flagge betraf, und kamen sich dabei fast vor wie die »Nachkommenschaft« bei der Bewältigung einer Geografiearbeit.

»Italiener, Franzosen, Liberianer, Panamesen, Deutsche. Britische Boote sind nicht viele darunter«, sagte Christopher, und das klang ungewöhnlich patriotisch – wie er immer fühlte, sobald sie im Ausland waren, dachte Margarete.

Sie starrte auf die Phalanx von schimmernden Bootsrümpfen, aneinander gereiht wie Busse in Piccadilly während der Hauptverkehrszeit; einige der Boote waren sogar noch größer als Busse. »Ich wüsste gern, welche Sorte von Leuten sich solchen Luxus leisten kann?«, fragte sie, ohne eine Antwort darauf zu erwarten.

»Mr. und Mrs. Roberts, habe ich Recht?«, rief eine Stimme hinter ihnen. Sie drehten sich beide um und erblickten eine ihnen mittlerweile vertraute Gestalt, die in ein weißes Hemd und weiße Shorts gekleidet war, eine Mütze trug, mit der sie fast aussah wie der Kapitän auf den *Bird's-Eye*-Packungen, und ihnen vom Bug einer der größeren Yachten zuwinkte.

»Kommen Sie an Bord, meine Lieben«, rief Mr. Kendall-Hume enthusiastisch, was mehr nach einem Befehl als nach einer Einladung klang.

Zögernd schritten die Roberts über die Gangway.

»Sieh mal, wer da ist«, rief ihr Gastgeber in eine große Öffnung in der Mitte des Decks. Kurz darauf tauchte Mrs. Kendall-Hume auf, die einen durchsichtigen orangefarbenen Sarong und ein dazu passendes Bikini-Oberteil trug. »Mr. und Mrs. Roberts – du erinnerst dich, von Malcolms Schule.«

Kendall-Hume drehte sich wieder zu dem erschrocken dreinblickenden Paar um. »Ich erinnere mich nicht an Ihre Vornamen, aber das ist Melody, und ich heiße Ray.«

»Christopher und Margaret«, verriet der Schullehrer, während sie sich die Hände schüttelten.

»Wie wär's mit einem Drink? Gin, Wodka oder …«

»Oh, nicht doch«, sagte Margaret. »Vielen Dank, wir nehmen beide einen Orangensaft.«

»Ganz wie Sie wünschen«, sagte Ray Kendall-Hume. »Sie müssen zum Mittagessen dableiben.«

»Aber wir möchten uns nicht aufdrängen ...«

»Ich bestehe darauf«, erwiderte Mr. Kendall-Hume. »Schließlich sind wir im Urlaub. Übrigens, wir fahren zum Lunch hinüber auf die andere Seite der Bucht. Da gibt es einen fantastischen Strand, und Sie haben Gelegenheit, in aller Ruhe ein Sonnenbad zu nehmen und zu schwimmen.«

»Wie aufmerksam von Ihnen«, sagte Christopher.

»Und wo ist der kleine Malcolm?«, erkundigte sich Margaret.

»Er ist auf Pfadfinderferien in Schottland. Er mag das Herummurksen in Booten nicht so sehr wie wir.«

Soweit Christopher sich erinnern konnte, war dies das erste Mal, dass er so etwas wie Bewunderung für den Jungen verspürte. Einen Augenblick später sprang mit gewaltigem Lärm der Motor an.

Auf der Überfahrt zur anderen Seite der Bucht legte Ray Kendall-Hume seine Theorien über das Alles-mal-hinter-sich-lassen-Müssen dar. »Es geht nichts über eine Yacht, wenn man sich seine Privatsphäre sichern und nichts mit dem Pöbel zu tun haben will.« Er wolle nur die einfachen Dinge des Lebens: die Sonne, das Meer und einen unbegrenzten Vorrat an gutem Essen und Trinken.

Die Roberts hätten sich alles andere gewünscht als dies. Bei Tagesende litten sie beide unter einem leichten Sonnenstich und fühlten sich überdies ein wenig seekrank. Trotz der von Melody verabreichten großzügigen Menge von weißen Pillen, roten Pillen und gelben Pillen konnten sie, als sie endlich wieder in ihrem Zimmer waren, nicht einschlafen.

Es sollte sich als keineswegs leicht erweisen, den Kendall-Humes während der folgenden zwanzig Tage aus dem Weg zu gehen.

Beyaziks Garage, wo ihr kleiner Leihwagen sie jeden Morgen erwartete und wohin er allabendlich zurückgebracht werden musste, ließ sich nur über die Kaianlage erreichen, wo die Motoryacht der Kendall-Humes vor Anker lag, gleich einer unüberwindlichen Hürde bei einem Hindernislauf. Kaum ein Tag verging, ohne dass die Roberts einen Teil ihrer kostbaren Zeit damit verbringen mussten, wie Korken auf den bewegten türkischen Küstengewässern auf und ab zu tanzen, ölig riechende Nahrung zu verzehren und darüber zu diskutieren, wie groß ein Teppich sein müsse, um den Salon der Kendall-Humes auszufüllen.

Dennoch gelang es ihnen, den Großteil ihres Programms zu absolvieren, und fest entschlossen hatten sie den ganzen letzten Urlaubstag für die geplante Jagd nach einem Teppich reserviert. Da sie, um in die Stadt zu gelangen, Beyaziks Auto nicht brauchten, waren sie zuversichtlich, wenigstens an diesem einen Tag ihren Peinigern entkommen zu können.

Am letzten Morgen standen sie ein wenig später als geplant auf und spazierten nach dem Frühstück den kleinen kopfsteingepflasterten Weg hinunter – Christopher ausgerüstet mit der siebzehnten Auflage von *Teppiche – Dichtung und Wahrheit*, Margaret mit einem Bandmaß und fünfhundert Pfund in Reiseschecks.

Sobald der Schullehrer und seine Frau den Bazar erreicht hatten, begannen sie, eine Unzahl von kleinen Geschäften in Augenschein zu nehmen, um sich klar zu werden, wo sie ihr Abenteuer in Angriff nehmen sollten.

Männer mit Fezen auf dem Kopf versuchten, sie in ihre winzigen Läden zu locken, aber die Roberts verbrachten die erste Stunde nur damit, die Atmosphäre in sich aufzunehmen.

»Ich bin jetzt so weit anzufangen«, rief Margaret über das sie umgebende Stimmengewirr hinweg.

»Dann haben wir Sie ja gerade rechtzeitig gefunden«, sagte genau die Stimme, von der sie angenommen hatten, sie wären ihr entkommen.

»Wir wollten gerade ...«

»Dann folgen Sie mir.«

Den Roberts sank der Mut, als sie von Ray Kendall-Hume aus dem Bazar heraus und zurück in Richtung Stadt geführt wurden.

»Folgen Sie meinem Rat, und Sie werden am Ende ein Mordsgeschäft machen«, versicherte Kendall-Hume den beiden. »Ich habe im Laufe der Jahre einige wirkliche Prachtstücke aus aller Herren Länder erstanden, und das zu Preisen, die Sie nicht für möglich halten würden. Ich stelle Ihnen gern kostenlos meine ganze Fachkenntnis zur Verfügung.«

»Ich weiß nicht, wie Sie den Lärm und den Gestank in diesem Bazar ertragen konnten«, sagte Melody, die offensichtlich froh war, zu den vertrauten Schildern von Gucci, Lacoste und Saint Laurent zurückgefunden zu haben.

»Uns hat es dort eigentlich recht gut gefallen ...«

»Wir haben Sie noch in letzter Minute gerettet«, sagte Ray Kendall-Hume. Und der Laden, wo man – wie man mir gesagt hat – den Kauf eines anständigen Teppichs in die Wege leiten und auch abschließen sollte, heißt ›Osman‹.«

Margaret war der Name aus ihrem Buch über Teppiche geläufig. Dort hieß es: »Sollte nur besucht werden, wenn Geld kein Hindernis ist und Sie genau wissen, wonach Sie suchen.« Der entscheidende letzte Morgen wäre damit vergeudet, überlegte sie, als sie die große Glastür zu »Osman« aufstieß und im Erdgeschoss ein Areal von der Größe eines Tennisplatzes betrat. Der Raum war zur Gänze mit Teppichen bedeckt – sie hingen an den Wänden und lagen auf dem Boden, den Fenstersimsen und sogar auf den Tischen. Wo immer man einen Teppich auslegen konnte, lag auch einer. Obgleich die Roberts sofort begriffen, dass bei all dem Dargebotenen beim besten Willen nichts in ihrer Preislage zu finden sein würde, versetzte die Schönheit des Angebots sie in Entzücken.

Margaret ging gemächlich in dem Raum umher und vermaß im Geiste die kleineren Teppiche, um in ihrer Vorstellung ein Bild von dem zu erzeugen, wonach sie vielleicht suchen würden, sobald sie dem hier erst einmal entkommen wären.

Ein hochgewachsener, elegant aussehender Mann in einem maßgeschneiderten Kammgarnanzug, der ohne weiteres aus der Savile Row hätte stammen können, trat mit wie zum Gebet erhobenen Händen vor, um sie zu begrüßen.

»Guten Morgen, Sir«, sagte er zu Mr. Kendall-Hume, den er mühelos als den Mann mit ernsten Kaufabsichten ausgesondert hatte. »Kann ich Ihnen behilflich sein?«

»Das können Sie ganz sicher«, entgegnete Kendall-Hume. »Ich möchte, dass Sie mir Ihre Spitzenteppiche zeigen, habe jedoch nicht vor, Ihre Spitzenpreise zu zahlen.«

Der Händler lächelte höflich und klatschte in die Hände. Drei Gehilfen brachten sechs kleine Teppiche herein und entrollten sie in der Mitte des Raums. Margaret verliebte sich in einen in mattem Grün gehaltenen Teppich mit einem entlang der Ränder eingewobenen Muster von winzigen roten Vierecken. Das Muster war so kunstvoll, dass sie ihre Augen nicht davon abwenden konnte. Aus purem Interesse maß sie den Teppich: exakt sieben mal drei Fuß.

»Sie haben einen vorzüglichen Geschmack, Madam«, sagte der Händler. Margaret stand, leicht errötend, eilig auf, trat einen Schritt zurück und verbarg das Bandmaß hinter ihrem Rücken.

»Also, was hältst du von dem Haufen hier, Liebling?«, fragte Kendall-Hume und deutete in loser Geste auf die sechs Teppiche.

»Von denen ist keiner groß genug«, antwortete Melody und würdigte sie nur eines flüchtigen Blicks.

Der Händler klatschte erneut in die Hände, und die Ausstellungsstücke wurden wieder aufgerollt und entfernt. Sie wurden durch vier größere ersetzt.

»Darf ich Ihnen Kaffee anbieten?«, fragte der Händler Mr. Kendall-Hume, als die neuen Teppiche ausgebreitet zu ihren Füßen lagen.

»Keine Zeit«, sagte Kendall-Hume kurz. »Bin hier, um einen Teppich zu kaufen. Wenn ich Kaffee will, kann ich immer noch in ein Kaffeehaus gehen«, sagte er kichernd. Melody lächelte komplizenhaft.

»Nun, ich hätte gern etwas Kaffee«, erklärte Margaret, entschlossen, wenigstens einmal in ihrem Urlaub zu rebellieren.

»Mit Vergnügen, Madam«, sagte der Händler, und einer der Mitarbeiter verschwand, um ihrem Wunsch nachzukommen, während die Kendall-Humes die neuen Teppiche in Augenschein nahmen. Der Kaffee wurde ein paar Augenblicke später serviert. Sie dankte dem jungen Gehilfen und begann, langsam an dem zähflüssigen schwarzen Getränk zu nippen. Köstlich, dachte sie, und schenkte dem Händler ein anerkennendes Lächeln.

»Immer noch nicht groß genug«, insistierte Mrs. Kendall-Hume. Der Händler gab ein leichtes Seufzen von sich und klatschte wieder in die Hände. Abermals begannen die Gehilfen die zurückgewiesene Ware aufzurollen. Dann sagte er etwas in Türkisch zu einem seiner Angestellten. Der Assistent sah seinen Meister mit zweifelndem Blick an, aber der Händler nickte entschlossen und winkte ihn davon. Ein wenig später kehrte der Assistent in Begleitung eines kleinen Aufgebots untergeordneter Angestellter mit zwei Teppichen zurück, die, als sie entrollt worden waren, ein Gutteil der Grundfläche des Geschäfts bedeckten. Margaret gefielen sie noch weniger als die, die gerade zuvor gezeigt worden waren, aber da ihre Meinung nicht gefragt war, äußerte sie sich auch nicht.

»Da kommen wir der Sache schon näher«, sagte Ray Kendall-Hume. »Das ist ungefähr die richtige Größe für den Salon, meinst du nicht, Melody?«

»Perfekt«, erwiderte seine Frau und machte keinerlei Anstalten, auch nur einen der beiden Teppiche auszumessen.

»Schön, dass wir einer Meinung sind«, sagte Ray Kendall-Hume. »Aber welchen nehmen wir, mein Schatz? Den blassrot-blauen oder den hellgelb-orangefarbenen?«

»Den gelb-orangefarbenen«, sagte Melody ohne Zögern. »Ich mag das Vogelmuster in den leuchtenden Farben, das um den Rand herum läuft.« Christopher glaubte gesehen zu haben, wie der Händler zusammenzuckte.

»Also, was uns jetzt noch zu tun bleibt, ist, uns auf einen Preis zu einigen«, sagte Kendall-Hume. »Du setzt dich besser hin, Liebling, denn das kann nun eine ganze Weile dauern.«

»Das hoffe ich nicht«, erwiderte Mrs. Kendall-Hume und blieb entschieden stehen. Das Ehepaar Roberts blieb stumm.

»Unglücklicherweise, Sir«, hob der Händler an, »hat Ihre Gattin sich einen der erlesensten Teppiche aus unserer Kollektion ausgesucht, daher fürchte ich, es wird nur wenig Freiraum für einen Preisnachlass geben können.«

»Was kostet er?«, sagte Kendall-Hume.

»Sehen Sie, Sir, dieser Teppich wurde in Demirdji, in der Provinz Izmir, von über einhundert Näherinnen geknüpft, und sie haben dazu länger als ein ganzes Jahr gebraucht.«

»Kommen Sie mir nicht mit solchem Geschwafel«, sagte Kendall-Hume, wobei er Christopher zuzwinkerte. »Sagen Sie mir nur, wie viel ich dafür zahlen soll.«

»Ich sehe es als meine Pflicht an, Sir, Sie darauf hinzuweisen, dass dieser Teppich eigentlich gar nicht hier sein sollte«, entgegnete der Türke in klagendem Ton. »Er wurde ursprünglich für einen arabischen Prinzen angefertigt, mit dem es jedoch, als die Ölpreise fielen, zu keinem Geschäftsabschluss mehr kam.«

»Aber Sie müssen doch damals einen Preis vereinbart haben?«

»Ich kann die exakte Summe nicht preisgeben, Sir. Es ist mir peinlich, sie zu erwähnen.«

»Mir wäre es nicht peinlich«, sagte Kendall-Hume. »Kommen Sie schon, was ist der Preis?«

»In welcher Währung möchten Sie bezahlen?«, fragte der Türke.

»In Pfund Sterling.«

Der Händler zog einen schmalen Rechner aus seiner Jackentasche, gab ein paar Zahlen ein und sah dann mit einem unglücklichen Gesichtsausdruck zu den Kendall-Humes hinüber.

Christopher und Margaret schwiegen weiter, wie Schulkinder, die Angst haben, der Direktor könnte ihnen eine Frage stellen, auf die sie unmöglich eine Antwort wissen.

»Kommen Sie, kommen Sie, um wie viel wollten Sie mich übers Ohr hauen?«

»Ich glaube, Sie sollten sich auf einen Schock gefasst machen, Sir«, sagte der Händler.

»Wie viel?«, wiederholte Kendall-Hume ungeduldig.

»Fünfundzwanzigtausend.«

»Pfund?«

»Pfund.«

»Das soll wohl ein Witz sein«, sagte Kendall-Hume, ging um den Teppich herum und blieb neben Margaret stehen. »Die werden gleich begreifen, warum man mich in den East-Midlands ›Plage der Autohändler‹ nennt«, flüsterte er ihr zu. »Ich würde für diesen Teppich nicht mehr als fünfzehntausend zahlen.« Er drehte sich zu dem Händler um. »Selbst wenn es um mein Leben ginge.«

»In dem Fall, fürchte ich, haben Sie lediglich Ihre Zeit verschwendet, Sir«, erwiderte der Türke. »Denn dieser Teppich ist nur etwas für Kenner. Vielleicht möchte Madam doch eher den rot-blauen in Betracht ziehen?«

»Ganz bestimmt nicht«, sagte Kendall-Hume. »Die Farbe ist ganz verblasst. Sehen Sie das denn nicht? Offensichtlich haben Sie ihn zu lange im Schaufenster liegen lassen, und die Sonne hat ihn erwischt. Nein, Sie werden sich Ihren Preis noch einmal überlegen müssen, wenn Sie wollen, dass der orange-gelbe im Heim eines Kenners landet.«

Der Händler seufzte, während er wieder tippte.

Während der Handel fortgesetzt wurde, schaute Melody mit leerem Blick zu. Von Zeit zu Zeit warf sie durch das Fenster einen Blick hinaus auf die Bucht.

»Ich kann um keinen Penny unter dreiundzwanzigtausend Pfund gehen.«

»Ich wäre bereit, bis auf achtzehntausend zu erhöhen«, sagte Kendall-Hume. »Aber keinen Penny mehr.«

Die Roberts beobachteten, wie der Händler die Zahlen in seinen Rechner eingab.

»Das würde nicht einmal meine eigenen Unkosten decken«, sagte er betrübt und starrte auf die leuchtenden kleinen Zahlen.

»Sie strapazieren meine Geduld, aber treiben Sie es nicht zu weit! Neunzehntausend«, sagte Mr. Kendall-Hume. »Das ist mein letztes Angebot.«

»Zwanzigtausend Pfund ist die niedrigste Summe, über die ich mit mir reden ließe«, entgegnete der Händler. »Und das wäre geschenkt, beim Grab meiner Mutter.«

Kendall-Hume zog seine Brieftasche hervor und legte sie auf den Tisch neben dem Händler.

»Neunzehntausend Pfund, und das Geschäft ist perfekt«, sagte er.

»Aber wie soll ich meine Kinder ernähren?«, fragte der Händler mit über den Kopf erhobenen Armen.

»Genauso, wie ich meine ernähre«, sagte Kendall-Hume lachend. »Indem Sie bei Geschäften angemessene Gewinne erzielen.«

Der Händler hielt inne, als überlege er es sich noch einmal, und sagte dann: »Unmöglich, Sir. Es tut mir Leid. Wir werden Ihnen ein paar andere Teppiche zeigen müssen.« Wie auf ein Stichwort traten die Gehilfen hervor.

»Nein, ich will diesen hier«, meldete sich Mrs. Kendall-Hume zu Wort. »Streite dich nicht wegen tausend Pfund, Schatz.«

»Glauben Sie mir, Madam«, sagte der Händler und drehte sich zu Mrs. Kendall-Hume um. »Meine Familie würde glatt verhungern, wenn wir nur mit Kunden wie Ihrem Gatten Geschäfte machten.«

»Okay, Sie bekommen die zwanzigtausend, aber nur unter einer Bedingung.«

»Bedingung?«

»Aus der Quittung muss ersichtlich sein, dass die Kaufsumme sich auf zehntausend Pfund beläuft. Sonst muss ich am Ende noch die Differenz an Zollgebühren bezahlen.«

Der Händler verbeugte sich tief, so als wolle er andeuten, dass dies für ihn kein ungewöhnlicher Wunsch sei.

Mr. Kendall-Hume öffnete seine Brieftasche und entnahm ihr zehntausend Pfund in Reiseschecks und zehntausend Pfund in bar.

»Wie Sie sehen«, sagte er mit einem Grinsen, »bin ich nicht unvorbereitet zu Ihnen gekommen.« Er zog weitere fünftausend Pfund hervor und fügte, indem er dem Händler damit vor der Nase herumfuchtelte, hinzu: »Und ich wäre sogar bereit gewesen, noch weit mehr zu zahlen.«

Der Händler zuckte die Achseln. »Sie gehen beim Handeln mächtig ran, Sir. Aber von mir werden Sie jetzt, wo das Geschäft abgeschlossen ist, keine Klage zu hören bekommen.«

Der gewaltige Teppich wurde zusammengefaltet, verpackt und eine Quittung über zehntausend Pfund ausgestellt, während die Reiseschecks und das Bargeld ausgehändigt wurden.

Das Ehepaar Roberts hatte seit zwanzig Minuten kein Wort mehr gesagt. Als sie zusahen, wie das Bargeld seinen Besitzer wechselte, kam es Margaret in den Sinn, dass dies hier mehr Geld war, als sie beide in einem Jahr verdienten.

»Zeit, zur Yacht zurückzukehren«, sagte Kendall-Hume. »Kommen Sie doch zum Lunch, wenn Sie hier noch rechtzeitig einen Teppich gefunden haben.«

»Vielen Dank«, sagten die Roberts wie aus einem Munde. Sie warteten, bis die Kendall-Humes, denen zwei Gehilfen mit dem orange-gelben Teppich auf dem Fuß folgten, außer Sichtweite waren, bevor sie dem Händler für den Kaffee dankten und sich nun ihrerseits auf die Tür zubewegten.

»Nach welcher Art von Teppich hatten Sie gesucht?«, fragte der Händler.

»Ich fürchte, Ihre Preise übersteigen bei weitem unsere Möglichkeiten«, sagte Christopher höflich. »Aber haben Sie trotzdem vielen Dank.«

»Nun lassen Sie es mich doch wenigstens versuchen. Haben Sie oder Ihre Gattin einen Teppich gesehen, der Ihnen gefallen hat?«

»Ja«, erwiderte Margaret, »der kleine Teppich, aber …«

»Ach ja«, sagte der Händler. »Ich erinnere mich an Madams Blick, als sie den Hereke sah.«

Er ließ sie stehen und kehrte wenige Augenblicke darauf mit dem kleinen, in gedämpftem Grün gehaltenen Teppich mit den winzig kleinen roten Vierecken zurück, den die Kendall-Humes mit solcher Bestimmtheit zurückgewiesen hatten. Ohne auf Unterstützung zu warten, entrollte er ihn persönlich, damit die Roberts ihn genauer betrachten könnten.

Margaret fand ihn beim zweiten Anblick sogar noch prachtvoller und befürchtete, sie würde in den paar Stunden, die ihnen noch blieben, nie und nimmer etwas Gleichwertiges finden.

»Perfekt«, gab sie ziemlich ungeniert zu.

»Dann müssen wir uns noch über den Preis unterhalten«, sagte der Händler freundlich. »Wie viel wollten Sie denn anlegen, Madam?«

»Wir hatten vor, dreihundert Pfund auszugeben«, mischte Christopher sich ein. Margaret konnte ihre Überraschung nicht verbergen.

»Aber wir waren uns doch einig ...«, hob sie an.

»Danke, mein Liebling; aber ich denke, ich sollte mich um diese Angelegenheit selbst kümmern.«

Der Händler lächelte und nahm das Feilschen wieder auf.

»Ich würde Ihnen sechshundert Pfund berechnen müssen«, sagte er. »Alles andere wäre Ausbeutung.«

»Vierhundert Pfund sind mein letztes Angebot«, sagte Christopher im Bemühen, so zu klingen, als sei er Herr der Lage.

»Fünfhundert Pfund wäre mein niedrigster Preis«, entgegnete der Händler.

»Ich nehme ihn«, rief Christopher aus.

Ein Gehilfe begann mit den Armen zu rudern und in

seiner Muttersprache lautstark auf den Händler einzureden. Der Geschäftsinhaber hob die Hand, um den Einspruch des jungen Mannes zurückzuweisen, während die Roberts besorgt zusahen.

»Mein Sohn«, erläuterte der Händler, »ist nicht glücklich über unsere Vereinbarung, aber ich bin entzückt, dass der kleine Teppich im Hause eines Ehepaares liegen wird, das so offensichtlich seinen wahren Wert zu schätzen weiß.«

»Ich danke Ihnen«, sagte Christopher leise.

»Benötigen Sie auch eine Quittung über eine abweichende Summe?«,

»Nein, vielen Dank«, sagte Christopher, übergab ihm zehn Fünfzigpfundscheine und wartete dann, bis der Teppich verpackt und ihm die Quittung über den korrekten Betrag ausgehändigt worden war.

Während er zusah, wie die Roberts sein Geschäft verließen und ihren eben neu erworbenen Besitz umklammert hielten, lächelte der Händler in sich hinein.

Als sie am Kai angelangt waren, sahen sie, dass das Boot der Kendall-Humes bereits den halben Weg quer durch die Bucht zurückgelegt hatte und jetzt Kurs auf den abgelegenen Strand nahm. Voller Erleichterung seufzten die Roberts im Gleichklang und kehrten zum Lunch in den Bazar zurück.

Als sie am Heathrow Airport auf das Erscheinen ihrer Koffer auf dem Gepäckband warteten, spürte Christopher, dass ihm jemand von hinten auf die Schulter tippte. Er drehte sich um und sah sich einem strahlenden Ray Kendall-Hume gegenüber.

»Könnten Sie mir wohl einen Gefallen tun, alter Junge?«

»Ja, wenn ich kann«, sagte Christopher, der sich immer noch nicht ganz von ihrer letzten Begegnung erholt hatte.

»Es ist ganz einfach«, sagte Kendall-Hume. »Meine bessere Hälfte und ich haben zu viele Geschenke mitgebracht, und ich wollte Sie fragen, ob Sie eins davon durch den Zoll nehmen könnten? Sonst hält man uns die ganze Nacht hier auf.«

Melody, die hinter einem bereits völlig überladenen Trolley stand, lächelte den beiden Männern freundlich zu.

»Sie müssten in jedem Fall die dafür anfallenden Zollgebühren bezahlen«, sagte Christopher fest.

»Es würde mir nicht im Traum einfallen, das nicht zu tun«, erwiderte Kendall-Hume, während er mit einem Paket von gewaltigen Ausmaßen kämpfte und es anschließend auf den Trolley der Roberts wuchtete. Christopher wollte protestieren, als Kendall-Hume zweitausend Pfund hervorzog und dem Schullehrer das Geld und die Quittung überreichte.

»Was machen wir, wenn sie behaupten, Ihr Teppich sei weit mehr als nur zehntausend Pfund wert?«, fragte Margaret ängstlich und stellte sich neben ihren Ehemann.

»Dann zahlen Sie die Differenz, und ich werde sie Ihnen gleich danach zurückerstatten. Aber ich versichere Ihnen, es ist sehr unwahrscheinlich, dass es dazu kommt.«

»Ich hoffe, Sie haben Recht.«

»Natürlich habe ich Recht«, sagte Kendall-Hume. »Machen Sie sich keine Sorgen, ich habe so etwas schon einmal gemacht. Und ich werde an Ihre Hilfe denken, wenn Ihre Schule das nächste Mal zu Spenden aufruft«, fügte er hinzu und ließ sie mit dem riesigen Paket stehen.

Sobald Christopher und Margaret ihr Gepäck wiederhatten, holten sie sich einen zweiten Trolley und reihten sich in die Schlange der vor der Zollkontrolle Wartenden ein.

»Führen Sie irgendwelche Waren mit, deren Wert fünfhundert Pfund überschreitet?«, fragte der junge Zollbeamte höflich.

»Ja«, sagte Christopher. »Wir haben während unseres Urlaubs in der Türkei zwei Teppiche gekauft.« Er händigte dem Mann die beiden Rechnungen aus.

Der Zollbeamte studierte die Quittungen sorgfältig und fragte dann, ob er sich die Teppiche einmal ansehen dürfe.

»Selbstverständlich«, antwortete Christopher und machte sich an die schwierige Aufgabe, das größere der Pakete zu öffnen, während Margaret das kleinere bearbeitete.

»Ich werde sie von einem Experten begutachten lassen müssen«, sagte der Beamte, sobald die Pakete geöffnet waren. »Das wird aber nur wenige Minuten in Anspruch nehmen.« Kurz darauf wurden die Teppiche weggetragen.

Aus den »wenigen Minuten« wurden mehr als fünfzehn, und Christopher und Margaret bereuten bald ihren Entschluss, den Kendall-Humes auszuhelfen, ganz gleich, wie wichtig der Spendenaufruf der Schule sein mochte. Sie begannen eine völlig belanglose Plauderei, deren Bemühtheit selbst der amateurhafteste Detektiv sofort durchschaut hätte.

Endlich tauchte der Zollbeamte wieder auf.

»Wären Sie vielleicht so freundlich, sich kurz privat mit meinem Kollegen zu unterhalten?«, fragte er.

»Ist das wirklich notwendig?«, wollte Christopher wissen und wurde rot.

»Ich fürchte, ja, Sir.«

»Wir hätten von vornherein nie einwilligen sollen«, flüsterte Margaret. »Wir haben noch nie mit der Obrigkeit Schwierigkeiten bekommen.«

»Reg dich nicht auf, Schatz. Es wird in ein paar Minuten vorüber sein, du wirst schon sehen«, sagte Christopher, war sich jedoch nicht sicher, ob er seinen eigenen Worten Glauben schenkte. Sie folgten dem jungen Mann durch die Hintertür hinaus und in einen kleinen Raum.

»Guten Abend, Sir«, sagte ein weißhaariger Mann mit mehreren goldenen Streifen auf dem Jackettärmel. »Es tut mir Leid, dass ich Sie warten lassen musste, aber wir haben einen Experten gebeten, sich Ihre Teppiche anzusehen, und er ist überzeugt, dass hier ein Irrtum vorliegt.«

Christopher wollte protestieren, brachte jedoch kein Wort heraus.

»Ein Irrtum?«, gelang es Margaret zu fragen.

»Ja, Madam. Die Rechnungen, die Sie vorgelegt haben, ergeben in seinen Augen keinerlei Sinn.«

»Ergeben keinen Sinn?«

»Nein, Madam«, sagte der Zollbeamte. »Ich wiederhole, wir sind der Ansicht, dass ein Irrtum vorliegen muss.«

»Was für ein Irrtum?«, fragte Christopher, der endlich seine Stimme wiedergefunden hatte.

»Nun, Sie haben von sich aus zwei Teppiche deklariert, einen zum Preis von zehntausend Pfund und einen zum Preis von fünfhundert Pfund, wenn man diesen Rechnungen glaubt.«

»Und?«

»Jedes Jahr kehren Hunderte von Leuten mit türkischen

Teppichen nach England zurück, daher haben wir in diesen Dingen einige Erfahrung. Unser Berater ist sich sicher, dass die Rechnungen falsch ausgestellt worden sind.«

»Ich verstehe noch immer nicht …«, sagte Christopher.

»Nun«, erklärte der höhere Zollbeamte, »man hat uns versichert, dass der große Teppich auf einem gewöhnlichen Webstuhl hergestellt worden ist und lediglich zweihundert Ghiorden bzw. Knoten pro Quadratzentimeter aufweist. Trotz seiner Größe schätzen wir seinen Wert auf ungefähr fünftausend Pfund. Andererseits hat der kleine Teppich nach unserer Schätzung neunhundert Knoten pro Quadratzentimeter und ist ein erlesenes Beispiel für einen seidenen, handgeknüpften Hereke, für den fünftausend Pfund zweifellos ein Spottpreis gewesen wäre. Da beide Teppiche aus demselben Geschäft stammen, nehmen wir an, dass es sich um einen Schreibfehler handeln muss.«

Die Roberts blieben sprachlos.

»Es macht keinen Unterschied, was die Höhe der Zollgebühr betrifft, die Sie zahlen müssen, aber wir waren uns sicher, es würde Sie interessieren, für Versicherungszwecke.«

»Da Ihnen die zollfreie Einfuhr von Waren im Wert von fünfhundert Pfund erlaubt ist, beträgt die Einfuhrumsatzsteuer immer noch zweitausend Pfund.«

Christopher händigte eilig das Bündel Banknoten aus, das die Kendall-Humes ihnen gegeben hatten. Der ältere Beamte zählte die Scheine, während sein junger Assistent vorsichtig die beiden Teppiche wieder einpackte.

»Ich danke Ihnen«, sagte Christopher, als man ihnen die

Pakete und eine Quittung über zweitausend Pfund übergab.

Rasch verfrachteten die Roberts den großen Ballen wieder auf seinen Trolley und rollten ihn durch die Eingangshalle bis hinaus auf das Trottoir, wo die Kendall-Humes sie voller Ungeduld erwarteten.

»Sie waren ziemlich lange da drin«, sagte Kendall-Hume. »Gab's irgendwelche Probleme?«

»Nein, sie haben nur den Wert der Teppiche veranschlagt.«

»Irgendwelche Extrakosten?«, fragte Kendall-Hume besorgt.

»Nein, Ihre zweitausend Pfund haben alle Kosten gedeckt«, antwortete Christopher und überreichte ihm die Quittung.

»Dann sind wir also noch einmal davongekommen, alter Junge. Gut gemacht! Ein weiteres Mordsgeschäft für meine Sammlung.«

Kendall-Hume drehte sich um, verstaute das große Paket im Kofferraum seines Mercedes, schloss ab und setzte sich ans Steuer. »Gut gemacht!«, sagte er noch einmal durch das offene Fenster, als der Wagen sich in Bewegung setzte. »Ich werde den Spendenaufruf der Schule nicht vergessen.«

Die Roberts standen da und sahen zu, wie der silbergraue Wagen sich in den Verkehr einreihte, der sich vom Flughafen wegbewegte.

»Warum hast du Mr. Kendall-Hume nicht den tatsächlichen Wert seines Teppichs genannt?«, fragte Margaret, sobald sie im Bus saßen.

»Ich habe es mir durch den Kopf gehen lassen, aber ich kam zu dem Schluss, dass die Wahrheit das Letzte gewesen wäre, was Kendall-Hume hätte hören wollen.«

»Aber hast du denn kein schlechtes Gewissen? Immerhin war das, was wir getan haben, Diebstahl –«

»Nicht im Geringsten, meine Liebe. Wir haben nur eine Mordsbeute gemacht.«

Oberst Ochsenfrosch

Es gibt in England nur eine einzige Kathedrale, die es nie nötig hatte, dass man für sie einen nationalen Spendenaufruf veranstaltete.

Als der Oberst erwachte, stellte er fest, dass er da, wo man ihn in den Hinterhalt gelockt hatte, an einem Pfahl festgebunden war. Er verspürte ein taubes Gefühl im Bein. Das Letzte, woran er sich erinnern konnte, war der Augenblick, als das Bajonett sich in seinen Schenkel bohrte. Momentan spürte er nur, dass Ameisen in endlosem Strom sein Bein emporkrochen, deren Ziel seine Wunde war.

Er entschied, dass es besser gewesen wäre, wenn er das Bewusstsein nicht erlangt hätte.

Dann band ihn jemand los, und er fiel vornüber in den Schlamm. Noch besser wäre es, tot zu sein, dachte er. Irgendwie gelang es dem Oberst, wieder auf die Beine zu kommen und zu dem Pfahl daneben zu kriechen. Dort war ein Korporal angebunden, der schon seit mehreren Stunden tot sein musste. Ameisen krabbelten in seinen Mund hinein. Der Oberst riss einen schmalen Streifen vom Hemd des Mannes ab, wusch ihn in einer nahe liegenden Pfütze und säuberte die Wunde an seinem Bein, bevor er einen straff sitzenden Verband daraus machte.

Das war am 17. Februar 1943 gewesen, ein Datum, das sich dem Oberst für den Rest seines Lebens ins Gedächtnis eingraben sollte.

Am Vormittag desselben Tages erhielten die Japaner den Befehl, die gefangen genommenen alliierten Soldaten im Morgengrauen zu verlegen. Viele sollten auf dem Marsch umkommen, und eine noch größere Zahl von ihnen war ex gegangen, bevor der Treck begann. Oberst Richard Moore war fest entschlossen, dieses Schicksal nicht zu erleiden.

Neunundzwanzig Tage später erreichten einhundertundsiebzehn der ursprünglich siebenhundertundzweiunddreißig Mann der alliierten Truppen Tonchan. Für jeden, der auf seinen Reisen bisher nie über Rom hinausgekommen war, stellte Tonchan eine Erfahrung dar, auf die er schwerlich vorbereitet gewesen sein konnte. Dieses schwer bewachte Kriegsgefangenenlager, das ungefähr dreihundert Meilen nördlich von Singapur im tiefsten äquatorialen Dschungel versteckt lag, bot nicht die geringste Möglichkeit zur Flucht. Die an Flucht dachten, durften nicht hoffen, länger als ein paar Tage im Dschungel zu überleben, und diejenigen, die sich zum Ausharren entschlossen hatten, mussten entdecken, dass ihre Überlebenschancen nicht viel größer waren.

Major Sakata, der Lagerkommandant, teilte dem soeben eingetroffenen Oberst mit, er werde ihn, da er der rangälteste Offizier sei, persönlich für das Wohlergehen sämtlicher alliierten Truppenangehörigen verantwortlich machen.

Oberst Moore starrte auf den japanischen Offizier hinunter. Sakata war sicher einen Fuß kleiner als er selbst, aber nach dem achtundzwanzigtägigen Marsch wog der Brite nicht viel mehr als der kleinwüchsige Major.

Nachdem er das Büro des Kommandanten verlassen hatte, rief Moore als Erstes alle alliierten Offiziere zu sich. Er stellte fest, dass es im Lager in ziemlich gleicher Verteilung Soldaten aus England, Australien, Neuseeland und Amerika gab, von denen nur die wenigsten als fit bezeichnet werden konnten. Täglich starben Männer an Malaria, Ruhr und Unterernährung. Mit einem Mal wurde ihm die Bedeutung der Redensart »wie die Fliegen sterben« klar.

Der Oberst erfuhr von seinen Stabsoffizieren, dass man ihnen während der vorangegangenen zwei Jahre, seitdem es das Lager gab, befohlen hatte, Bambushütten für die japanischen Offiziere zu bauen. Erst nachdem diese fertig gestellt waren, hatte man ihnen erlaubt, eine Krankenstation für die eigenen Männer und, erst kürzlich, auch Hütten für sich selbst zu errichten. Viele Gefangene waren während dieser zwei Jahre gestorben, und zwar nicht an Krankheiten, sondern an den Grausamkeiten, die einige der Japaner alltäglich an ihnen verübten. Major Sakata, der wegen seiner dünnen Arme »Essstäbchen« genannt wurde, war jedoch nicht so ein Schurke. Sein Stellvertreter, Leutnant Takasaki (»der Totengräber«) und Feldwebel Ayut (»das Schwein«) seien da aus ganz anderem Holz geschnitzt, und man müsse ihnen um jeden Preis aus dem Weg gehen, warnten ihn seine Männer.

Der Oberst brauchte nur wenige Tage, um das selbst herauszufinden.

Er entschied, seine erste Aufgabe sei es, die auf den

Tiefpunkt gesunkene Moral seiner Soldaten wieder aufzurichten. Da es unter den gefangen genommenen Offizieren keinen Geistlichen gab, fing er jeden Tag mit einem kurzen Gebetsgottesdienst an. Nach dem Gottesdienst begannen die Männer mit der Arbeit an der Bahnlinie, die entlang des Lagers verlief. Die mühevolle Arbeit bestand im Verlegen von Gleisen, um den japanischen Soldaten dazu zu verhelfen, schneller an die Front zu gelangen, damit sie dort noch mehr Soldaten der Alliierten töten oder gefangen nehmen konnten. Jeder Häftling, der im Verdacht stand, diese Arbeit zu untergraben, wurde der Sabotage beschuldigt und ohne Gerichtsverhandlung exekutiert. In Leutnant Takasakis Augen war es bereits Sabotage, eine unerlaubte fünfminütige Pause einzulegen.

Zu Mittag erlaubte man den Gefangenen eine Unterbrechung von zwanzig Minuten, in der sie jeweils eine Schale Reis – gewöhnlich mit Maden darin – und, wenn sie Glück hatten, einen Becher Wasser bekamen. Obwohl die Männer jeden Abend erschöpft ins Lager zurückkehrten, machte sich der Oberst dennoch daran, Trupps aufzustellen, die für die Sauberkeit der Hütten und den Zustand des Lagers verantwortlich waren.

Nach nur wenigen Monaten gelang es dem Oberst, ein Fußballspiel zwischen den Briten und Amerikanern zu organisieren, und als dieses ein Erfolg wurde, stellte er sogar eine Lagerliga auf. Noch erfreuter war er jedoch, als die Männer zum Karate-Unterricht bei Feldwebel Hawke erschienen, einem untersetzten Australier, der den Schwarzen Gürtel besaß und darüber hinaus auch noch Mundharmonika spielte. Das kleine Instrument hatte den Marsch durch den Dschungel überstanden, aber jedermann rechnete damit, dass es über kurz oder lang entdeckt und konfisziert werden würde.

Jeder Tag bestärkte Moore in seiner Entschlossenheit, den Japanern nicht zu gestatten, auch nur für einen Augenblick zu glauben, die Alliierten seien geschlagen – ungeachtet der Tatsache, dass er während seiner Zeit in Tonchan weitere zwanzig Pfund an Gewicht verloren hatte und ansonsten täglich mindestens einen der unter seinem Befehl stehenden Männer verlor.

Zu des Obersts Überraschung legte ihnen der Lagerkommandant trotz der in Japan vorherrschenden nationalen Überzeugung, jeder Soldat, der sich gefangen nehmen lasse, müsse wie ein Deserteur behandelt werden, nicht allzu viele Hindernisse in den Weg.

»Sie sind wie der Ochsenfrosch«, meinte Major Sakata eines Abends, als er zusah, wie der Oberst aus Bambusholz Kricketstäbe schnitzte. Dies war eine der seltenen Gelegenheiten, bei denen der Oberst ein Lächeln zustande brachte.

Seine wirklichen Probleme hatten ihre Ursache weiterhin in Leutnant Takasaki und dessen Handlangern, in deren Augen gefangen genommene alliierte Soldaten lediglich wie Verräter zu behandeln waren. Dem Oberst persönlich begegnete Takasaki stets mit großer Vorsicht, übte jedoch keinerlei solche Zurückhaltung, wenn er mit den anderen Dienstgraden zu tun hatte, mit dem Ergebnis, dass den alliierten Soldaten oft ihre mageren Verpflegungsrationen konfisziert wurden, sie einen Gewehrkolbenstoß in den Magen erhielten oder sogar tagelang an einen Baum gebunden stehen mussten.

Jedes Mal, wenn der Oberst sich mit einer offiziellen Beschwerde an den Kommandanten wandte, hörte Major

Sakata verständnisvoll zu und bemühte sich sogar, die Hauptschuldigen auszusondern. Moores glücklichster Augenblick in Tonchan war der, als er erleben durfte, wie der »Totengräber« und das »Schwein« den Zug an die Front bestiegen. Keiner versuchte diese Reise zu sabotieren. Der Kommandant ersetzte die beiden durch Feldwebel Akida und den Korporal Sushi, die von den Gefangenen schon fast liebevoll »Süß-saures Schweinefleisch« genannt wurden. Dann jedoch schickte das japanische Oberkommando einen neuen Stellvertreter ins Lager, einen Leutnant Osawa, der schnell als »der Teufel« bekannt wurde, da er Untaten verübte, die den »Totengräber« und das »Schwein« vergleichsweise als Organisatoren von Kirchenfeierlichkeiten erscheinen ließen.

Während die Monate verstrichen, wuchs zwischen dem Oberst und dem Kommandanten der gegenseitige Respekt. Sakata vertraute seinem englischen Gefangenen sogar an, er habe das Ansuchen gestellt, an die Front geschickt zu werden, um richtig kämpfen zu können. »Und falls«, fügte der Major hinzu, »das Oberkommando meinem Gesuch stattgibt, würde ich mich nur von zwei Unteroffizieren begleiten lassen.«

Oberst Moore wusste, dass der Major dabei an »Süß-saures Schweinefleisch« dachte, und dachte mit Sorge daran, was aus seinen Männern werden würde, wenn die einzigen drei Japaner, mit denen er zusammenarbeiten konnte, an die Front zurückgeschickt würden und das Lager so unter den Befehl von Leutnant Osawa geriete.

Als Major Sakata zu ihm in seine Hütte kam, war Oberst Moore klar, dass etwas Außergewöhnliches geschehen sein musste, denn dies hatte er noch nie zuvor getan. Der

Oberst stellte seine Reisschale zurück auf den Tisch und bat die drei Offizierskameraden, die mit ihm gefrühstückt hatten, draußen zu warten.

Der Major nahm Haltung an und salutierte.

Der Oberst erhob sich zu seiner vollen Körpergröße von sechs Fuß, erwiderte den Gruß und starrte hinab in Sakatas Augen.

»Der Krieg ist zu Ende«, sagte der japanische Offizier. Einen Augenblick lang befürchtete Moore das Schlimmste. »Japan hat bedingungslos kapituliert. Das Lager, Sir«, sagte Sakata leise, »steht unter Ihrem Kommando.«

Der Oberst gab sofort Befehl, alle japanischen Offiziere im Quartier des Kommandanten festzusetzen. Während seine Anordnungen durchgeführt wurden, machte er sich persönlich auf die Suche nach dem »Teufel«. Moore marschierte über den Paradeplatz und ging geradewegs auf die Offiziersquartiere zu. Er fand die Hütte des stellvertretenden Kommandanten, ging die Stufen hinauf und riss Osawas Tür auf. Der Anblick, der sich dem neuen Kommandanten bot, war einer, den er nie würde vergessen können. Der Oberst hatte über rituelles Harakiri gelesen, ohne sich wirklich vorstellen zu können, worin dessen letzter Akt bestand. Leutnant Osawa musste sich hundertmal den Bauch aufgeschlitzt haben, bevor er endlich gestorben war. Das Blut, der Gestank und der Anblick des verstümmelten Körpers hätten sogar einem Gurkha Übelkeit verursacht. Nur anhand des Kopfes ließ sich mit Sicherheit sagen, dass die sterblichen Überreste einmal einem Menschen gehört hatten.

Der Oberst ordnete an, Osawa vor den Toren des Lagers zu begraben.

Als die Kapitulation Japans schließlich an Bord des US-Schlachtschiffes *»Missouri«* in der Bucht von Tokio unterzeichnet wurde, hörten im Kriegsgefangenenlager von Tonchan alle Insassen der Zeremonie vor dem einzigen im Camp verfügbaren Radio zu. Anschließend ließ Oberst Moore das gesamte Lager zum Appell auf dem Exerzierplatz antreten. Zum ersten Mal seit zweieinhalb Jahren trug er seine Ausgehuniform, in der er aussah wie ein Hanswurst, der sich in eine Cocktailparty verirrt hatte. Stellvertretend für die Alliierten nahm er die japanische Flagge aus den Händen von Major Sakata entgegen und ließ den besiegten Feind dann zu den Klängen der beiden nacheinander von Feldwebel Hawke auf seiner Mundharmonika gespielten Nationalhymnen die amerikanische und die britische Flagge aufziehen.

In Gegenwart aller alliierten und spanischen Soldaten hielt der Oberst anschließend einen kurzen Dankgottesdienst ab.

Nachdem die Befehlsgewalt nun in seine Hände übergegangen war, wartete Oberst Moore, während eine sinnlose Woche nach der anderen verstrich, auf die Nachricht, dass man ihn nach Hause schicke. Viele seiner Männer hatten schon ihre Order erhalten, sich auf den zehntausend Meilen langen Rückweg über Bangkok und Kalkutta nach England zu begeben, aber kein derartiger Befehl erreichte den Oberst, und er wartete vergeblich darauf, dass sein Marschbefehl in die Heimat einträfe.

Dann kam im Januar 1946 ein elegant gekleideter junger Gardeoffizier mit der Order, den Oberst aufzusuchen, im Lager an. Er wurde zum Büro des Kommandanten geführt und salutierte, bevor er ihm die Hand schüttelte. Richard Moore starrte den jungen Hauptmann an, der, nach seiner gesunden Gesichtsfarbe zu urteilen, offensichtlich erst lange nach der Kapitulation der Japaner im Fernen Osten eingetroffen war. Der Hauptmann überreichte dem Oberst einen Brief.

»Endlich geht's nach Hause«, sagte der ältere Mann munter, während er den Umschlag aufriss, um dann jedoch feststellen zu müssen, dass es noch Jahre dauern konnte, bevor er hoffen durfte, die Reisfelder von Tonchan gegen die grünen Felder von Lincolnshire zu vertauschen.

In dem Brief wurde der Oberst aufgefordert, nach Tokio zu reisen und England in dem bevorstehenden Kriegsverbrecherprozess in der japanischen Hauptstadt zu vertreten. Hauptmann Ross von der Coldstream-Garde solle sein Kommando in Tonchan übernehmen.

Das Gericht werde sich aus zwölf Offizieren unter dem Vorsitz von General Matthew Tomkins zusammensetzen. Moore als der einzige britische Vertreter solle sich direkt beim General melden, »sobald es Ihnen passt«. Weitere Einzelheiten würden ihm bei seiner Ankunft in Tokio mitgeteilt werden. Der Brief endete mit dem Satz: »Falls Sie aus irgendeinem Grund bei Ihren Beratungen meine Hilfe brauchen, zögern Sie nicht, mit mir persönlich Verbindung aufzunehmen.« Es folgte die Unterschrift von Clement Attlee.

Stabsoffiziere sind es nicht gewohnt, den Anweisungen von Premierministern nicht Folge zu leisten, also fand sich der Oberst mit einem verlängerten Aufenthalt in Japan ab.

Es dauerte mehrere Monate, bis das Tribunal aufgestellt war, und während dieser Zeit beaufsichtigte Oberst Moore weiterhin die Rückkehr britischer Truppenteile in ihre Heimat. Der Papierkrieg war endlos, und einige der unter seinem Befehl stehenden Männer waren so geschwächt, dass er es als notwendig erachtete, ihnen nicht nur physisch, sondern auch seelisch wieder zu Kräften zu verhelfen, bevor er sie an Bord der Schiffe schickte, die nach den verschiedenen Zielhäfen in See stachen. Manche von ihnen starben lange nach der Ratifizierung der Kapitulationsurkunde.

Während dieser Zeit des Wartens bediente sich Oberst Moore des Majors Sakata und der zwei Unteroffiziere, in die Sakata so viel Vertrauen gesetzt hatte, des Feldwebels Akida und des Korporals Sushi, als seiner Verbindungsoffiziere. Der plötzliche Kommandowechsel beeinträchtigte nicht die Beziehung zwischen den beiden Offizieren, obgleich Sakata dem Oberst gegenüber zugab, er habe sich gewünscht, bei der Verteidigung seines Vaterlandes getötet zu werden, statt am Leben zu bleiben und dessen Schmach mitzuerleben. Der Oberst machte die Feststellung, dass die Japaner sehr diszipliniert blieben, während sie darauf warteten, ihr Schicksal zu erfahren, und dass die meisten von ihnen der Ansicht waren, die naturgemäße Konsequenz aus der Niederlage sei für sie der Tod.

Das Tribunal hielt seine erste Plenumssitzung am 19. April 1946 in Tokio ab. General Tomkins bezog den fünften Stock des alten kaiserlichen Gerichtsgebäudes im Ginza-Viertel von Tokio – eines der wenigen Gebäude, die den Krieg unbeschadet überstanden hatten. Tomkins, ein untersetzter, aufbrausender Mann, den sein eigener

Adjutant als einen »Federfuchser aus dem Pentagon« beschrieb, traf eine Woche vor den ersten Beratungen in Tokio ein. Das einzige Ra-ta-ta-ta, das der General je gehört hatte, stammte – wie der Adjutant Oberst Moore freimütig verriet – von der Schreibmaschine im Büro seiner Sekretärin. Was jedoch die unter Anklage Stehenden betraf, so gab es für den General keinen Zweifel, wo die Schuld zu suchen sei und wie man die Schuldigen zu bestrafen habe.

»Aufhängen sollte man jeden einzelnen von diesen kleinen schlitzäugigen gelben Bastarden«, stellte sich als eine von Tomkins' Lieblingsäußerungen heraus.

Um einen Tisch in einem alten Gerichtssaal sitzend, hielt das aus zwölf Männern bestehende Tribunal seine Beratungen ab. Es war gleich von der Eröffnungssitzung an klar, dass der General nicht die Absicht hatte, »mildernde Umstände«, das »persönliche Schicksal« der Angeklagten oder »humanitäre Gründe« zu berücksichtigen. Während der Oberst den Ansichten Tomkins' lauschte, begann er um das Leben jedes unschuldigen Armeeangehörigen, der vor den General gebracht werden würde, zu fürchten.

Der Oberst fand schnell heraus, dass es unter den Mitgliedern des Tribunals vier Amerikaner gab, die, wie er selbst, nicht immer mit den stark verallgemeinernden Ansichten des Generals konform gingen. Zwei von ihnen waren Anwälte, die beiden anderen Angehörige der kämpfenden Truppe, die erst kürzlich noch im Einsatz gewesen waren. Gemeinsam begannen die fünf Männer den von den schlimmsten Vorurteilen geleiteten Entscheidungen des Generals entgegenzuwirken. Während der folgenden Wochen gelang es ihnen, jeweils den einen oder anderen der am Tisch Sitzenden dazu zu überreden, im Falle mehrerer Japaner, die für Verbrechen verurteilt worden waren, die sie unmöglich begangen haben konnten, das Urteil »Tod durch Erhängen« in lebenslange Haft umzuwandeln.

Bei den Beratungen über jeden dieser Fälle ließ General Tomkins die fünf Männer nicht im Zweifel darüber, welche Verachtung er für ihre Ansichten empfand. »Gottverdammte Japsen-Sympathisanten«, entfuhr es ihm häufig, und dies nicht immer im Flüsterton. Da der General noch immer den Vorsitz über das Zwölfertribunal innehatte, ließen sich die Erfolge des Obersten an fünf Fingern abzählen.

Dann war es so weit, über das Schicksal derer zu bestimmen, die das Kommando über das Kriegsgefangenenlager in Tonchan geführt hatten. Der General forderte für alle beteiligten japanischen Offiziere eine Massenhinrichtung durch den Strang – ohne ihnen auch nur den Anschein einer angemessenen Gerichtsverhandlung zu gewähren. Er zeigte keinerlei Überraschung, als die bewussten fünf Mitglieder des Tribunals einmal mehr lautstark protestierten. Oberst Moore sprach in überzeugender Weise über seine Zeit als Gefangener in Tonchan und reichte ein Gnadengesuch für Major Sakata, Feldwebel Akida und den Korporal Sushi ein. Er machte den Versuch zu erklären, warum eine Hinrichtung durch den Strang auf ihre Weise ebenso barbarisch wäre wie jede der Grausamkeiten, die die Japaner verübt hätten. Er bestehe darauf, dass ihr Urteil in »lebenslänglich« umgewandelt werde. Der General gähnte nur ständig während der Ausführungen des Obersten, und sobald Moore mit seinen Darlegungen am Ende war, versuchte er nicht einmal, seine Haltung zu rechtfertigen, sondern forderte die Anwesenden lediglich auf, ihre Stimme abzugeben. Zu des Generals Überraschung war das Ergebnis 6:6, ein amerikanischer Anwalt, der vorher auf der Seite des Generals gewesen war, hob die Hand, um seine Stimme den fünfen des Obersten hinzuzufügen. Ohne zu zögern, entschied der General mit seinem ausschlaggebenden Votum für den Galgen. Dabei warf er Moore über den Tisch hinweg einen boshaften Blick zu und sagte: »Ich denke, es ist Zeit zum Lunch, meine Herren. Ich weiß nicht, wie es Ihnen geht, aber ich komme um vor Hunger. Und diesmal kann keiner behaupten, wir hätten den kleinen gelben Bastarden keine faire Verhandlung zugestanden.«

Oberst Moore erhob sich von seinem Platz und verließ ohne jeden weiteren Kommentar den Raum.

Er rannte die Stufen des Gerichtsgebäudes hinunter und wies seinen Fahrer an, ihn so schnell wie möglich zum Britischen Hauptquartier in der Stadtmitte zu bringen. Wegen der dichten Menschenmenge, die sich Tag und Nacht auf den Straßen drängte, brauchten sie für die kurze Strecke eine ganze Weile. Sobald er in seinem Büro angekommen war, bat der Oberst seine Sekretärin, eine Telefonverbindung mit England herzustellen. Während sie seine Anordnung befolgte, ging Moore zu seinem grünen Schrank und durchblätterte mehrere Ordner, bis er den gefunden hatte, auf dem »Persönlich« stand. Er öffnete ihn und fischte den Brief heraus. Er wollte sichergehen, dass er den Wortlaut des Satzes richtig im Gedächtnis hatte ... »Falls Sie aus irgendeinem Grunde bei Ihren Beratungen meine Hilfe brauchen, zögern Sie nicht, mit mir persönlich Verbindung aufzunehmen.«

»Er kommt jetzt an den Apparat, Sir«, sagte die Sekretärin aufgeregt. Der Oberst ging hinüber zum Telefon und wartete. Er ertappte sich dabei, wie er strammstand, als er die Stimme hörte, die ihn fragte: »Sind Sie es, Oberst?« Richard Moore benötigte weniger als zehn Minuten, um das Problem, dem er sich gegenübersah, zu erläutern und die Vollmacht, die er brauchte, zu erhalten.

Sofort nach Beendigung des Gesprächs kehrte er zum Hauptquartier des Kriegsgerichts zurück. Er marschierte auf direktem Wege zurück in den Sitzungssaal, gerade als General Tomkins sich auf seinem Stuhl niederlassen wollte, um mit der Nachmittagsverhandlung zu beginnen.

Der Oberst war der Erste, der sich von seinem Platz erhob, als der General die Sitzung des Tribunals eröffnete.

»Ich bitte um die Erlaubnis, zu Anfang eine Erklärung abgeben zu dürfen«, ersuchte er den Vorsitzenden.

»Ganz wie Sie wünschen«, sagte Tomkins. »Aber machen Sie's kurz. Wir haben uns noch mit einer ganzen Menge mehr von diesen Japsen zu befassen.«

Oberst Moore ließ seinen Blick von einem zum anderen der um den Tisch herum sitzenden elf Männer wandern.

»Meine Herren«, begann er, »ich trete hiermit von meinem Amt als britischer Beauftragter dieser Kommission zurück.«

General Tomkins konnte ein Lächeln nicht unterdrücken.

»Ich tue das ungern«, fuhr der Oberst fort, »jedoch mit dem vollen Einverständnis meines Premierministers, mit dem ich vor nur wenigen Augenblicken telefonisch gesprochen habe.« Auf diese Information hin wich das Lächeln auf Tomkins' Gesicht einem Stirnrunzeln. »Ich werde nach England zurückkehren und dort Mr. Attlee und dem britischen Kabinett einen vollständigen Bericht darüber vorlegen, in welcher Weise dieses Tribunal geführt worden ist.«

»Jetzt hören Sie mal zu, Söhnchen«, begann der General, »Sie können doch nicht –«

»Doch, Sir, ich kann. Und ich werde. Im Gegensatz zu Ihnen bin ich nicht gewillt, für den Rest meines Lebens an meinen Händen das Blut unschuldiger Soldaten kleben zu lassen.«

»Jetzt hören Sie mal zu, Söhnchen«, wiederholte der General. »Lassen Sie uns wenigstens erst einmal darüber reden, bevor Sie etwas tun, was Sie vielleicht später bereuen.«

An jenem Tag wurde keine Pause mehr eingelegt, und bis zum späten Nachmittag waren die Urteile für Major Sakata, Feldwebel Akida und den Korporal Sushi in lebenslange Gefängnisstrafen umgewandelt.

Innerhalb eines Monats wurde General Tomkins vom Pentagon zurückbeordert und durch einen distinguierten amerikanischen Marineoffizier ersetzt, der für seinen Einsatz im Ersten Weltkrieg ausgezeichnet worden war.

In den Wochen, die auf diese neue Berufung folgten, wurden die Todesurteile von zweihundertneunundzwanzig japanischen Kriegsgefangenen in ähnlicher Weise abgeändert.

Oberst Moore, der von der Realität des Krieges und der Heuchelei des Friedens genug hatte, kehrte am 11. November 1948 nach Lincolnshire zurück.

Nahezu zwei Jahre später empfing Richard Moore die heiligen Weihen und wurde Gemeindepfarrer in dem verschlafenen Dörfchen Weddlebeach in Suffolk. Seine Berufung dorthin machte ihm Freude, und obwohl er seinen Pfarrkindern gegenüber selten von seinen Kriegserlebnissen sprach, dachte er oft an die Zeit, die er in Japan verbracht hatte.

»Selig sind die Friedfertigen, denn sie werden ...«, begann der Pfarrer eines Morgens in den frühen Sechzigern von der Kanzel seine Palmsonntagspredigt, doch es gelang ihm nicht, seinen Satz zu beenden.

Die Mitglieder seiner Gemeinde schauten zu ihm hinauf, konnten jedoch nur entdecken, dass auf seinem Gesicht ein breites Lächeln spielte, während er seinen Blick auf jemand richtete, der in der dritten Bankreihe saß.

Der Mann, den er anstarrte, senkte verlegen den Kopf, und der Pfarrer fuhr eilig mit seiner Predigt fort.

Als der Gottesdienst vorüber war, wartete Richard Moore am Ostausgang, um sicherzugehen, dass seine Augen ihn nicht getäuscht hatten. Als sie sich zum ersten Mal nach fünfzehn Jahren wieder von Angesicht zu Angesicht gegenüberstanden, verbeugten sich die beiden Männer und schüttelten sich die Hand.

An jenem Tag erfuhr der Priester beim Lunch im Pfarrhaus, dass »Essstäbchen« Sakata schon nach fünf Jahren aus dem Gefängnis entlassen worden war, nachdem sich die Alliierten mit der neu eingesetzten japanischen Regierung darauf geeinigt hatten, alle diejenigen Häftlinge freizulassen, die keine Kapitalverbrechen begangen hatten.

Als der Oberst sich nach »Süß-saures Schweinefleisch«

erkundigte, gestand der Major ein, er habe den Kontakt zu Feldwebel Akida (»Süß«) verloren, doch arbeite der Korporal Sushi (»Sauer«) bei derselben Elektronikfirma wie er. »Und wann immer wir uns treffen«, versicherte er dem Priester, »sprechen wir über den verehrungswürdigen Mann, der uns das Leben gerettet hat, den ›britischen Ochsenfrosch‹.«

Im Laufe der Jahre kamen der Priester und sein japanischer Freund in den von ihnen gewählten Berufen immer weiter voran und korrespondierten regelmäßig miteinander. 1971 wurde Ari Sakata Leiter eines großen elektronischen Werks in Osaka, während aus Richard Moore achtzehn Monate später Reverend Richard Moore wurde, Dekan der Kathedrale von Lincoln.

»Ich habe in der Londoner *Times* gelesen, dass Ihre Kathedrale zu Spenden für ein neues Dach aufgerufen hat«, schrieb Sakata 1975 aus seiner Heimat.

»Daran ist nichts Außergewöhnliches«, erläuterte der Dekan in seinem Antwortbrief. »Es gibt in ganz England keine Kathedrale, die nicht an Trockenfäule oder Bombenschäden leiden würde. Ersteres, befürchte ich, ist endgültig; Letzteres kann man jedoch wenigstens zu sanieren versuchen.«

Ein paar Wochen später erhielt der Dekan von einer nicht unbekannten japanischen Elektronikfirma einen Scheck über zehntausend Pfund.

Als im Jahre 1979 Reverend Richard Moore zum Bischof von Taunton ernannt wurde, flog der neu ernannte geschäftsführende Direktor der größten Elektronikfirma Japans nach England hinüber, um bei seiner Einsetzung anwesend zu sein.

»Wie ich sehe, haben Sie wieder ein Problem mit dem Dach«, bemerkte Ari Sakata, als er an dem Gerüst emporblickte, das man um die Kanzel herum errichtet hatte. »Wie viel wird es diesmal kosten?«

»Mindestens fünfundzwanzigtausend Pfund jährlich«, erwiderte der Bischof, ohne zu überlegen, »und das lediglich, um sicherzustellen, dass das Dach während einer meiner strengeren Predigten nicht über der Gemeinde zusammenbricht.« Er seufzte, als er an den überall sichtbaren Spuren der Instandsetzungsarbeiten vorbeiging. »Ich habe die Absicht, sobald ich mich in meinem neuen Job eingelebt habe, einen regelrechten Spendenaufruf zu organisieren, damit mein Nachfolger sich nie mehr um das Dach wird sorgen müssen.«

Der geschäftsführende Direktor nickte verständnisvoll. Eine Woche später flatterte ein Scheck über fünfundzwanzigtausend Pfund auf den Schreibtisch des Kirchenmannes.

Der Bischof gab sich große Mühe, seinen Dank in die richtigen Worte zu fassen. Er wusste, er durfte »Essstäbchen« nie denken lassen, dieser habe in seiner Großzügigkeit vielleicht das Falsche getan, wenn er seinen Freund nicht beleidigen wollte, was zweifellos das Ende ihrer Freundschaft bedeutet hätte. Eine Neufassung nach der anderen wurde entworfen, bis feststand, dass die endgültige Version des handgeschriebenen Briefes sogar die Zustimmung jenes »hohen Tieres« finden würde, das im Außenministerium für die Beziehungen zu Japan zuständig war. Endlich wurde der Brief abgeschickt.

Während die Jahre verstrichen, schreckte Richard Moore immer mehr davor zurück, seinem alten Freund öfter als einmal im Jahr zu schreiben, da jeder Brief einen jeweils höheren Scheck zur Folge hatte. Und als er dann gegen Ende 1986 schrieb, unterließ er jeden Hinweis darauf, dass Dekan und Ordenskapitel gemeinsam beschlossen hatten, 1988 zum Spendenjahr der Kathedrale zu ernennen. Auch erwähnte er nicht seinen schlechten Gesundheitszustand, aus Furcht, der alte japanische Herr könnte sich in irgendeiner Weise dafür verantwortlich fühlen, denn von ärztlicher Seite war er darauf hingewiesen worden, es sei nicht zu erwarten, dass er die aus der Zeit in Tonchan davongetragenen körperlichen Schäden je auskurieren werde.

Im Januar 1987 machte sich der Bischof daran, sein Spendenkomitee zusammenzustellen. Der Prince of Wales wurde dessen Schirmherr und der Lord Lieutenant der Grafschaft sein Vorsitzender. In seiner Eröffnungsrede an die Mitglieder des Spendenkomitees informierte der Bischof sie, dass es ihre Aufgabe sei, im Laufe des Jahres 1988 nicht weniger als drei Millionen Pfund zu beschaffen. Einige der rund um den Tisch Sitzenden bekamen lange Gesichter.

Am 11. August 1987 leitete der Bischof von Taunton gerade als Schiedsrichter ein Kricketspiel, als er plötzlich unter einer Herzattacke zusammenbrach. »Sorgen Sie dafür, dass die Spendenbroschüren rechtzeitig zur nächsten Sitzung gedruckt sind«, waren seine letzten, an den Kapitän der örtlichen Mannschaft gerichteten Worte.

Den Gedenkgottesdienst für Bischof Moore in der Kathedrale von Taunton hielt der Erzbischof von Canterbury. Kein Sitzplatz blieb an jenem Tag in dem Gotteshaus leer, und so viele drängten herein, dass man das Westportal offen lassen musste. Den Zuspätgekommenen blieb nichts anderes übrig, als die Ansprache des Erzbischofs aus den rund um den Platz aufgestellten Lautsprechern zu hören.

Manche der Anwesenden müssen sich über die Gegenwart mehrerer japanischer Herren fortgeschrittenen Alters gewundert haben, die sich da und dort unter die Kirchengemeinde gemischt hatten.

Nachdem der Gottesdienst beendet war, kam es in der Sakristei der Kathedrale zu einem privaten Zusammentreffen zwischen dem Erzbischof und dem Vorsitzenden des größten Elektronikkonzerns der Welt.

»Sie müssen Mr. Sakata sein«, sagte der Erzbischof und schüttelte einem Mann herzlich die Hand, der aus der kleinen Gruppe der Japaner hervorgetreten war. »Ich danke Ihnen, dass Sie sich die Mühe gemacht haben, mir zu schreiben und mich wissen zu lassen, dass Sie kommen würden. Ich bin hoch erfreut, Sie endlich kennen zu lernen. Der Bischof hat von Ihnen immer mit größter Zuneigung gesprochen und nannte Sie einen engen Freund – ›Essstäbchen‹«, wenn ich mich recht entsinne.«

Mr. Sakata verbeugte sich tief.

»Und mir ist auch bekannt, dass er sich immer tief in Ihrer Schuld fühlte, nachdem Sie über so viele Jahre hinweg so großzügig gewesen sind.«

»Nein, nein, das war nicht ich«, erwiderte der ehemalige Major. »Ebenso wie mein lieber Freund, der verstorbene Bischof, bin auch ich nur Vertreter einer höheren Gewalt.«

Der Erzbischof machte ein verdutztes Gesicht.

»Wissen Sie, Sir«, fuhr Mr. Sakata fort, »ich bin nur der Vorstandsvorsitzende der Firma. Gestatten Sie mir die Ehre, Ihnen meinen Präsidenten vorzustellen?«

Mr. Sakata trat einen Schritt zurück, um einem Mann

von noch kleinerer Statur den Vortritt zu lassen, von dem der Erzbischof ursprünglich angenommen hatte, er gehöre zu Mr. Sakatas Begleitern.

Der Präsident verbeugte sich tief und überreichte dem Erzbischof, noch immer ohne ein Wort zu sagen, ein Kuvert.

»Darf ich es öffnen?«, fragte der Kirchenfürst, der die japanische Sitte, zu warten, bis der Schenkende sich verabschiedet hat, nicht kannte.

Der kleine Mann verbeugte sich abermals.

Der Erzbischof schlitzte den Umschlag auf und zog einen Scheck über drei Millionen Pfund heraus.

»Der selige Bischof muss ein sehr enger Freund von Ihnen gewesen sein«, war alles, was ihm zu sagen einfiel.

»Nein, Sir«, entgegnete der Präsident. »Dieses Privileg hatte ich leider nicht.«

»Dann muss er etwas Unglaubliches getan haben, um eine so großzügige Geste zu verdienen.«

»Er hat vor vierzig Jahren eine Ehrentat vollbracht, und ich versuche jetzt, mit meinen unzulänglichen Mitteln, mich dafür erkenntlich zu zeigen.«

»Dann hätte er sich gewiss an Sie erinnert«, sagte der Erzbischof.

»Möglich, dass er sich an mich erinnern würde, aber wenn überhaupt, dann nur als an die saure Hälfte von ›Süß-saurem Schweinefleisch‹.«

Es gibt in England nur eine einzige Kathedrale, die es nie nötig hatte, dass man für sie einen nationalen Spendenaufruf veranstaltete.

SCHACHMATT

Als sie den Raum betrat, richteten sich alle Augen auf sie.

Wenn Männer ein Mädchen bewundern, beginnen manche bei ihrem Gesicht und arbeiten sich langsam abwärts. Ich beginne mit den Knöcheln und arbeite mich hinauf.

Sie trug schwarze, hochhackige Samtschuhe und ein eng anliegendes Kleid, das hoch genug über den Knien endete, um die sich auf das Vollendetste verjüngenden Beine zu enthüllen. Als meine Augen weiter an ihr emporglitten, machten sie Halt bei ihrer schmalen Taille und ihrer schlanken athletischen Figur. Was mich jedoch am meisten fesselte, war ihr ovales Gesicht mit diesen leicht aufgeworfenen Lippen und den größten blauen Augen, die ich je gesehen hatte. Gekrönt wurde alles von einem dichten, schwarzen, kurz geschnittenen Haarschopf, der buchstäblich wie ein Spiegel glänzte. Ihr Auftritt war umso atemberaubender wegen der Szenerie, die sie für ihn gewählt hatte. Köpfe hätten sich bei einem Diplomatenempfang, einer Cocktailparty der feinen Gesellschaft, ja sogar einem Wohltätigkeitsball gedreht, aber bei einem Schachturnier …

Ich verfolgte jede ihrer Bewegungen, und ein herablassendes Gefühl erlaubte mir nicht, anzunehmen, sie könnte eine Schachspielerin sein. Sie ging langsam zu dem Tisch hinüber, an dem der Klubsekretär saß, und trug sich in die Teilnehmerliste ein, womit sie bewies, dass ich im Irrtum war. Sie erhielt eine Nummer, die anzeigte, wer in der ersten Runde ihr Gegner sein würde. Alle, denen noch kein Gegner zugewiesen worden war, warteten jetzt, ob sie auf der gegenüberliegenden Seite ihres Bretts Platz nehmen würde.

Die Spielerin prüfte die Nummer, die sie bekommen hatte, und ging auf einen älteren Mann zu, der in der entferntesten Ecke des Raumes saß. Einst war er Vorsitzender des Klubs gewesen, hatte aber nun seine beste Zeit hinter sich.

Als neuer Vorsitzender hatte ich diese Wettkämpfe, bei denen gezogen wurde, wer gegen wen spielte, zu organisieren gehabt. Wir treffen uns an jedem letzten Freitag des Monats in einem klubähnlichen Raum über dem »Mason's Arms« in der High Street. Der Wirt sorgt dafür, dass uns dreißig Tische sowie Essen und Getränke bereitgestellt werden. Drei oder vier Klubs aus der Umgegend schicken uns ein halbes Dutzend Gegner, gegen die wir einige Partien Blitzschach spielen, was uns die Chance bietet, Gegner zu kriegen, gegen die wir normalerweise nicht spielen würden. Die Regeln sind ziemlich einfach – für jeden Zug ist eine Höchstzeit von einer Minute auf der Schachuhr erlaubt, daher dauert eine Partie selten länger als eine Stunde, und wenn nach dreißig Zügen noch immer keine Entscheidung gefallen ist, wird die Partie automatisch remis gegeben. Zwischen den Partien gibt es nur eine kurze Pause für einen Drink, den der Verlierer zu zahlen hat, sodass jedermann die Chance hat, an einem Abend gegen zwei Gegner anzutreten.

Ein dünner Mann mit halbmondförmiger Brille und dunkelblauem dreiteiligem Anzug kam zu meinem Brett herüber. Wir tauschten ein Lächeln und gaben einander die Hand. Ich hätte auf einen Rechtsanwalt getippt, lag da aber falsch, denn er entpuppte sich als Buchhalter, der bei einer Lieferfirma für Papierwaren in Woking arbeitete.

Es fiel mir schwer, mich auf die gut aufgebaute Moskauer Eröffnung meines Gegners zu konzentrieren, da meine Blicke immer wieder vom Brett weg und hinüber zu dem Mädchen in dem schwarzen Kleid wanderten. Bei dem einzigen Mal, wo unsere Augen einander tatsächlich trafen, schenkte sie mir ein undurchdringliches Lächeln, und obwohl ich es erneut versuchte, gelang es mir nicht, ihr dieselbe Reaktion noch ein zweites Mal zu entlocken. Obgleich ich in Gedanken ganz woanders war, schaffte ich es dennoch, den Buchhalter zu besiegen, der nicht zu wissen schien, dass es verschiedene Gegenspiele bei einer Sieben-Bauern-Attacke gibt.

In der Halbzeitpause hatten ihr drei andere Mitglieder des Klubs bereits einen Drink spendiert, noch bevor ich überhaupt die Bar erreichte. Mir war klar, dass ich nicht darauf hoffen durfte, meine zweite Partie gegen das Mädchen spielen zu können, da man von mir erwartete, dass ich einen der Vorsitzenden der Gastmannschaften herausforderte. Sie spielte schließlich gegen den Buchhalter.

Ich besiegte meinen neuen Gegner in etwas mehr als vierzig Minuten, und als fürsorglicher Gastgeber begann ich daraufhin, Interesse an den Partien zu zeigen, die noch im Gange waren. Ich machte mich auf zu einer Route, die mich auf Umwegen schließlich an ihren Tisch führte. Ich sah sofort, dass der Buchhalter schon in klarer Gewinnstellung war, und wenige Augenblicke nach meiner Ankunft verlor sie nicht nur ihre Dame, sondern auch die Partie.

Ich stellte mich vor und machte die Entdeckung, dass allein das Schütteln ihrer Hand ein erotisches Erlebnis war. Uns zwischen den Tischen hindurchwindend, schlenderten wir zusammen hinüber zur Bar. Sie sagte mir, ihr Name sei Amanda Curzon. Ich bestellte für Amanda das Glas Rotwein, um das sie gebeten hatte, und für mich ein kleines Bier. Ich begann unsere Unterhaltung damit, dass ich über ihre Niederlage mein Bedauern ausdrückte.

»Wie ist Ihr Spiel gegen ihn verlaufen?«, fragte sie.

»Ich habe es gerade noch geschafft, ihn zu schlagen«, sagte ich. »Aber es war knapp. Wie endete Ihre erste Partie gegen unseren früheren Vorsitzenden?«

»Mit einem Patt«, antwortete Amanda. »Aber ich glaube, er wollte nur höflich sein.«

»Als ich letztes Mal gegen ihn spielte, endete es auch mit einem Patt«, sagte ich.

Sie lächelte. »Vielleicht sollten wir beide irgendwann einmal eine Partie spielen?«

»Darauf freue ich mich schon«, erwiderte ich, während sie ihr Glas leerte.

»Also, ich muss jetzt los«, verkündete sie plötzlich. »Muss den letzten Zug nach Hounslow noch kriegen.«

»Erlauben Sie mir, Sie zu fahren«, sagte ich galant. »Das ist das Wenigste, was man vom Kapitän der Gastgebermannschaft erwarten kann.«

»Aber das ist doch sicher ein meilenweiter Umweg für Sie, oder?«

»Ganz und gar nicht«, schwindelte ich, denn Hounslow war von hier ungefähr zwanzig Minuten Fahrzeit weiter weg als meine Wohnung. Ich stürzte den Rest meines Bieres hinunter und half Amanda in ihren Mantel. Bevor wir gingen, dankte ich dem Wirt für die gelungene Organisation des Abends.

Dann schlenderten wir hinaus auf den Parkplatz. Ich öffnete auf der Seite des Beifahrersitzes meines Sciroccos die Tür, um sie einsteigen zu lassen.

»Das ist schon etwas angenehmer als ein Londoner Bus«, sagte sie, als ich mich auf meiner Seite in den Wagen gleiten ließ. Ich lächelte und fuhr hinaus auf die Straße, die nach Norden führte. Ein schwarzes Kleid, wie ich es vorher beschrieben habe, rutscht noch weiter an den Beinen eines Mädchens hinauf, wenn dieses es sich im Sitz eines Scirocco bequem macht. Dies schien sie keineswegs in Verlegenheit zu bringen.

»Es ist noch sehr früh«, wagte ich nach ein paar belanglosen Bemerkungen über den Klubabend zu äußern. »Hätten Sie Zeit für einen Drink bei mir?«

»Das müsste ein schneller Drink sein«, erwiderte sie und sah auf ihre Armbanduhr. »Ich habe morgen einen arbeitsreichen Tag vor mir.«

»Natürlich«, sagte ich und plauderte weiter, in der Hoffnung, sie würde nicht merken, dass wir uns auf einem Umweg befanden, den man schwerlich als den Weg nach Hounslow bezeichnen konnte.

»Arbeiten Sie in der Stadt?«, fragte ich.

»Ja. Ich bin Empfangsdame bei einer Maklerfirma am Berkeley Square.«

»Es überrascht mich, dass Sie nicht Fotomodell sind.«

»Das war ich früher«, entgegnete sie ohne jede weitere Erläuterung. Sie schien überhaupt nicht auf die Route, die ich eingeschlagen hatte, zu achten, und plauderte über ihre Urlaubspläne für Ibiza. Als wir bei mir angelangt waren, parkte ich den Wagen und führte Amanda durch das Gartentor und hinauf in meine Wohnung. Im Vorzimmer half ich ihr aus dem Mantel, bevor ich sie ins Wohnzimmer brachte.

»Was möchten Sie trinken?«, fragte ich.

»Ich bleibe bei Wein, falls Sie eine schon geöffnete Flasche haben«, antwortete sie, während sie langsam umherging und den ungewöhnlich aufgeräumt aussehenden Raum in Augenschein nahm. Meine Mutter muss am Morgen vorbeigekommen sein, dachte ich voll Dankbarkeit.

»Es ist nur eine Junggesellenbude«, sagte ich und betonte dabei das Wort »Junggeselle«, bevor ich in die Küche ging. Zu meiner Erleichterung fand ich in der Speisekammer eine noch ungeöffnete Flasche Wein. Mit der Flasche und zwei Gläsern gesellte ich mich kurz darauf wieder zu Amanda, die sich gerade mein Schachbrett näher ansah und die zierlichen Elfenbeinfiguren betastete. Deren Postierung auf dem Brett entsprach der Spielstellung einer Fernschachpartie, deren Züge auf dem Postweg mitgeteilt wurden.

»Was für eine wunderschöne Garnitur«, sagte sie spontan, als ich ihr ein Glas Wein reichte. »Wo haben Sie die gefunden?«

»In Mexiko«, antwortete ich, erläuterte jedoch nicht, dass ich sie dort während eines Urlaubs bei einem Turnier gewonnen hatte. »Ich finde es nur schade, dass wir beide keine Gelegenheit zu einer Partie hatten.«

Sie schaute auf ihre Armbanduhr. »Zeit für eine schnelle Partie«, sagte sie und nahm hinter den kleinen weißen Steinen Platz.

Eilig setzte ich mich ihr gegenüber. Sie lächelte, ergriff einen weißen und einen schwarzen Läufer und versteckte sie hinter ihrem Rücken. Ihr Kleid wurde dabei noch enger und betonte die Form ihrer Brüste. Dann hielt sie beide geschlossenen Fäuste vor mich hin. Ich tippte auf ihre rechte Hand, sie drehte sie um, öffnete die Faust und brachte einen weißen Läufer zum Vorschein.

»Spielen wir um einen Einsatz?«, wollte ich gut gelaunt wissen. Sie begann, in ihrer Handtasche zu stöbern.

»Ich habe nur ein paar Pfund bei mir«, sagte sie.

»Ich wäre bereit, um einen niedrigeren Einsatz zu spielen.«

»Woran hatten Sie gedacht?«, fragte sie.

»Was haben Sie anzubieten?«

»Was hätten Sie denn gern?«,

»Zehn Pfund, falls Sie gewinnen.«

»Und falls ich verliere?«

»Dann ziehen Sie etwas aus.«

Ich bereute meine Worte in dem Moment, als ich sie ausgesprochen hatte, und wartete darauf, dass sie mich ins Gesicht schlagen und dann gehen würde, aber sie sagte nur schlicht: »Es ist ja nichts dabei, wenn es nur eine Partie ist.«

Ich nickte zustimmend und starrte auf das Brett.

Sie spielte nicht übel, ohne die üblichen Anfängerfehler, obgleich ihre Roux-Eröffnung ein bisschen schulmäßig ausfiel. Es gelang mir, die Partie auf zwanzig Minuten hinauszuzögern und dabei mehrere Steine zu opfern, ohne dass es zu offensichtlich aussah. Als ich »Schachmatt!« sagte, schleuderte sie ihre Schuhe von sich und lachte.

»Wie wär's mit noch einem Drink?«, fragte ich, ohne mir allzu große Hoffnungen zu machen. »Schließlich ist es noch nicht einmal elf Uhr.«

»Einverstanden. Nur einen kleinen, und dann muss ich los.«

Ich ging in die Küche, kehrte einen Augenblick später mit der Flasche zurück und füllte ihr Glas noch einmal.

»Ich wollte nur ein halbes Glas«, sagte sie stirnrunzelnd.

Ich ignorierte ihre Bemerkung und sagte: »Ich habe mit Glück gewonnen, nachdem Ihr Läufer meinen Springer geschlagen hatte. Ein äußerst knapper Ausgang.«

»Schon möglich«, erwiderte sie.

»Wie wär's mit noch einer Partie?«, wagte ich zu fragen.

Sie zögerte.

»Doppelter Einsatz?«

»Was meinen Sie damit?«

»Zwanzig Pfund oder ein weiteres Kleidungsstück?«

»Keiner von uns beiden wird heute Abend viel verlieren, habe ich Recht?«

Sie rückte ihren Sessel näher heran, während ich das Brett umdrehte, und wir stellten die Elfenbeinsteine wieder an ihren Platz.

Die zweite Partie dauerte ein wenig länger, da ich gleich zu Anfang einen dummen Fehler machte, nämlich auf dem Damenflügel zu rochieren, und es waren mehrere Züge notwendig, um diesen Patzer wettzumachen. Dennoch schaffte ich es, die Partie in weniger als dreißig Minuten zu beenden und fand sogar die Zeit, Amandas Glas wieder aufzufüllen, als sie gerade nicht hinschaute.

Sie lächelte mich an, als sie ihr Kleid gerade so weit hochschob, dass ich den oberen Rand ihrer Strümpfe sehen konnte. Sie löste ihre Strumpfhalter und rollte die Strümpfe langsam herunter, worauf sie sie auf meiner Seite des Tisches zu Boden fallen ließ.

»Diesmal habe ich Sie fast geschlagen«, sagte sie.

»Fast«, erwiderte ich. »Wollen Sie noch eine Chance, um gleichzuziehen? Diesmal spielen wir, sagen wir, um fünfzig Pfund«, schlug ich vor und versuchte, meinem Angebot einen uneigennützigen Klang zu verleihen.

»Der Einsatz wird für uns beide immer höher«, antwortete sie, während sie die Steine wieder aufstellte. Ich begann mich zu fragen, was ihr wohl durch den Kopf gehen mochte. Was immer es war, sie beging den dummen Fehler, gleich zu Anfang ihre beiden Türme zu opfern, und so war die Partie innerhalb von Minuten beendet.

Wieder hob sie ihr Kleid, diesmal jedoch bis weit über ihre Taille. Meine Augen hafteten an ihren Schenkeln, als sie den schwarzen Strumpfhaltergürtel öffnete und hoch über meinem Kopf in die Luft hielt, bevor sie ihn neben ihre Strümpfe auf meiner Seite des Tisches fallen ließ.

»Als ich den zweiten Turm verlor«, sagte sie, »hatte ich keine Chance mehr.«

»Der Meinung bin ich auch. Deswegen wäre es nur fair, wenn ich Ihnen noch eine Chance gebe«, sagte ich und stellte die Steine schnell wieder auf das Brett. »Immerhin«, fügte ich hinzu, »können Sie diesmal einhundert Pfund gewinnen.« Sie lächelte.

»Ich sollte jetzt wirklich nach Hause gehen«, sagte sie, als sie ihren Damenbauern zwei Felder vorwärts bewegte. Bei meinem Gegenzug mit meinem Läuferbauern spielte auf ihrem Gesicht wieder dieses undurchdringliche Lächeln.

Es war ihre bisher beste Partie an diesem Abend, und ihr Warschauer Gambit fesselte mich länger als dreißig Minuten ans Brett. Offen gesagt, ich hätte fast gleich zu Beginn verloren, da es mir schwer fiel, mich auf meine Verteidigungsstrategie zu konzentrieren. Ein paar Mal kicherte Amanda, wenn sie glaubte, die Oberhand über mich gewonnen zu haben, aber es wurde offensichtlich, dass sie die Partie nicht kannte, bei der Karpow die Sizilianische Verteidigung gespielt und dann aus einer scheinbar ausweglosen Situation heraus gewonnen hatte.

»Schachmatt«, verkündete ich schließlich.

»Verdammt«, sagte sie, stand auf und drehte mir den Rücken zu. »Sie werden mir hierbei helfen müssen.« Mit zitternden Händen beugte ich mich vor und zog langsam den Reißverschluss herunter, bis er ihr Kreuz erreichte. Erneut verspürte ich den Drang, ihre glatte, weiche Haut zu berühren. Sie drehte sich ruckartig zu mir um, zuckte anmutig mit den Achseln, und das Kleid fiel zu Boden, als wäre soeben eine Statue enthüllt worden. Sie lehnte sich vor und berührte mit ihrer Hand flüchtig meine Wange, was auf mich so ziemlich denselben Effekt hatte wie ein Elektroschock. Ich leerte den Rest der Weinflasche in ihr Glas und ging unter dem Vorwand, mein eigenes Glas ebenfalls wieder füllen zu müssen, in die Küche. Als ich wieder hereinkam, sah ich, dass sie sich nicht von der Stelle gerührt hatte. Ein hauchdünner schwarzer BH und der dazugehörende Slip waren jetzt ihre einzigen Kleidungsstücke, von denen ich mir erhoffte, sie fallen zu sehen.

»Ich nehme nicht an, dass Sie noch eine Partie spielen

wollen?«, fragte ich und versuchte dabei, meine Worte nicht verwegen klingen zu lassen.

»Es wird Zeit, dass Sie mich nach Hause bringen«, sagte sie kichernd.

Ich goss ihr Glas bis zum Rand voll. »Nur noch eine«, bettelte ich. »Diesmal geht es aber um beide Kleidungsstücke.«

Sie lachte. »Auf keinen Fall«, sagte sie. »Ich könnte es mir nicht leisten, zu verlieren.«

»Es wäre auch unsere letzte Partie«, pflichtete ich ihr bei. »Aber ich setze zweihundert Pfund, und wir spielen um beide Wäschestücke.« Ich wartete ab und hoffte, die Höhe des Einsatzes würde sie verlocken. »Die Gewinnchancen liegen jetzt ohne Zweifel bei Ihnen. Schließlich haben Sie dreimal fast gewonnen.«

Sie nippte an ihrem Drink und schien sich den Vorschlag zu überlegen. »In Ordnung«, sagte sie. Ein letzter Versuch.«

Keiner von uns beiden gab seinen Gefühlen darüber Ausdruck, was unausweichlich geschehen würde, wenn sie verlöre.

Ich konnte mein Zittern nicht bezähmen, als ich die Steine wieder aufbaute. Ich zwang mich, klar zu denken und hoffte, sie habe nicht bemerkt, dass ich den ganzen Abend über lediglich ein einziges Glas Wein getrunken hatte. Ich war wild entschlossen, diese Partie schleunigst zu Ende zu bringen.

Ich zog mit meinem Damenbauern ein Feld vor. Als Gegenzug rückte sie ihren Königsbauern zwei Felder vor. Ich wusste genau, was mein nächster Zug sein musste, und das Resultat davon war, dass die Partie nur elf Minuten dauerte.

Noch nie in meinem Leben bin ich so vernichtend geschlagen worden. Amanda war mir als Spielerin haushoch überlegen. Sie sah jeden meiner Züge voraus, ihre Erwiderungen waren mir noch nie untergekommen, noch hatte ich je davon gelesen.

Jetzt war sie an der Reihe, »Schachmatt!« zu sagen, was sie mit demselben Lächeln tat wie zuvor und hinzufügte: »Wie Sie richtig sagten, waren die Gewinnchancen diesmal auf meiner Seite.«

Ich senkte ungläubig den Kopf. Als ich wieder aufsah, war sie bereits wieder in das schöne schwarze Kleid geschlüpft und stopfte Strümpfe und Strumpfhalter in ihre Handtasche. Einen Augenblick später zog sie ihre Schuhe an.

Ich holte mein Scheckbuch hervor, schrieb auf einen Scheck den Namen »Amanda Curzon« und fügte die Summe von zweihundert Pfund, das Datum und meine Unterschrift hinzu. Während ich damit beschäftigt war, stellte sie die kleinen Elfenbeinfiguren wieder exakt auf die Felder, wo sie gestanden waren, als sie das Zimmer das erste Mal betreten hatte.

Sie beugte sich vor und küsste mich flüchtig auf die Wange. »Danke«, sagte sie und steckte den Scheck in ihre Handtasche. »Wir sollten bald wieder spielen.«

Als ich die Wohnungstür hinter ihr zufallen hörte, starrte ich noch immer auf das Brett mit den neu aufgebauten Steinen.

»Warten Sie«, rief ich und rannte zur Tür. »Wie kommen Sie jetzt nach Hause?«

Ich konnte sie gerade noch die Stufen hinunter und auf die offene Wagentür eines BMW zulaufen sehen. Sie stieg ein und erlaubte mir einen letzten Blick auf diese langen, sich so anmutig verjüngenden Beine. Als die Tür hinter ihr geschlossen wurde, lächelte sie.

Der Buchhalter schlenderte um den Wagen herum zur Fahrertür, stieg ein, ließ den Motor aufheulen und fuhr die Siegerin heimwärts.

Ganovenehre

Zum ersten Mal bin ich Sefton Hamilton letztes Jahr gegen Ende August begegnet, als meine Frau und ich bei Henry und Suzanne Kennedy in deren Haus am Warwick Square zum Abendessen eingeladen waren.

Hamilton war einer von diesen bedauerlichen Menschen, die zwar immensen Reichtum, sonst aber nicht viel mehr geerbt haben. Er konnte uns schnell davon überzeugen, dass er nur wenig Zeit zum Lesen und gar keine Zeit zu Theater- oder Opernbesuchen habe. Was ihn jedoch keineswegs daran hinderte, zu jedem Thema von Shaw bis Pavarotti, von Gorbatschow bis Picasso eine Meinung zu äußern. Es sei ihm zum Beispiel ein Rätsel, sagte er, worüber die Arbeitslosen sich beklagten, wo doch ihre Sozialunterstützung nur knapp unter dem liege, was er zurzeit den Arbeitern auf seinem Gut zahle. In jedem Fall gäben sie das Geld ja doch nur beim Bingo oder für Alkohol aus, versicherte er uns.

Alkohol – das bringt mich auf den anderen Dinnergast an jenem Abend: Freddie Barker, Vorsitzender der *Wine Society*, der meiner Frau gegenübersaß und ganz im Gegensatz zu Hamilton kaum ein Wort sagte. Henry hatte mir am Telefon erklärt, nicht nur habe Barker der *Society* wieder finanziell auf die Beine geholfen, sondern gelte darüber hinaus als eine führende Autorität auf seinem Gebiet. Ich freute mich darauf, nützliche Informationen aus erster Quelle aufzuschnappen. Wann immer es Barker gestattet war, ein Wort anzubringen, bewies er beim jeweiligen zur Diskussion stehenden Thema genügend Wissen, um mich davon zu überzeugen, dass er ein faszinierender Gesprächspartner gewesen wäre, wenn Hamilton doch nur einmal lange genug den Mund gehalten hätte, um ihn ausreden zu lassen.

Während unsere Gastgeberin als Vorspeise ein Spinatsoufflé auftischte, das einem auf der Zunge zerging, ging Henry um den Tisch herum und goss jedem von uns ein Glas Wein ein.

Barker schnupperte anerkennend an dem seinigen. »Es ist nur recht und billig, dass wir anlässlich der Zweihundertjahrfeier einen australischen Chablis von solch vorzüglicher Qualität trinken. Ich bin sicher, die Weißweine der Australier werden die Franzosen bald um ihre Lorbeeren bangen lassen.«

»Ein australischer Wein?«, sagte Hamilton ungläubig, als er sein Glas absetzte. »Woher sollte eine Nation von Biersäufern auch nur die geringste Ahnung von der Herstellung eines einigermaßen vernünftigen Weines haben?«

»Ich glaube, Sie werden feststellen«, hob Barker an, »dass die Australier –«

»Jaja, die Zweihundertjahrfeier«, fuhr Hamilton fort. »Nennen wir die Dinge doch beim Namen: Sie feiern lediglich die zweihundert Jahre guter Führung.« Außer Hamilton lachte keiner. »Ich würde noch heute nicht zögern, unsere Verbrecher dorthin zu verfrachten, wenn man mich nur ließe.«

Keiner von uns bezweifelte dies.

Hamilton nippte vorsichtig an dem Wein, wie jemand, der befürchtet, dass man eben dabei ist, ihn zu vergiften, und begann dann zu erläutern, warum seiner wohl überlegten Meinung nach die Richter viel zu milde mit kleinen Verbrechern umgingen. Ich zog es vor, mich mehr auf das Essen zu konzentrieren als auf den unaufhörlichen Schwall von Ansichten, die mein Nachbar zum Besten gab.

Beef Wellington schmeckt mir immer, und Suzanne kann einen Blätterteig zubereiten, der beim Schneiden nicht zerbröckelt, und Fleisch von einer solchen Zartheit, dass man nach der ersten Portion unwillkürlich an *Oliver Twist* denken muss. Auf jeden Fall half es mir, Hamiltons Sermon zu ertragen. Barker gelang es, während Hamiltons Betrachtungen über Paddy Ashdowns Chancen, die Liberale Partei zu neuem Leben zu erwecken, und die Rolle von Arthur Scargill in der Gewerkschaftsbewegung, einen an Henrys Adresse gerichteten anerkennenden Kommentar über die Qualität des Rotweins anzubringen, doch keinem von uns wurde eine Antwort gestattet.

»Ich stelle es meinen Angestellten nicht frei, einer Gewerkschaft anzugehören«, verkündete Hamilton und stürzte den Inhalt seines Glases hinunter. »Ich habe mich für sie entschieden.« Er lachte erneut über seinen eigenen Witz und hielt sein leeres Glas hoch, so, als würde es sich durch pure Zauberei von selbst wieder füllen. Tatsächlich wurde es von Henry mit einer Diskretion neu gefüllt, die Hamilton beschämen musste, doch dieser nahm davon nicht einmal Notiz.

In der jetzt folgenden kurzen Pause wagte meine Frau

den Einwand, die Gewerkschaftsbewegung habe vielleicht ihren Ursprung in der Reaktion auf wirkliche soziale Missstände.

»Unsinn, Madame«, sagte Hamilton. »Bei allem Respekt, die Gewerkschaften sind die alleinige und hauptsächliche Ursache für den Niedergang Englands, so wie wir ihn erleben müssen. Sie haben keinerlei Interesse an irgendjemandem außerhalb ihrer selbst. Um das zu verstehen, brauchen Sie sich nur Ron Todd und das ganze Fiasko bei Ford anzusehen.«

Suzanne fing an, die Teller abzuräumen, und ich bemerkte, wie sie die Gelegenheit nutzte, Henry anzustoßen, der daraufhin schnell das Thema wechselte.

Wenig später wurde eine mit einer dicken Sauce glasierte Himbeer-Meringe serviert. Es schien ein Jammer, solch ein Kunstwerk zu zerschneiden, doch Suzanne zerteilte es vorsichtig, wie ein Kindermädchen beim Füttern ihrer Schützlinge, in sechs großzügige Portionen, während Henry einen 1981er Sauternes entkorkte. Barker leckte sich in Erwartung förmlich die Lippen.

»Und noch etwas«, sagte Hamilton. »Für meinen Geschmack hat die Premierministerin viel zu viele Weichlinge in ihrem Kabinett.«

»Durch wen würden Sie die denn ersetzen?«, fragte Barker arglos.

Für Herodes wäre es ein Leichtes gewesen, die Herren, die Hamilton vorschlug, davon zu überzeugen, dass der Bethlehemitische Kindermord lediglich ein Nebeneffekt seines Kinderfürsorgeprogramms sei.

Abermals richtete sich mein Interesse mehr auf Suzannes Kochkünste, und dies umso mehr, als sie nun mich verwöhnen wollte: Als letzter Gang sollte Cheddar serviert werden. Ich wusste im Augenblick, als ich davon kostete, dass er von der Farm der Gebrüder Alvis in Keynsham stammte; jeder hat so seine besonderen Kenntnisse, und Cheddar ist mein Spezialgebiet.

Als Ergänzung zu dem Käse tischte Henry einen Portwein auf, der sich als Höhepunkt des Abends herausstellen sollte. »Ein 1970er Sandeman«, sagte er nebenbei zu Barker, als er die ersten Tropfen in das Glas des Experten goss.

»Ja, natürlich«, sagte Barker und führte es an seine Nase. »Ich hätte ihn überall erkannt. Typische Sandeman-Wärme, aber mit echtem Körper. Ich hoffe, Sie haben ein paar davon eingelagert, Henry«, fügte er hinzu. »Sie werden im Alter noch viel mehr Freude daran haben.«

»Sie glauben wohl, Sie sind so eine Art Weinkenner, wie?«, sagte Hamilton, und es war seine erste Frage an diesem Abend.

»Das nicht gerade«, hob Barker an, »aber ich –«

»Ihr seid doch nichts weiter als ein Haufen von Aufschneidern, alle miteinander«, unterbrach ihn Hamilton. »Ihr schnuppert und schwenkt, schmeckt und spuckt, quasselt dann eine Menge Fachchinesisch und erwartet von unsereinem auch noch, dass wir es euch abkaufen. Zum Teufel mit ›Körper‹ und ›Wärme‹. Mich führen Sie nicht so leicht hinters Licht.«

»Das hat auch keiner beabsichtigt«, sagte Barker mit Nachdruck.

»Sie waren doch den ganzen Abend darauf erpicht, uns etwas vorzumachen mit Ihrer ›Ja, natürlich, ich hätte ihn überall erkannt‹-Tour. Kommen Sie, nun geben Sie's schon zu.«

»Ich wollte nicht den Eindruck erwecken, dass –«

»Ich werd es Ihnen beweisen, wenn Sie wollen«, sagte Hamilton.

Alle fünf starrten wir den unangenehmen Gast an, und zum ersten Mal an diesem Abend fragte ich mich, was wohl als Nächstes passieren würde.

»Ich habe sagen hören«, fuhr Hamilton fort, »Sefton Hall besitze einen der vorzüglichsten Weinkeller in ganz England. Die Weine hat mein Vater und vor ihm sein Vater eingelagert, obgleich ich gestehen muss, dass ich bis jetzt keine Zeit gehabt habe, diese Tradition weiterzuführen.« Barker nickte, so, als könne er sich das nur zu gut vorstellen. »Aber mein Butler weiß genau, was mir schmeckt. Daher lade ich Sie ein, Sir, am übernächsten Samstag bei mir zu lunchen, und ich werde vier Weine der besten Jahrgänge für Ihre Beurteilung bereithalten. Und ich biete Ihnen eine Wette an«, fügte er hinzu und sah Barker direkt ins Gesicht. »Ich setze fünfhundert Pfund gegen fünfzig Pfund pro Flasche – verlockende Gewinnchancen, wie Sie zugeben werden –, dass Sie nicht in der Lage sein werden, auch nur eine einzige davon zu identifizieren.« Er sah den allseits angesehenen Vorsitzenden der *Wine Society* streitlustig an.

»Der Betrag ist so hoch, dass ich nicht glaube, das in Betracht –«

»Sie wollen die Herausforderung wohl nicht annehmen, was, Barker? Dann sind Sie, Sir, nicht nur ein Aufschneider, sondern auch ein Feigling.«

Nach der peinlichen Stille, die darauf folgte, antwortete Barker: »Wie Sie wollen, Sir. Es scheint, mir bleibt keine andere Wahl, als Ihre Herausforderung anzunehmen.«

Auf dem Gesicht seines Gegenübers machte sich ein zufriedenes Grinsen breit. »Sie müssen als Zeuge dabei sein, Henry«, sagte er und wandte sich dabei an unseren Gastgeber. »Und warum bringen Sie nicht diesen jungen Federfuchser hier mit?«, fügte er hinzu und deutete auf mich. »Dann hätte er zur Abwechslung einmal wirklich etwas, über das er schreiben kann.«

Nach Hamiltons bisherigem Betragen zu urteilen, war es ganz klar, dass ihm die Ansichten unserer Ehefrauen völlig gleichgültig waren. Mary lächelte gequält zu mir herüber.

Henry sah mich besorgt an, aber ich war mit meiner Rolle als Beobachter des sich entwickelnden Dramas vollauf zufrieden. Mit einem Kopfnicken gab ich mein Einverständnis.

»Gut«, sagte Hamilton und erhob sich von seinem Platz, wobei seine Serviette noch immer unter seinem Kragen klemmte. »Dann freue ich mich darauf, Sie alle drei Samstag in einer Woche in Sefton Hall zu sehen. Sagen wir, um halb eins?« Er verbeugte sich vor Suzanne.

»Ich werde nicht mitkommen können, fürchte ich«, sagte sie und räumte so mit allen vielleicht noch bestehenden Zweifeln darüber auf, ob sie zu den geladenen Gästen gehören würde oder nicht. »Samstags esse ich immer mit meiner Mutter zu Mittag.«

Hamilton machte eine wegwerfende Handbewegung, um anzudeuten, dass es ihm so oder so egal war.

Nachdem der merkwürdige Gast gegangen war, saßen wir eine Weile schweigend da, bis Henry das Wort ergriff. »Das alles tut mir Leid«, begann er. »Seine Mutter und meine Tante sind alte Freundinnen, und sie hat mich schon mehrmals gebeten, ihn doch einmal zum Dinner einzuladen. Anscheinend tut das sonst niemand.«

»Machen Sie sich keine Sorgen«, sagte Barker schließlich. »Ich werde mein Bestes tun, um Sie nicht zu enttäuschen. Und als Gegenleistung für eine so ausgezeichnete Gastfreundschaft würde ich Sie gern fragen, ob Sie sich vielleicht den Samstagabend freihalten könnten? Es gibt«, erklärte er, »in der Nähe von Sefton Hall einen Gasthof, den ich schon seit längerer Zeit einmal besuchen wollte: das ›Hamilton Arms‹. Das Essen ist, wie man mir versichert hat, mehr als angemessen, die Weinkarte aber wird ...« er zögerte – »von Fachleuten als einzigartig eingestuft.«

Henry und ich sahen beide in unseren Terminkalendern nach und nahmen bereitwillig seine Einladung an.

Ich dachte während der nächsten zehn Tage oft über Sefton Hamilton nach und erwartete unseren gemeinsamen Lunch mit einer Mischung aus Besorgnis und Vorfreude. An dem bewussten Samstag fuhr Henry uns drei zum Sefton Park, und wir kamen kurz nach halb eins dort an. Genau genommen passierten wir die riesigen schmiedeeisernen Tore um genau halb eins, kamen vor der Eingangstür des Hauses jedoch erst um zwölf Uhr siebenunddreißig an.

Die große Eichenholztür wurde, bevor wir Zeit hatten anzuklopfen, von einem hochgewachsenen eleganten Mann geöffnet, der einen Frack, steifen Kragen und eine schwarze Krawatte trug. Er teilte uns mit, er sei Adams, der Butler. Dann geleitete er uns zum Frühstückszimmer, wo uns ein großes Kaminfeuer erwartete. Darüber hing das Bild eines streng aussehenden Mannes, der, wie ich annahm, Sefton Hamiltons Großvater war. Die anderen Wände bedeckten ein riesiger Wandteppich mit einer Darstellung der Schlacht von Waterloo und ein gewaltiges Ölgemälde, das eine Szene aus dem Krimkrieg zeigte. Antike Möbel waren über den ganzen Raum verteilt, und die einzige vorhandene Skulptur war ein griechischer Diskuswerfer. Ich betrachtete alles ringsum und stellte fest, dass nur das Telefon aus unserem Jahrhundert stammte.

Sefton Hamilton betrat den Raum etwa so, wie ein Orkan über ein Seebad hereinbricht. Sofort stellte er sich mit dem Rücken so vor das Kaminfeuer, dass er uns jede Wärme nahm, an der wir uns vielleicht gerade erfreut hatten.

»Whisky!«, brüllte er, als Adams erneut auftauchte. »Barker?«

»Für mich nicht«, sagte Barker mit einem dünnen Lächeln.

»Aha«, sagte Hamilton. »Sie wollen, dass ihre Geschmacksnerven so empfindlich wie möglich bleiben, was?«

Barker gab keine Antwort. Bevor wir mit dem Lunch begannen, erfuhren wir, dass das Grundstück siebentausend Morgen groß sei und eines der vorzüglichsten Jagdgebiete außerhalb Schottlands dazugehöre. Das Hauptgebäude hatte einhundertzwölf Zimmer, von denen Hamilton eins oder zwei seit seiner Kindheit nicht mehr betreten hatte. Allein das Dach, versicherte er uns schließlich, messe eineinhalb Morgen, eine Fläche, die mir noch lange im Gedächtnis haften bleiben wird, da sie der Größe meines Gartens entspricht.

Die Standuhr in der Ecke des Zimmers schlug eins. »Zeit, mit dem Wettkampf zu beginnen«, erklärte Hamilton und marschierte aus dem Zimmer wie ein General, der es für selbstverständlich hält, dass seine Truppe ihm ohne weitere Fragen folgt. Genau das taten wir, den gesamten, dreißig Meter langen Flur hinunter bis zum Esszimmer. Dann setzten wir uns alle vier um einen Eichentisch aus dem 17. Jahrhundert, der gut und gerne zwanzig Gästen hätte Platz bieten können.

Die Mitte der Tafel zierten zwei georgianische Karaffen und zwei etikettlose Flaschen. Die eine Flasche war mit einem hellen Weißwein gefüllt, die eine Karaffe mit einem Rotwein, die zweite Flasche mit einem dunkleren Weißwein und die zweite Karaffe schließlich mit einer gelb-braun-roten Substanz. Vor den vier Weinen lagen vier weiße Kärtchen. Neben jedem Kärtchen lag ein dünnes Bündel Fünfzigpfundnoten.

Hamilton setzte sich auf den großen Stuhl am Kopfende der Tafel, wohingegen Barker und ich uns in der Tafelmitte im Angesicht des Weines einander gegenübersetzten, wodurch Henry nur der letzte Platz am entfernten anderen Ende des Tisches verblieb.

Der Butler stand einen Schritt hinter dem Stuhl seines Gebieters. Auf ein Kopfnicken von ihm erschienen vier Lakaien mit dem ersten Gang. Jedem von uns wurde eine Fisch- und Garnelenterrine vorgesetzt. Adams erhielt ein Zeichen von seinem Herrn und Meister, worauf er die erste Flasche in die Hand nahm und Barkers Glas zu füllen begann. Barker wartete, bis der Butler die Runde um die Tafel gemacht und die anderen drei Gläser gefüllt hatte, bevor er sein Ritual in Angriff nahm.

Zuerst schwenkte er den Wein herum, wobei er ihn gleichzeitig prüfend betrachtete. Dann schnupperte er daran. Er zögerte, und sein Gesicht zeigte einen Ausdruck der Überraschung. Er nahm einen Schluck.

»Hm«, sagte er schließlich. »Ich gebe zu, das ist eine ziemliche Herausforderung.« Er schnupperte noch einmal, um sicherzugehen. Dann blickte er auf und lächelte zufrieden. Hamilton, dessen Mund leicht offen stand, starrte ihn an, blieb jedoch ungewöhnlich schweigsam.

Barker nahm noch einen Schluck. »Ein 1985er Montagny Tête de Cuvée«, verkündete er mit der ganzen Zuversicht des Experten. »Abgefüllt von Louis Latour.« Wir alle schauten zu Hamilton hinüber, der jedoch, ganz im Gegensatz zu Barker, unheilvoll die Stirn runzelte.

»Sie haben Recht«, sagte Hamilton. »Er wurde abgefüllt von Latour. Aber das ist ungefähr so geistreich, wie wenn uns jemand sagt, dass Heinz Tomatenketchup abfüllt. Und da mein Vater 1984 gestorben ist, kann ich Ihnen versichern, dass Sie sich geirrt haben.«

Er wandte sich zu seinem Butler um, damit dieser seine Äußerung bekräftige. Adams' Gesicht blieb jedoch unergründlich.

Barker drehte das Kärtchen um. Darauf stand: »Chevalier Montrachet Les Demorselles 1983«. Er starrte auf das Kärtchen und traute ganz offensichtlich seinen Augen nicht.

»Einmal verloren; jetzt haben Sie noch drei Chancen«, erklärte Hamilton und schenkte Barkers Reaktion keine Beachtung. Die Lakaien erschienen erneut und entfernten den Fisch, um ihn wenige Augenblicke später durch ein sautiertes schottisches Moorhuhn zu ersetzen. Während die dazugehörenden Beilagen serviert wurden, sagte Barker kein Wort. Er starrte nur auf die drei übrigen Gefäße mit Wein und hörte nicht einmal zu, als sein Gastgeber Henry informierte, wer bei der ersten Jagd der Saison in der darauf folgenden Woche seine Gäste sein würden. Ich erinnere mich, dass die Namen weitgehend mit denen übereinstimmten, die Hamilton für sein ideales Kabinett genannt hatte.

Barker stocherte in seinem Moorhuhn herum, während er darauf wartete, dass Adams aus der ersten Karaffe eingießen würde. Er hatte nach dem ersten Fehlschlag seine Terrine nicht mehr angerührt und nur gelegentlich einen Schluck Wasser getrunken.

»Da Adams und ich einen beträchtlichen Teil des Morgens damit zugebracht haben, die Weine für diesen kleinen Wettkampf auszuwählen, wollen wir hoffen, dass Sie diesmal eine bessere Leistung erbringen«, sagte Hamilton, der nicht imstande war, seine Befriedigung zu verbergen. Barker begann erneut, den Wein herumzuschwenken. Er schien diesmal länger zu brauchen, schnupperte mehrmals daran, bevor er das Glas an die Lippen hob und endlich einen Schluck daraus nahm.

Auf seinem Gesicht erschien ein Lächeln, das signalisierte, dass er den Wein sofort erkannt hatte, und er zögerte nicht mit seiner Antwort. »Ein 1978er Château la Louvière.«

»Dieses Mal haben Sie das richtige Jahr genannt, aber den Wein beleidigt.«

Sofort drehte Barker das Kärtchen um und las ungläubig vor, was darauf stand: Château Lafite 1978. Sogar ich wusste, dass die genannte Sorte einer der edelsten Rotweine war, die man je zu kosten hoffen durfte. Barker verfiel in ein tiefes Schweigen und fuhr fort, in seinem Essen herumzustochern. Hamilton schien den Wein fast ebenso sehr zu genießen wie das Halbzeitergebnis. »Einhundert Pfund gehen an mich und nichts an den Vorsitzenden der *Wine Society*«, erinnerte er uns. Peinlich berührt, versuchten Henry und ich, das Tischgespräch nicht versickern zu lassen, bis der dritte Gang aufgetragen worden war – ein Zitronen-Limetten-Soufflé, das, was Präsentation und Raffinesse anbetraf, nicht mit dem zu vergleichen war, was Suzanne anzubieten hatte.

»Sollen wir zu meiner dritten Herausforderung übergehen?«, fragte Hamilton scharf.

Wieder nahm Adams eine Karaffe vom Tisch und begann den Wein einzugießen. Ich war überrascht zu sehen, dass er beim Füllen von Barkers Glas ein wenig davon verschüttete.

»Sie Tollpatsch!«, bellte Hamilton.

»Ich bitte um Vergebung, Sir«, sagte Adams. Mit einer Serviette wischte er das Vergossene von dem hölzernen Tisch. Während er dies tat, warf er Barker einen verzweifelten Blick zu, der – da war ich ganz sicher – nichts mit dem verschütteten Wein zu tun hatte. Er blieb jedoch weiterhin stumm, während er seine Runde um die Tafel fortsetzte.

Einmal mehr vollzog Barker sein Ritual: das Schwenken, das Schnuppern und schließlich das Kosten. Diesmal brauchte er noch länger. Hamilton wurde ungeduldig und trommelte mit seinen dicken Fingern auf den großen Tisch aus der Zeit Jakobs I.

»Es ist ein Sauternes«, sagte Barker.

»Jeder Trottel könnte Ihnen das verraten«, sagte Hamilton. »Ich will das Jahr und den Hersteller wissen.«

Sein Gast zögerte. »Ein 1976er Château Guiraudu«, sagte er dann entschieden.

»Wenigstens bleiben Sie konsequent«, entgegnete Hamilton. »Sie irren sich jedes Mal.«

Barker drehte hastig das Kärtchen um.

»Ein 1980er Château d'Yquem«, sagte er fassungslos. Es

war ein Jahrgang, der sonst nur ganz unten auf den Weinkarten teurer Restaurants aufschien und den zu kosten mir noch nie vergönnt gewesen war. Ich war äußerst verblüfft, dass Barker sich bei der Mona Lisa unter den Weinen hatte irren könne.

Barker drehte sich rasch zu Hamilton um und wollte protestieren, muss aber genau zu demselben Zeitpunkt wie ich Adams gesehen haben, der hinter seinem Gebieter stand und am ganzen Körper zitterte. Ich wünschte mir, Hamilton möge den Raum verlassen, damit ich Adams fragen könnte, was ihm solche Angst bereite, aber der Herr über Sefton Hall hatte jetzt Blut geleckt.

Unterdessen starrte Barker den Butler noch einen Augenblick an, senkte jedoch, als er dessen Unbehagen spürte, den Blick und steuerte nichts mehr zu der Unterhaltung bei, bis ungefähr zwanzig Minuten darauf der Portwein eingegossen wurde.

»Ihre letzte Chance, einer kompletten Demütigung aus dem Wege zu gehen«, sagte Hamilton.

Eine Käseplatte mit verschiedenen Sorten wurde hereingebracht, und jeder Gast traf seine eigene Wahl – ich blieb bei einem Cheddar, von dem ich Hamilton hätte sagen können, dass er nicht in Somerset hergestellt worden war. Inzwischen goss der mittlerweile kreidebleiche Butler den Portwein ein. Ich begann mich zu fragen, ob er wohl gleich ohnmächtig werden würde, aber irgendwie gelang es ihm doch, alle vier Gläser zu füllen, bevor er sich wieder einen Schritt hinter dem Stuhl seines Gebieters postierte. Hamilton schien nichts Außergewöhnliches zu bemerken.

Barker trank den Portwein, ohne sich mit den vorherigen Präliminarien aufzuhalten.

»Ein Taylors«, begann er.

»Einverstanden«, sagte Hamilton. »Aber da es auf der ganzen Welt nur drei anständige Portweinlieferanten gibt, kann es hier nur um den Jahrgang gehen – was Ihnen, Mr. Barker, in Ihrer gehobenen Position ja wohl klar sein dürfte.«

Freddie nickte zustimmend. »Neunzehnhundertfünfundsiebzig«, sagte er fest und drehte anschließend das Kärtchen um.

»Taylors 1927«, las ich deutlich auf der verkehrt herum liegenden Karte.

Noch einmal wandte sich Barker mit einer scharfen Bewegung zu seinem Gastgeber um, der sich vor Lachen schüttelte. Der Butler starrte den Gast seines Herrn mit gequältem Blick an. Barker zögerte nur einen kurzen Moment, bevor er aus der Innentasche seines Jacketts ein Scheckbuch zog. Er füllte einen Scheck auf den Namen »Sefton Hamilton« aus und setzte die Summe von zweihundert Pfund ein. Dann signierte er und reichte den Scheck über den Tisch an seinen Gastgeber weiter.

»Das war nur die Hälfte unseres Abkommens«, sagte Hamilton, der jede Sekunde seines Triumphs in vollen Zügen genoss.

Barker erhob sich, hielt inne und sagte: »Ich bin ein Aufschneider.«

»Das sind Sie in der Tat, Sir«, entgegnete Hamilton.

Nachdem ich drei der unangenehmsten Stunden meines Lebens hinter mir hatte, gelang mir kurz nach vier Uhr gemeinsam mit Henry und Freddie Barker die Flucht. Als Henry den Wagen von Sefton Hall wegsteuerte, sprach keiner von uns ein Wort. Vielleicht dachten Henry wie auch ich, wir sollten es Barker überlassen, sich als Erster zu äußern.

»Ich fürchte, meine Herren«, sagte er schließlich, »dass ich während der nächsten paar Stunden kein guter Gesellschafter sein werde. Daher will ich, wenn Sie nichts dagegen haben, einen tüchtigen Spaziergang machen und dann gegen halb acht zum Dinner im ›Hamilton Arms‹ wieder zu Ihnen stoßen. Ich habe für acht Uhr einen Tisch bestellt.« Ohne weiteren Kommentar gab Barker Henry ein Zeichen, den Wagen anzuhalten, und wir sahen zu, wie er ausstieg und in einen Feldweg einbog. Henry fuhr erst weiter, als sein Freund ganz außer Sichtweite war.

Ich hatte großes Mitgefühl mit Barker, obwohl die ganze Sache mir Kopfzerbrechen bereitete. Wie konnte der Vorsitzende der *Wine Society* solche grundlegenden Fehler machen? Ich brauchte schließlich auch bloß eine Seite von Dickens zu lesen, um sofort zu wissen, dass der Text nicht von Graham Greene stammte.

Wie Dr. Watson verspürte ich das Verlangen nach einer ausführlicheren Erklärung.

Als Barker kurz nach halb acht das »Hamilton Arms« betrat, saßen wir bereits am Kamin im Klubraum. Jetzt, nachdem er sich Bewegung gemacht hatte, schien seine Gemütsverfassung bei weitem gebessert. Er plauderte über Unbedeutendes und erwähnte nicht mit einem Wort, was sich zu Mittag ereignet hatte.

Es muss ein paar Minuten später gewesen sein, ich schaute gerade auf die alte Uhr über der Tür, als ich Hamiltons Butler entdeckte, der an der Bar saß und in ein ernstes Gespräch mit dem Gastwirt vertieft zu sein schien. Ich würde mir nichts weiter dabei gedacht haben, hätte ich nicht, als er in unsere Richtung deutete, in seinem Gesicht denselben angstvollen Ausdruck bemerkt, der mir bereits am selben Nachmittag aufgefallen war. Der Wirt machte einen gleichermaßen besorgten Ausdruck und sah drein, als habe ein Zollbeamter ihn für schuldig befunden, nicht dem Eichgesetz gemäß auszuschenken.

Er ergriff ein paar Speisekarten und kam zu unserem Tisch herüber.

»Die brauchen wir nicht«, sagte Barker. »Ihr Ruf geht Ihnen voraus. Wir begeben uns in Ihre Hände. Wir werden essen, was immer Sie empfehlen.«

»Ich danke Ihnen, Sir«, sagte er und reichte unserem Gastgeber die Weinkarte.

Für eine Weile studierte Barker den Inhalt der in Leder gebundenen Karte, bis ein breites Lächeln auf sein Gesicht trat. »Ich glaube, Sie sollten lieber auch die Weine auswählen«, sagte er, »denn ich habe das Gefühl, dass Sie wissen, was ich erwarte.«

»Selbstverständlich, Sir«, entgegnete der Gastwirt, als Freddie ihm die Weinkarte zurückgab, was mich völlig verwirrte, da dies doch, wie ich mich erinnerte, angeblich Barkers erster Besuch des Gasthofs war.

Während wir unsere Unterhaltung fortsetzten, machte sich der Wirt auf den Weg in die Küche und kehrte erst eine knappe Viertelstunde später wieder zurück.

»Ihr Tisch ist bereit, meine Herren«, sagte er, und wir folgten ihm in ein angrenzendes Esszimmer. Darin stand nur ein Dutzend Tische, aber da unserer als einziger noch frei war, gab es für uns keinen Zweifel an der Beliebtheit des Gasthofs.

Der Wirt hatte ein leichtes Abendessen ausgewählt, das aus einer klaren Kraftbrühe und anschließend dünnen Scheiben gebratener Ente bestand. Fast wollte man annehmen, er wisse, dass wir nach unserem Lunch in Sefton Hall nicht mehr in der Lage waren, eine weitere schwere Mahlzeit zu uns zu nehmen.

Ebenfalls überraschte mich, dass sämtliche von ihm ausgesuchten Weine in Karaffen serviert wurden, und ich schloss daraus, dass der Wirt sich für die Weine des Hauses entschieden hatte. Nachdem einer nach dem anderen kredenzt und von uns getrunken worden war, schienen sie, wie ich zugeben muss, für meinen ungeschulten Gaumen den Weinen, die ich kurz zuvor an demselben Tag in Sefton Hall getrunken hatte, bei weitem überlegen zu sein. Barker kostete offensichtlich jeden einzelnen Schluck aus und sagte anerkennend: »Das ist der wahre Jakob!«

Am Ende des Abends lehnten wir uns, nachdem unser Tisch abgedeckt worden war, zurück, genossen einen herrlichen Portwein und rauchten Zigarren.

In diesem Augenblick erwähnte Henry Hamilton zum ersten Mal.

»Werden Sie uns in das Rätsel der Vorgänge heute beim Lunch einweihen?«, fragte er.

»Ich bin mir selbst noch nicht ganz darüber im Klaren«, lautete Barkers Antwort. »Aber eines weiß ich ganz bestimmt: Mr. Hamiltons Vater war ein Mann, der seine Weine kannte, was man von seinem Sohn nicht sagen kann.«

Ich hätte Barker gerne näher zu diesem Punkt befragt, wenn nicht gerade in diesem Augenblick der Wirt an seine Seite getreten wäre.

»Ein vorzügliches Essen«, erklärte Barker. »Und, was die Weine betrifft – Sie waren wirklich außergewöhnlich gut.«

»Sehr liebenswürdig von Ihnen, Sir«, sagte der Wirt, während er ihm die Rechnung überreichte.

Wie ich zu meiner Schande gestehen muss, war meine Neugier stärker als ich, und ich warf einen Blick auf den unteren Teil des schmalen Zettels. Ich traute meinen Augen nicht – die Rechnung belief sich auf zweihundert Pfund.

Zu meiner Verblüffung sagte Barker nur: »Den Umständen nach sehr günstig.« Er stellte einen Scheck aus und überreichte ihn dem Wirt. »Einen 1980er Château d'Yquem habe ich vor dem heutigen Tag erst einmal gekostet«, fügte er hinzu, »den 1927er Taylors aber noch nie.«

Der Wirt lächelte. »Ich hoffe, dass Sie an beiden Ihre Freude hatte, Sir. Ich bin überzeugt, sie würden nicht wollen, dass sie an einen Aufschneider verschwendet werden.«

Barker nickte zustimmend.

Mit den Augen verfolgte ich, wie der Wirt das Esszimmer verließ und an seinen Platz hinter der Bar zurückkehrte.

Er reichte den Scheck an Adams, den Butler, weiter, der ihn einen Augenblick lang betrachtete und dann in kleine Stücke zerriss.

Unfälle und ihre Folgen

Wir begegneten Patrick Travers zum ersten Mal in unserem alljährlichen Winterurlaub in Verbier. Wir warteten an jenem ersten Samstagmorgen gerade beim Skilift, als ein Mann, so Anfang der vierzig, beiseite trat, um Caroline vorzulassen, sodass sie und ich gemeinsam hinauffahren konnten. Er erklärte, er habe an dem Morgen schon zwei Abfahrten hinter sich und es mache ihm nichts aus zu warten. Ich dankte ihm und dachte nicht weiter darüber nach.

Wenn meine Frau und ich auf dem Gipfel angekommen sind, trennen sich gewöhnlich unsere Wege. Sie nimmt die A-Abfahrt, um zu Marcel zu stoßen, der nur fortgeschrittene Skiläufer unterrichtet – sie läuft seit ihrem siebten Lebensjahr Ski –, ich nehme die B-Abfahrt zu irgendeinem Skilehrer, der gerade zur Verfügung steht – ich habe mit dem Skilaufen im Alter von einundvierzig Jahren angefangen. Ehrlich gesagt, war selbst die B-Abfahrt für mich noch zu schwierig, obgleich ich das, vor allem Caroline gegenüber, nicht zuzugeben wagte. Nach Absolvierung unserer Abfahrten treffen wir uns dann immer beim Skilift wieder.

An jenem Abend rannten wir Travers in der Hotelbar

über den Weg. Da er allein zu sein schien, forderten wir ihn auf, mit uns zu Abend zu essen. Er erwies sich als amüsanter Gesprächspartner, und wir verbrachten einen recht angenehmen Abend miteinander. Er flirtete galant mit meiner Frau, ohne je zu weit zu gehen, und seine Aufmerksamkeiten schienen ihr zu schmeicheln. Mit den Jahren habe ich mich daran gewöhnt, dass Männer sich zu Caroline hingezogen fühlen, und man braucht mich nie daran zu erinnern, was für ein Glückslos ich gezogen habe. Während des Abendessens erfuhren wir, dass Travers ein Bankkaufmann mit einem Büro in der City und einer Wohnung auf dem Eaton Square war. Er komme, erzählte er uns, seit einem Schulskikurs in den späten 50ern jedes Jahr nach Verbier. Noch immer war er stolz darauf, an jedem Morgen der Erste beim Skilift zu sein und so fast immer die jungen Burschen in der Anzahl der Abfahrten zu schlagen.

Travers schien ein aufrichtiges Interesse daran zu haben, dass ich eine kleine Kunstgalerie im West End besaß; wie sich herausstellte, war er selbst so etwas wie ein Sammler, und zwar einer, der sich auf die unbedeutenderen Impressionisten spezialisiert hatte. Er versprach, vorbeizukommen und sich meine nächste Ausstellung anzusehen, sobald er wieder zurück in London sein werde.

Ich versicherte ihm, dass er stets willkommen wäre, vergaß es jedoch gleich wieder. Tatsächlich sah ich Travers nur noch ein paar Mal während des restlichen Urlaubs; einmal unterhielt er sich mit der Ehefrau eines meiner Freunde, der eine Galerie hatte, die auf Orientteppiche spezialisiert war, und später bemerkte ich ihn, als er Caroline gewandt die tückische A-Piste hinab nachfuhr.

Es war sechs Wochen später, und an jenem Abend in meiner Galerie dauerte es einige Minuten, bis mir dämmerte, wen ich vor mir hatte. Ich musste den Teil meines Gedächtnisses bemühen, der für den Abruf von Namen zuständig ist – eine Fähigkeit, auf die Politiker sich täglich verlassen können.

»Schön, Sie zu sehen, Edward«, sagte er. »Ich habe die lobende Kritik, die Sie im *Independent* bekommen haben, gelesen und mich an Ihre freundliche Einladung zu der Vernissage erinnert.«

»Schön, dass Sie kommen konnten, Patrick«, antwortete ich, nachdem mir noch rechtzeitig sein Name wieder eingefallen war.

»Ich bin kein großer Freund von Champagner«, eröffnete er mir, »aber ich nehme jede lange Reise in Kauf, um mir einen Vuillard anzusehen.«

»Sie halten viel von ihm?«

»O ja. Ich würde ihn ungefähr mit Pissarro und Bonnard auf dieselbe Stufe stellen, und er ist immer noch einer der am meisten unterschätzten Impressionisten.«

»Ich stimme Ihnen zu«, entgegnete ich. »Aber in meiner Galerie wird Vuillard schon seit längerer Zeit so beurteilt.«

»Wie viel kostet die ›Dame am Fenster‹?«, fragte er.

»Achtzigtausend Pfund«, sagte ich ruhig.

»Sie erinnert mich an eins seiner Bilder, das im *Metropolitan* hängt«, sagte er, während er den Katalog studierte.

Ich war beeindruckt und wies Travers darauf hin, dass der New Yorker Vuillard nur einen Monat nach diesem hier, den er so bewunderte, entstanden war.

Er nickte. »Und der kleine Akt?«

»Siebenundvierzigtausend«, sagte ich.

»Wenn ich mich nicht irre, stellt es Mrs. Hensell dar, die Frau seines Händlers und gleichzeitig Vulliards zweite Geliebte. Die Franzosen sind in diesen Dingen immer so viel zivilisierter als wir. Aber mein Lieblingsbild in dieser Ausstellung«, fuhr er fort, »lässt sich sicherlich mit seinen besten Arbeiten vergleichen.« Er drehte sich um zu einem großen Ölbild, das ein junges Klavier spielendes Mädchen und dessen Mutter darstellte, die sich vorbeugte, um eine Notenseite umzublättern.

»Prächtig«, sagte er. »Darf ich fragen, wie viel es kostet?«

»Dreihundertundsiebzigtausend Pfund«, erwiderte ich und fragte mich, ob ein solches Preisetikett das Bild außerhalb von Travers' Einkommensbereich rückte.

»Was für ein toller Abend, Edward«, sagte eine Stimme hinter mir.

»Percy!«, rief ich aus und drehte mich um. »Hast du nicht gesagt, du kannst nicht kommen?«

»Ja, habe ich gesagt, alter Junge, aber mir wurde klar, ich würde nicht die ganze Zeit allein zu Hause sitzen können, also bin ich hierher gekommen, um meinen Kummer in Champagner zu ertränken.«

»Das war der richtige Entschluss«, sagte ich. »Es tut mir Leid, was ich über Diana gehört habe«, fügte ich hinzu, aber Percy war schon weitergegangen. Als ich mich wieder umdrehte, um mein Gespräch mit Patrick Travers fortzusetzen, war er spurlos verschwunden. Ich blickte suchend im Raum umher und entdeckte ihn in der hintersten Ecke der Galerie, wo er, ein Glas Champagner in der Hand, mit meiner Frau plauderte. Sie trug ein schulterfreies grünes Kleid, das in meinen Augen ein wenig zu modisch war. Travers' Blick schien an einer Stelle wenige Zentimeter unterhalb ihrer Schultern zu haften. Ich würde mir nichts dabei gedacht haben, wenn er sich an diesem Abend noch mit jemand anderem unterhalten hätte.

Die nächste Gelegenheit, bei der ich Travers begegnete, ergab sich ungefähr eine Woche später, als ich mit einem geringfügigen Bargeldbetrag von der Bank zur Galerie zurückkehrte. Er stand erneut vor dem Ölbild von Vuillard mit Mutter und Kind am Klavier.

»Guten Morgen, Patrick«, sagte ich, als ich mich zu ihm gesellte.

»Dieses Bild geht mir nicht mehr aus dem Sinn«, erklärte er und starrte weiter auf die beiden Gestalten.

»Das ist verständlich.«

»Sie würden mir wohl nicht erlauben, eine oder zwei Wochen lang mit den beiden zu leben, bis ich einen Entschluss gefasst habe? Selbstverständlich hinterlasse ich gern eine Anzahlung.«

»Natürlich«, sagte ich. »Ich benötige eine Bankreferenz, und die Anzahlung würde fünfundzwanzigtausend Pfund betragen.«

Ohne Zögern war er mit beidem einverstanden, also fragte ich ihn, an welche Adresse er das Bild geliefert haben wolle. Er überreichte mir eine Visitenkarte mit seiner Adresse am Eaton Square. Am folgenden Morgen bestätigte seine Bank, dass dreihundertsiebzigtausend Pfund für ihren Klienten kein Problem darstelle.

Innerhalb von vierundzwanzig Stunden wurde der Vuillard zu seiner Wohnung gebracht und in dem im Erdgeschoss liegenden Esszimmer aufgehängt. Er rief am Nachmittag zurück, um mir zu danken, und fragte, ob Caroline und ich mit ihm zu Abend essen würden; er wolle noch jemandes Meinung hören, wie das Gemälde an seinem jetzigen Platz aussehe.

Da dreihundertsiebzigtausend Pfund auf dem Spiel standen, war ich der Ansicht, dass es unvernünftig wäre, eine solche Einladung auszuschlagen, und Caroline schien sowieso darauf erpicht, sie anzunehmen, da es sie, wie sie erklärte, interessiere, wie er wohne.

Wir aßen am darauf folgenden Donnerstag mit Travers zu Abend. Es stellte sich heraus, dass wir die einzigen Gäste waren, und ich erinnere mich, wie überrascht ich war, keine Mrs. Travers oder wenigstens eine bei ihm wohnende Freundin anzutreffen. Er war ein aufmerksamer Gastgeber, und das Essen, das er vorbereitet hatte, war ausgezeichnet. Dennoch war mir sein Verhalten Caroline gegenüber damals ein klein wenig zu fürsorglich, obgleich sie seine ungeteilte Aufmerksamkeit zu genießen schien. Ab einem gewissen Punkt begann ich mich zu fragen, ob die beiden überhaupt merken würden, wenn ich mich plötzlich in Luft auflöste.

Als wir an jenem Abend vom Eaton Square wegfuhren, sagte mir Travers, er habe sich, was das Bild betreffe, schon fast entschieden, was mir das Gefühl gab, der Abend habe wenigstens in einer Beziehung seinen Zweck erfüllt.

Sechs Tage später wurde das Gemälde wieder an die Galerie zurückgeschickt. Auf einer beigefügten Notiz stand, er mache sich nichts mehr aus dem Bild. Travers erläuterte seine Gründe nicht näher, sondern schrieb nur abschließend, er hoffe, bald einmal wieder vorbeizukommen und sich dann eventuell den Kauf eines der anderen Vuillards zu überlegen. Enttäuscht schickte ich ihm seine Anzahlung zurück, führte mir aber vor Augen, dass

Kunden tatsächlich oft zurückkamen, und dies manchmal erst Monate, ja sogar Jahre später.

Travers tat es jedoch nicht.

Ungefähr einen Monat darauf erfuhr ich, warum. Ich saß gerade in meinem Klub an dem großen, in der Mitte des Raums stehenden Tisch beim Lunch – an jenem Tisch, der, wie in den meisten nur Männern vorbehaltenen Einrichtungen, für Mitglieder reserviert ist, die allein vorbeikommen. Percy Fellows betrat als Nächster den Essraum und nahm mir gegenüber Platz. Ich hatte ihn seit jener Vernissage der Vuillard-Ausstellung nicht mehr gesprochen, und bei unserer dortigen Begegnung war es ja nicht wirklich zu einem Dialog gekommen. Percy war einer der angesehensten Antiquitätenhändler in England, und ich hatte einmal einen erfolgreichen Handel mit ihm abgeschlossen, nämlich einen Charles-II.-Schreibtisch gegen eine holländische Landschaft von Utrillo eingetauscht.

Ich wiederholte, wie Leid mir das tue, was ich über Diana gehört hätte.

»Es war schon immer klar, dass es mit einer Scheidung enden würde«, erklärte er. »Sie ging in jedem Schlafzimmer in London ein und aus. Ich fing an, tatsächlich wie ein kompletter Hahnrei auszusehen, und dieser verfluchte Travers brachte dann das Fass zum Überlaufen.«

»Travers?«, sagte ich und begriff nicht.

»Patrick Travers, der Mann, dessen Name in meiner Scheidungsklage steht. Bist du ihm schon einmal begegnet?«

»Der Name ist mir bekannt«, sagte ich zögernd, denn ich wollte erst noch mehr hören, bevor ich unsere flüchtige Bekanntschaft eingestehen wollte.

»Komisch«, sagte er. »Ich könnte schwören, ihn bei der Vernissage gesehen zu haben.«

»Aber was meinst du damit, er habe das Fass zum Überlaufen gebracht?«, fragte ich in der Absicht, ihn von dem Thema der Ausstellungseröffnung abzulenken.

»Wir hatten den üblen Burschen in Ascot kennen gelernt, weißt du. Er war bei uns beim Lunch, trank vergnügt meinen Champagner, aß meine Erdbeeren mit Schlagsahne, und noch vor Ende der Woche war es ihm gelungen, meine Frau ins Bett zu bekommen. Das war aber noch nicht alles.«

»Noch nicht alles?«

»Der Kerl hatte die Stirn, in mein Geschäft zu kommen und eine große Anzahlung für einen George-V.-Tisch zu machen. Dann lädt er uns beide zum Dinner in sein Haus ein, damit wir uns ansehen, wie er sich dort macht. Nachdem er genug Zeit hatte, mit Diana zu schlafen, bekomme ich sie und den Tisch leicht ramponiert zurück. Du siehst nicht allzu wohl aus, alter Freund«, sagte Percy plötzlich. »Stimmt was nicht mit dem Essen? Es schmeckt einfach nicht mehr so wie früher, seit Harry ins ›Carlton‹ gewechselt hat. Ich habe dem Weinkomitee schon mehrmals deswegen geschrieben, aber –«

»Nein, mir geht's gut«, sagte ich. »Ich brauche nur ein bisschen frische Luft. Bitte entschuldige mich, Percy.«

Auf dem Heimweg vom Klub beschloss ich, ich müsse wegen Mr. Travers etwas unternehmen.

Am nächsten Morgen wartete ich die Post ab und untersuchte alle Briefumschläge, die an Caroline adressiert waren. Nichts erregte meinen Verdacht, aber dann kam ich zu dem Schluss, dass Travers nicht so dumm sein würde, sich einem Stück Papier anzuvertrauen. Ich begann nun auch ihre Telefongespräche abzuhören, doch war er nicht unter den Anrufern, zumindest nicht dann, wenn ich mich zu Hause aufhielt. Ich prüfte sogar den Kilometerzähler in ihrem Mini, um zu sehen, ob sie irgendwelche längeren Strecken zurückgelegt hatte, aber schließlich war Eaton Square ja nicht sonderlich weit entfernt. Oft kommen die Dinge durch das, was man *nicht* tut, ans Tageslicht, entschied ich. Also schliefen wir eine Woche lang nicht mehr miteinander, und sie gab dazu keinen Kommentar ab.

Während der nächsten zwei Wochen fuhr ich fort, Carolines Tun im Auge zu behalten, doch offensichtlich war Travers ihrer ungefähr zur selben Zeit überdrüssig geworden, als er den Vuillard zurückgab. Dies erboste mich nur noch mehr.

Dann legte ich mir einen Racheplan zurecht, der mir damals ziemlich außergewöhnlich vorkam, sodass ich schätzte, ich würde die ganze Sache in wenigen Tagen überwunden haben und sie dann sogar ganz vergessen können. Aber das tat es nicht. Aus dem Plan wurde eine fixe Idee. Ich fing an, mir einzureden, es sei meine Pflicht und Schuldigkeit, Travers zu beseitigen, bevor er noch weiteren Freunden von mir wehtun konnte.

Nie in meinem Leben habe ich wissentlich das Gesetz gebrochen. Strafgebühren für falsches Parken verärgern mich, achtlos weggeworfener Müll beleidigt mein Auge, und ich zahle meine Steuern noch an demselben Tag, an dem der Furcht erregende braune Umschlag durch den Briefschlitz geflattert kommt.

Dennoch machte ich mich, sobald ich entschieden hatte, was zu tun war, mit peinlicher Genauigkeit an die

Arbeit. Zuerst hatte ich erwogen, Travers zu erschießen, bis ich entdeckte, wie schwierig es ist, einen Waffenschein zu bekommen, und dass Travers dabei, falls ich meinen Job ordentlich verrichtete, am Ende nur sehr geringe Schmerzen leiden würde, was nicht dem entsprach, was ich mit ihm vorhatte. Dann kam mir Gift in den Sinn – wozu aber ein beglaubigtes Rezept notwendig ist, und außerdem hätte ich nicht bei dem von mir für ihn ausersehenen qualvoll langsamen Tod zusehen können. Dann dachte ich daran, ihn zu erwürgen, was aber meiner Meinung nach zu viel Mut erforderte – und in jedem Fall war er größer als ich, und so wäre am Ende womöglich ich der Strangulierte gewesen. Nun überlegte ich, ob ich ihn ertränken sollte, doch es konnte Jahre dauern, bis ich den Mann auch nur in die Nähe eines Wassers gelockt hätte, und zudem gab es keine Garantie dafür, dass ich lange genug in der Nähe bleiben konnte, um sicherzugehen, dass er nicht wieder hochkam. Ich dachte sogar daran, den Mistkerl mit dem Auto zu überfahren, gab den Gedanken daran jedoch wieder auf, als mir klar wurde, dass die Chancen, dass sich die Gelegenheit dazu ergäbe, gleich null waren, und ich außerdem nicht genug Zeit hätte, nachzusehen, ob er tot war. Mir wurde sehr schnell bewusst, wie schwer es ist, jemanden umzubringen – und ungestraft davonzukommen.

In den Nächten saß ich im Sessel und las die Biografien von Mördern, aber da sie alle erwischt und verurteilt worden waren, war dies auch nicht gerade meinem Selbstvertrauen förderlich. Dann wandte ich mich Kriminalromanen zu, bei denen man anscheinend immer ein gewisses Maß an Zufall, Glück und Überraschungseffekt berücksichtigen muss, die zu riskieren ich nicht gewillt war, bis ich schließlich mit einer Zeile in einem Buch von Conan Doyle belohnt wurde: »Jedes potenzielle Opfer, dessen Leben nach bestimmten Regeln verläuft, wird gerade dadurch sofort verwundbarer.« Ich erinnerte mich an eine Lebensgewohnheit von Travers, auf die dieser besonders stolz war. Hierzu war meinerseits eine Wartezeit von weiteren sechs Monaten erforderlich, was mir andererseits mehr Zeit ließ, meinen Plan zu perfektionieren. Ich machte das Beste aus der Wartezeit, indem ich jedes Mal, wenn Caroline für länger als vierundzwanzig Stunden aus dem Haus war, auf einer Kunstschneepiste in Harrow Skiunterricht nahm.

Es war erstaunlich einfach, herauszubekommen, wann Travers wieder nach Verbier wollte, und es gelang mir, unseren eigenen Winterurlaub so zu planen, dass unsere Aufenthalte sich für nur drei Tage kreuzen würden, eine Zeitspanne, die für die Ausführung meines ersten Verbrechens ausreichen sollte.

Caroline und ich trafen am zweiten Freitag im Januar in Verbier ein. Während der Weihnachtsfeiertage hatte sie mehr als einmal Bemerkungen über meine nervliche Verfassung gemacht und dass sie hoffe, der Urlaub würde mir helfen, mich zu entspannen. Ich konnte ihr schwerlich auseinander setzen, dass es gerade der Gedanke an diesen Urlaub war, der mich so nervös machte. Und es wurde für mich nicht leichter, als sie mich auf dem Flug in die Schweiz fragte, ob ich annehme, dass Travers sich vielleicht in diesem Jahr auch dort aufhalte.

Am ersten Morgen nach unserer Ankunft nahmen wir gegen halb elf den Skilift hinauf zum Gipfel, und nachdem wir oben angekommen waren, meldete sich Caroline pflichtgemäß bei Marcel. Als sie mit ihm in Richtung der A-Abfahrt davonfuhr, ging ich zurück zur B-Abfahrt, um für mich allein zu üben. Wie immer hatten wir vereinbart, uns unten beim Skilift oder, falls wir uns verpassen sollten, wenigstens zum Lunch zu treffen.

Während der folgenden Tage ging ich immer und immer wieder den Plan durch, den ich in meinem Kopf vervollkommnet und in Harrow so lange gewissenhaft geübt hatte, bis ich sicher war, dass nichts mehr schief gehen konnte. Am Ende der ersten Woche war ich überzeugt, bereit zu sein.

Am Abend, bevor Travers eintreffen sollte, verließ ich die Piste als Letzter. Selbst Caroline machte eine Bemerkung darüber, wie sehr ich meine Technik verbessert hätte, und meinte Marcel gegenüber, ich sei jetzt für die A-Abfahrt mit ihren engeren Kurven und steileren Hängen gut genug.

»Nächstes Jahr, vielleicht«, sagte ich zu ihr, versuchte die Sache zu bagatellisieren und blieb auf der B-Abfahrt.

Während dieses letzten Tages fuhr ich am Vormittag immer wieder die erste Meile der Strecke ab und war von meiner Arbeit so in Anspruch genommen, dass ich völlig vergaß, mich mit Caroline zum Lunch zu treffen.

Am Nachmittag überprüfte ich mehrmals den genauen Standort jeder roten Flagge, die die Bahn markierte, und nachdem ich mich davon überzeugt hatte, dass der letzte Skiläufer für diesen Abend von der Piste verschwunden war, sammelte ich ungefähr dreißig der Flaggen ein und steckte einen von mir sorgfältig berechneten neuen Kurs. Meine letzte Aufgabe war, das präparierte Stück der

Piste nochmals zu überprüfen, bevor ich ungefähr zwanzig Meter oberhalb der bewussten Stelle einen großen Hügel aus Schnee baute. Als alle meine Vorbereitungen abgeschlossen waren, fuhr ich bei anbrechender Dunkelheit langsam wieder zu Tal.

»Hast du vor, eine olympische Goldmedaille oder so was zu gewinnen?«, fragte mich Caroline, als ich endlich in unser Zimmer kam. Ich schloss die Badezimmertür; somit konnte sie keine Antwort erwarten.

Travers traf eine Stunde später im Hotel ein.

Ich wartete bis zum frühen Abend, bevor ich mich in der Bar auf einen Drink zu ihm setzte. Er schien zunächst ein wenig nervös, als er mich sah, aber ich nahm ihm schnell die Befangenheit. Sein altes Selbstvertrauen kehrte schnell wieder, was mich nur noch darin bestärkte, meinen Plan auszuführen. Ich verließ ihn ein paar Minuten bevor Caroline zum Dinner herunterkam, sodass sie uns beide nicht zusammen sah. Ahnungslosigkeit und Überraschtheit mussten an den Tag gelegt werden, sobald die Tat vollbracht war.

»Es passt gar nicht zu dir, dass du so wenig isst, besonders da du doch deinen Lunch versäumt hast«, bemerkte Caroline, als wir an diesem Abend den Esssaal verließen.

Ich ging nicht weiter darauf ein, als wir an dem an der Bar sitzenden Travers vorbeikamen, dessen Hand wieder einmal auf dem Knie einer nichts ahnenden Frau mittleren Alters ruhte.

Ich tat in jener Nacht nicht eine Sekunde lang ein Auge zu und stahl mich am nächsten Morgen kurz vor sechs behutsam aus dem Bett, um Caroline nicht zu wecken. Alles lag genau so auf dem Fußboden des Badezimmers, wie ich es am Abend davor hergerichtet hatte. Wenige Augenblicke später war ich angezogen und fertig. Ich nahm die Hintertreppe des Hotels und vermied auf diese Weise den Fahrstuhl. Dann schlich ich mich durch den Notausgang hinaus ins Freie, wobei mir zum ersten Mal bewusst wurde, wie ein Dieb sich fühlen musste. Ich trug eine Wollmütze, die ich tief über die Ohren gezogen hatte, und eine Schneebrille, die meine Augen verdeckte: Nicht einmal Caroline hätte mich so erkannt.

Ich kam bei der Talstation des Skilifts vierzig Minuten vor Betriebsbeginn an. Als ich allein hinter der kleinen Hütte stand, die die elektrischen Motoren beherbergte, wurde mir klar, dass jetzt alles davon abhing, ob Travers sich an seine morgendliche Routine halten würde. Ich bezweifelte, dass ich meinen Plan ausführen konnte, wenn er auf den nächsten Tag verschoben werden musste. Ich wartete also, und um mich warm zu halten, stampfte ich mit den Füßen im frisch gefallenen Schnee und schlug mit meinen Armen kreisförmig um mich. Alle paar Augenblicke lugte ich hinter der Ecke des Häuschens hervor, in der Hoffnung, ihn auf mich zukommen zu sehen. Endlich wurde am Fuße des Hügels, neben der Straße, ein kleiner schwarzer Punkt sichtbar. Auf der Schulter des Mannes ruhte ein Paar Skier. Was aber, wenn es nicht Travers war?

Ein paar Augenblicke später trat ich hinter der Hütte hervor und gesellte mich zu dem warm eingepackten Mann. Es war Travers, und er konnte, als er mich da stehen sah, seine Überraschung nicht verbergen. Ich begann das Gespräch mit ein paar beiläufigen Bemerkungen darüber, dass ich nicht hätte schlafen können und deswegen die Zeit nutzen und ein paar Abfahrten machen wolle, bevor der große Andrang beginne. Jetzt sei nur zu hoffen, dass der Skilift pünktlich in Betrieb gehen werde. Wenige Minuten vor sieben tauchte ein Maschinist auf und warf die Maschinen an.

Wir nahmen unsere Plätze auf den kleinen Sesseln ein und schwebten dann über die tiefe Schlucht hinweg gipfelwärts. Ich blickte immer wieder zurück, um mich zu vergewissern, dass noch immer niemand sonst zu sehen war.

»Normalerweise schaffe ich eine ganze Abfahrt, bevor ein Zweiter eintrifft«, sagte Travers zu mir, als der Lift seinen höchsten Punkt erreicht hatte. Ich schaute erneut zurück, um mich zu überzeugen, dass wir mittlerweile außer Sichtweite des Maschinisten waren, der den Lift bediente. Dann blickte ich gut zweihundert Fuß hinunter und überlegte, wie es wohl wäre, wenn man mit dem Kopf zuerst unten in der Schlucht aufschlüge. Mir wurde schwindlig, und ich wünschte, ich hätte nicht hinuntergesehen.

Der Skilift bewegte sich ruckweise, aber langsam weiter, bis wir endlich die Bergstation erreicht hatten.

»Verflixt«, sagte ich, als wir von unseren kleinen Sitzen sprangen, »Marcel ist nicht hier.«

»Das ist er nie um diese Uhrzeit«, sagte Travers und wandte sich in die Richtung, wo der Abfahrtshang für die Fortgeschrittenen lag. »Für ihn ist es jetzt noch viel zu früh.«

»Sie hätten wohl nicht vielleicht Lust, mit mir hinunterzufahren?«, rief ich Travers nach.

Er hielt an und sah sich argwöhnisch um.

»Caroline findet, ich wäre jetzt so weit, es Ihnen gleichzutun«, erklärte ich, »aber ich bin mir da nicht so ganz sicher und würde gern Ihre Meinung dazu hören. Ich habe ein paar Mal meinen persönlichen Rekord auf der B-Piste gebrochen, aber ich möchte mich nicht vor meiner Frau lächerlich machen.«

»Nun, ich –«

»Ich würde mich an Marcel wenden, wenn er hier wäre. Und in jedem Fall sind Sie der beste Skiläufer, den ich kenne.«

»Nun, wenn Sie –«, begann er.

»Nur das eine Mal. Danach können Sie gern den Rest Ihrer Ferien auf der A-Abfahrt verbringen. Sie könnten das ja als Probelauf zum Aufwärmen ansehen.«

»Es wäre eine Abwechslung, schätze ich«, sagte er.

»Nur das eine Mal«, wiederholte ich. »Das ist alles, was ich brauche. Dann werden Sie mir sagen können, ob ich gut genug bin.«

»Sollen wir ein Rennen daraus machen?«, sagte er völlig überraschend, gerade, als ich begann, mir meine Skier anzuschnallen. Ich konnte mich nicht beklagen; all die Bücher über Morde hatten mich gewarnt, ich müsse auf das Unerwartete gefasst sein. »Das wäre eine Möglichkeit, zu erfahren, ob Sie wirklich so weit sind«, fügte er überlegen hinzu.

»Wenn Sie darauf bestehen. Aber vergessen Sie nicht, ich bin älter als Sie und weniger erfahren«, erinnerte ich ihn. Ich überprüfte schnell noch einmal meine Skier, denn ich wusste, ich musste vor ihm starten.

»Aber Sie kennen die B-Abfahrt wie Ihre Westentasche«, erwiderte er. »Ich dagegen habe sie noch nie gesehen.«

»Ich bin mit einem Rennen einverstanden, aber nur, wenn es eine Belohnung für den Sieger gibt«, entgegnete ich.

Zum ersten Mal konnte ich sehen, dass ich sein Interesse geweckt hatte. »Wie viel soll es sein?«, fragte er.

»Oh, ich denke nicht an so Vulgäres wie Geld«, sagte ich. »Der Gewinner darf Caroline die Wahrheit erzählen.«

»Die Wahrheit?«, sagte er verdutzt.

»Ja«, antwortete ich und startete blitzschnell, bevor er reagieren konnte. Ich hatte einen guten Vorsprung vor ihm, als ich um die roten Fähnchen fuhr, doch als ich über die Schulter zurückblickte, konnte ich sehen, dass er sich schnell von seinem Schreck erholt hatte und mich bereits in jagendem Tempo verfolgte. Es war mir klar, dass es von entscheidender Bedeutung war, dass ich meinen Vorsprung während des ersten Drittels der Strecke hielt, doch ich spürte bereits, wie sich der Abstand zwischen uns verringerte.

Nach etwa dreihundert Metern auf der kurvigen Piste rief er: »Sie werden viel schneller fahren müssen, wenn Sie mich schlagen wollen.« Seine arrogante Prahlerei trieb mich nur noch mehr an, meinen Vorsprung zu halten, aber das war mir nur durch den Vorteil möglich, den ich hatte, weil ich jede Biegung und Wendung genau kannte. Sobald ich mir sicher war, dass ich die entscheidende, neu abgesteckte Route vor ihm erreichen würde, fing ich an, mich zu entspannen. Schließlich hatte ich die nächsten zweihundert Meter während der letzten zehn Tage fünfzigmal durchfahren. Doch nur auf dieses eine Mal jetzt kam es an, das war mir durchaus bewusst.

Ich warf einen flüchtigen Blick über die Schulter zurück und sah, dass er jetzt nur noch dreißig Meter hinter mir war. Als wir uns der präparierten, vereisten Strecke näherten, verringerte ich langsam mein Tempo und hoffte, er würde nichts merken und auch nicht glauben, ich hätte die Nerven verloren. Ich fuhr noch langsamer, als ich das obere Ende der präparierten Strecke erreichte, bis ich ihn fast schon atmen hören konnte. Dann machte ich ziemlich plötzlich, kurz bevor ich das eisige Stück erreichte, einen Schneepflug und kam in dem Schneehügel, den ich in der vorherigen Nacht gebaut hatte, zu völligem Stillstand. Travers sauste mit ungefähr sechzig Stundenkilometern an mir vorbei und segelte Sekunden später mit einem Schrei, den ich nie vergessen werde, hoch über der Schlucht. Ich konnte mich nicht überwinden, über den Rand des Abgrunds zu sehen, denn ich wusste, er musste sich beim Aufprall im Schnee ungefähr dreißig Meter tiefer sämtliche Knochen im Leib gebrochen haben.

Vorsichtig ebnete ich den Schneehügel, der mir das Leben gerettet hatte, ein und kletterte dann, so schnell ich konnte, den Berg wieder hinauf, wobei ich die dreißig Fähnchen einsammelte, die die Wegweiser zu meiner irreführenden Route gewesen waren. Dann fuhr ich auf der richtigen B-Abfahrt hinunter und steckte sie wieder in ihre korrekten Positionen, ungefähr einhundert Meter oberhalb meiner sorgfältig vorbereiteten Eisstrecke, zurück. Als jedes Fähnchen wieder da stand, wo es hingehörte, fuhr ich weiter talwärts und fühlte mich wie ein Olympiasieger. Als ich unten ankam, zog ich mir die Kapuze über den Kopf und behielt meine Schneebrille auf. Ich schnallte die Skier ab und ging lockeren Schrittes zum Hotel. Durch die Hintertür betrat ich das Gebäude und lag um sieben Uhr vierzig wieder im Bett.

Ich versuchte, meinen schnell gehenden Atem unter Kontrolle zu halten, aber mein Pulsschlag normalisierte sich erst nach einer ganzen Weile. Caroline wachte ein paar Minuten später auf, drehte sich herum und nahm mich in ihre Arme.

»Oh«, sagte sie, »du bist ja ganz erfroren. Hast du nicht unter der Decke geschlafen?«

Ich lachte. »Du musst sie mir während der Nacht weggezogen haben.«

»Geh und nimm ein heißes Bad.«

Nachdem ich rasch ein Bad genommen hatte, schliefen wir miteinander, und ich zog mich ein zweites Mal an, wobei ich mich, bevor wir zum Frühstück hinuntergingen, mehrmals vergewisserte, dass ich keine Spuren meines frühmorgendlichen Ausflugs hinterlassen hatte.

Als Caroline mir eine zweite Tasse Kaffee eingoss, hörte ich die Sirene eines Krankenwagens, zuerst aus Richtung Stadt, später dann auf dem Rückweg dorthin.

»Hoffentlich kein schwerer Unfall«, sagte meine Frau, während sie sich Kaffee eingoss.

»Was?«, sagte ich ein bisschen zu laut, und blickte von der Ausgabe der *Times* des vorherigen Tages auf.

»Die Sirene, Dummerchen. Auf dem Berg muss ein Unfall passiert sein. Wahrscheinlich war es Travers«, sagte sie.

»Travers?«, sagte ich noch lauter.

»Patrick Travers. Ich habe ihn gestern Abend in der Bar gesehen. Ich habe es dir gegenüber nicht erwähnt, weil ich weiß, dass du ihn nicht magst.«

»Aber warum gerade Travers?«, fragte ich nervös.

»Behauptet er nicht immer, er sei jeden Morgen der Erste auf der Piste? Er kommt sogar noch vor den Skilehrern am Gipfel an.«

»Tatsächlich?«, sagte ich.

»Du wirst dich doch sicher noch daran erinnern. An

dem Tag, als wir ihn kennen lernten, fuhren wir gerade zum ersten Mal hinauf, während er schon bei seiner dritten Abfahrt war.«

»War er das?«

»Du bist heute wirklich schwer von Begriff. Bist du mit dem linken Bein zuerst aufgestanden?«, fragte sie lachend.

Ich gab keine Antwort.

»Nun, ich hoffe nur, dass es wirklich Travers ist«, fügte Caroline hinzu und nippte an ihrem Kaffee. »Ich habe den Kerl nie ausstehen können.«

»Warum nicht?«, fragte ich, nun ziemlich aus der Fassung gebracht.

»Er hat einmal einen Annäherungsversuch bei mir gemacht«, sagte sie beiläufig.

Ich starrte zu ihr hinüber und war unfähig zu sprechen.

»Willst du mich denn gar nicht fragen, was vorgefallen ist?«

»Ich bin so verblüfft, dass ich nicht weiß, was ich sagen soll«, entgegnete ich.

»Er ist mir an dem Abend in der Galerie fürchterlich auf den Leib gerückt und lud mich dann, nachdem wir bei ihm zu Abend gegessen hatten, zum Lunch ein. Ich habe ihm gesagt, er solle sich zum Teufel scheren«, sagte Caroline. Sie berührte sanft meine Hand. »Ich habe dir nie etwas davon erzählt, weil ich dachte, das sei der Grund gewesen, weswegen er den Vuillard zurückgeschickt hatte, und ich fühlte mich deswegen schuldig.«

»Aber ich bin es doch, der sich schuldig fühlen sollte«, erwiderte ich und fummelte nervös an einer Scheibe Toast herum.

»O nein, Liebling, du hast keinerlei Schuld. Jedenfalls

würde ich mir, wenn ich mich je entschließen sollte, dir untreu zu sein, nicht so einen Salonlöwen aussuchen. Um Gottes willen, nein. Diana hatte mich schon gewarnt, worauf ich mich bei ihm gefasst machen müsste. Er ist ganz und gar nicht mein Typ.«

Ich saß da und dachte, dass Travers jetzt auf dem Weg zum Leichenschauhaus sein musste oder vielleicht noch immer unter dem Schnee lag, und ich würde daran nichts mehr ändern können.

»Weißt du, ich glaube, jetzt ist es wirklich an der Zeit, dass du dich auf die A-Piste wagst«, sagte Caroline, als wir unser Frühstück beendet hatten. »Deine Technik hat sich ungeheuer verbessert.«

»Ja«, erwiderte ich ziemlich geistesabwesend.

Ich sprach kaum mehr, als wir uns gemeinsam auf den Weg zum Fuße des Berges machten.

»Bist du in Ordnung, Liebling?«, fragte Caroline, während wir Seite an Seite mit dem Lift hinauffuhren.

»Mir fehlt nichts«, sagte ich, war jedoch nicht in der Lage, in die Schlucht hinabzusehen, als wir den höchsten Punkt erreicht hatten. Lag Travers immer noch da unten oder schon im Leichenschauhaus?

»Hör auf, wie ein ängstliches Kind dreinzuschauen! Nach all dem Training, das du in dieser Woche absolviert hast, bist du mehr als fit, es mit mir gemeinsam zu wagen«, sagte sie beruhigend.

Ich brachte ein schwaches Lächeln zustande. Als wir auf dem Gipfel ankamen, sprang ich einen kleinen Augenblick zu früh vom Skilift ab und wusste im Moment, als ich einen zweiten Schritt machte, dass ich mir den Knöchel verstaucht hatte.

Caroline zeigte kein Mitleid mit mir. Sie war überzeugt,

dass ich nur so tue, um mich davor zu drücken, die A-Abfahrt zu wagen.

Sie rauschte an mir vorbei und raste den Hang hinunter, während ich schmachvoll mit dem Lift zurückkehrte. Als ich unten angelangt war, schaute ich zu dem Maschinisten, der mich jedoch keines Blickes würdigte. Ich humpelte zur Erste-Hilfe-Station und meldete mich dort als verletzt. Caroline kam ein paar Minuten später an.

Ich setzte ihr auseinander, dass der Sanitäter der Ansicht sei, es könne sich um einen Knöchelbruch handeln, und dass man mir geraten habe, mich sofort ins Krankenhaus zu begeben.

Caroline runzelte die Stirn, schnallte ihre Skier ab und ging los, um ein Taxi zu finden, das uns zum Krankenhaus bringen würde. Es war keine lange Fahrt, aber eine, die der Fahrer – wie ich aus der Art, in der er die glitschigen Kurven meisterte, erkennen konnte – offensichtlich schon oft zuvor absolviert hatte.

»Dafür müsste ich ungefähr ein Jahr lang zum Essen ausgeführt werden«, sagte Caroline, als wir das Krankenhaus durch die doppelten Türen betraten.

»Wären Sie so liebenswürdig, draußen zu warten, Madam?«, verlangte ein männlicher Krankenpfleger, während man mich in den Röntgenraum brachte.

»Gern, aber werde ich meinen armen Mann je wieder zu Gesicht bekommen?«, spottete sie, als sich die Tür vor ihrer Nase schloss.

Ich betrat einen Raum, voll mit kompliziert aussehenden Apparaten. Ihr Herr und Gebieter war ein teuer gekleideter Arzt. Ich sagte ihm, was meiner Meinung nach mit mir los war, und er legte den verletzten Fuß vorsichtig unter einen Röntgenapparat. Wenige Augenblicke später studierte er bereits das große Negativ.

»Da ist keine Fraktur zu sehen«, versicherte er mir und deutete auf den Knochen. »Aber falls Sie immer noch Schmerzen haben, sollte ich Ihrem Knöchel vielleicht lieber einen Druckverband anlegen.« Dann befestigte der Arzt mein Röntgenbild neben fünf anderen, die an einer Schiene hingen.

»Bin ich heute schon der Sechste?«, fragte ich und sah hinauf zu der Galerie von Röntgenaufnahmen.

»Nein, nein«, sagte er lachend. »Die anderen fünf gehören alle zu ein und demselben Mann. Ich nehme an, er hat versucht, über die Schlucht zu fliegen, der Narr.«

»Über die Schlucht?«

»Ja, er wollte sich wohl damit aufspielen, vermute ich«, sagte er, während er begann, meinen Knöchel zu umwickeln. »So jemanden bekommen wir hier jedes Jahr herein, aber dieser arme Kerl hat sich beide Beine und einen Arm gebrochen und wird auf seinem Gesicht eine hässliche Narbe behalten, als Erinnerung an seine Dummheit. Er hat nach meinem Dafürhalten Glück gehabt, überhaupt mit dem Leben davongekommen zu sein.«

»Glück gehabt, mit dem Leben davongekommen zu sein?«, wiederholte ich mit schwacher Stimme.

»Ja, aber nur, weil er nicht wusste, was er tat. Mein vierzehnjähriger Sohn springt auf seinen Skiern über diese Schlucht und landet drüben wie die Möwe auf dem Wasser. Dieser hier aber« – der Arzt deutete auf die Röntgenbilder – »wird in diesem Urlaub nicht mehr Ski fahren. Genau gesagt, wird er mindestens sechs Monate lang nicht gehen können.«

»Tatsächlich?«, sagte ich.

»Und was Sie betrifft«, fügte er hinzu, nachdem er mich fertig verbunden hatte, »legen Sie den Fuß alle drei Stunden auf Eis und wechseln Sie einmal täglich den Verband. Sie sollten in ein paar, höchstens drei Tagen, wieder auf der Piste stehen können.«

»Wir fliegen heute Abend zurück«, sagte ich zu ihm, während ich behutsam wieder aufstand.

»Ein gutes Timing«, sagte er lächelnd.

Ich humpelte zufrieden aus dem Röntgenraum und traf auf Caroline, die intensiv mit der Lektüre von *Elle* beschäftigt war.

»Du siehst aus, als wärest du sehr mit dir zufrieden«, sagte sie und sah zu mir auf.

»Das bin ich auch. Wie sich herausgestellt hat, sind es lediglich zwei gebrochene Beine, ein gebrochener Arm und eine Narbe im Gesicht.«

»Wie dumm von mir«, sagte Caroline. »Ich dachte, es wäre nichts weiter als eine Verstauchung.«

»Nicht bei mir«, sagte ich. »Sondern bei Travers – der Unfall heute Morgen, erinnerst du dich? Der Krankenwagen. Wie dem auch sei, man hat mir versichert, dass er überleben wird«, fügte ich hinzu.

»Wie schade«, sagte sie und hakte sich bei mir ein. »Nachdem du dir so viel Mühe gegeben hast, hatte ich eigentlich gehofft, du würdest mehr Erfolg haben.«

Die Gesetzeslücke

»Das ist nicht die Version, die ich gehört habe«, sagte Philip.

Von den Klubmitgliedern, die an der Bar saßen, drehte sich einer flüchtig um, als er die lauter werdenden Stimmen hörte, aber als er bemerkte, um wen es sich da handelte, lächelte er nur und setzte sein Gespräch fort.

Der Hazelmere Golf Club war an diesem Samstagmorgen stark besucht, und kurz vor dem Lunch fand man in dem geräumigen Klubhaus oft nur noch schwer einen Sitzplatz.

Zwei der Mitglieder hatten bereits ihre zweite Runde bestellt und ließen sich, lange bevor der Raum sich gänzlich zu füllen begann, in der Nische nieder, von der aus man das erste Loch sehen konnte. Philip Masters und Michael Gilmour hatten ihr Samstagmorgen-Spiel früher als gewöhnlich beendet und schienen jetzt ganz in ein Gespräch vertieft zu sein.

»Und welche Version hast du gehört?«, fragte Michael Gilmour ruhig, aber mit tragender Stimme.

»Dass du nicht ganz schuldlos warst in der Sache.«

»Ganz sicher war ich schuldlos«, sagte Michael. »Worauf spielst du an?«

»Ich spiele auf gar nichts an«, sagte Philip. »Aber vergiss nicht, mir kannst du nichts vormachen. Ich hatte dich selbst schon einmal bei mir angestellt und kenne dich viel zu lange, um alles, was du sagst, für bare Münze zu nehmen.«

»Ich habe nicht versucht, irgendjemandem etwas vorzumachen«, erwiderte Michael. »Es ist allgemein bekannt, dass ich meinen Job losgeworden bin. Ich habe nie etwas anderes behauptet.«

»Zugegeben. Aber es ist keineswegs allgemein bekannt, unter welchen Umständen du deinen Job verloren hast und warum du nicht imstande bist, einen neuen zu finden.«

»Ich habe aus dem ganz einfachen Grund keinen neuen gefunden, weil Jobs im Augenblick nicht so leicht zu kriegen sind. Und, nebenbei bemerkt, ist es ja nicht meine Schuld, dass du ein Erfolgsmensch bist und ein verdammter Millionär.«

»Und meine Schuld ist es nicht, dass du pleite bist und ständig arbeitslos. In Wahrheit sind Jobs sehr wohl zu bekommen für den, der Zeugnisse von seinem letzten Arbeitgeber vorweisen kann.«

»Was willst du damit andeuten?«, sagte Michael.

»Ich will gar nichts damit andeuten.«

Mehrere Klubmitglieder hatten ihre Unterhaltung eingestellt und bemühten sich jetzt, das Gespräch mitzubekommen, das hinter ihnen geführt wurde.

»Was ich meine«, fuhr Philip fort, »ist, dass kein Mensch dir Arbeit geben wird, aus dem einfachen Grund, weil du niemand findest, der dir ein Zeugnis ausstellt – und jeder weiß das.«

Nicht alle wussten es, was erklärt, warum die meisten Anwesenden im Raum jetzt gespannt zuhörten.

»Ich wurde wegrationalisiert«, beharrte Michael.

»In deinem Fall war das nur ein beschönigender Ausdruck für ›gefeuert‹. Keiner hat damals so getan, als lägen die Dinge anders.«

»Ich wurde wegrationalisiert«, wiederholte Michael, »ganz einfach deswegen, weil die Gewinne der Firma sich in diesem Jahr als etwas enttäuschend herausstellten.«

»Etwas enttäuschend? Das soll wohl ein Witz sein. Sie waren praktisch nicht vorhanden.«

»Nur, weil wir einen oder zwei viel versprechende Geschäftsabschlüsse an die Konkurrenz verloren hatten.«

»Eine Konkurrenz, die, wie ich höre, nur allzu gern bereit war, sich gewisse Insider-Informationen etwas kosten zu lassen.«

Mittlerweile hatten bereits die meisten Klubmitglieder ihre eigene Unterhaltung unterbrochen und beugten sich vor, machten allerlei Verrenkungen, drehten und wanden sich, bemüht, jedes Wort von dem aufzuschnappen, was von den zwei in der Fensternische des Klubraums sitzenden Männern herüberkam.

»Der Verlust dieser Geschäfte wurde bei der Jahreshauptversammlung im Bericht an die Aktionäre ausführlich erläutert«, sagte Michael.

»Aber wurde denselben Aktionären auch erläutert, wie ein ehemaliger Angestellter sich innerhalb weniger Tage nach seiner Entlassung den Kauf eines neuen Wagens leisten konnte?«, fragte Philip weiter. »Einen Zweitwagen, sollte ich hinzufügen.« Philip nahm einen Schluck von seinem Tomatensaft.

»Es war kein neuer Wagen«, sagte Michael abwehrend. »Es war ein gebrauchter Mini, und ich habe ihn mit einem

Teil meiner Abfindung bezahlt, als ich den Firmenwagen zurückgeben musste. Und außerdem weißt du ja, dass Carol für ihren Job bei der Bank ihren eigenen Wagen braucht.«

»Offen gesagt, es überrascht mich, dass Carol es tatsächlich so lange mit dir aushält, nach allem, was du ihr angetan hast.«

»Nach allem, was ich ihr angetan habe – was willst du damit andeuten?«, fragte Michael.

»Damit will ich nichts andeuten«, erwiderte Philip. »Aber Tatsache ist, dass eine gewisse junge Frau, deren Name unerwähnt bleiben soll« – dieser letzte kleine Nebensatz schien die meisten Lauscher zu enttäuschen – »ungefähr zur selben Zeit entlassen wurde und obendrein auch noch ein Kind erwartete.«

Der Barkellner war jetzt schon seit fast sieben Minuten um keinen Drink mehr gebeten worden, und mittlerweile taten nur noch wenige Klubmitglieder so, als hörten sie dem Wortwechsel zwischen den beiden Männern nicht zu. Einige von ihnen starrten sogar mit unverhohlener Verblüffung herüber.

»Aber ich kannte sie doch kaum!«, protestierte Michael.

»Wie ich schon sagte: Das ist nicht die Version, die ich gehört habe. Und darüber hinaus hat man mir erzählt, das Kind habe eine auffallende Ähnlichkeit mit –«

»Das geht zu weit –«

»Nur, wenn du nichts zu verbergen hast«, sagte Philip erbarmungslos.

»Du weißt, dass ich nichts zu verbergen habe.«

»Auch nicht die blonden Haare, die Carol überall auf dem Rücksitz des Mini gefunden hat? Das Mädchen im Büro war doch eine Blondine, oder?«

»Ja, aber diese Haare stammten von einem hellblonden Setter.«

»Du hast keinen hellblonden Setter.«

»Ich weiß, aber der Hund gehörte dem früheren Besitzer des Wagens.«

»Die Hündin gehörte nicht dem früheren Besitzer, und ich lehne es ab, zu glauben, dass Carol auf dieses uralte Märchen hereingefallen ist.«

»Sie hat es geglaubt, weil es tatsächlich so war.«

»Ich fürchte, zur Wahrheit hast du schon lange keinen Bezug mehr. Du bist gefeuert worden, erstens, weil du nicht die Hände lassen konntest von allem, was unter vierzig war und einen Kittel trug, und zweitens, weil du die Finger nicht von der Kasse lassen konntest. Ich sollte es doch wissen. Vergiss nicht, dass ich dich aus denselben Gründen loswerden musste.«

Michael sprang auf, und seine Wangen hatten fast die Farbe von Philips Tomatensaft. Er hob seine geballte Faust und wollte gerade zu einem Schlag gegen Philip ausholen, als Colonel Mather, der Klubpräsident, neben ihm auftauchte.

»Guten Morgen, Sir«, sagte Philip in aller Ruhe und erhob sich, um den Colonel zu begrüßen.

»Guten Morgen, Philip«, bellte der Colonel. »Glauben Sie nicht, dass Sie es mit Ihrer kleinen Meinungsverschiedenheit jetzt weit genug getrieben haben?«

»Kleine Meinungsverschiedenheit?«, protestierte Michael. »Haben Sie nicht gehört, was er alles über mich gesagt hat?«

»Ich habe leider, wie auch alle anderen anwesenden Mitglieder, jedes Wort mit angehört«, sagte der Colonel. Indem er sich wieder an Philip wandte, fügte er hinzu:

»Vielleicht sollten Sie sich wie zwei gute Freunde die Hand geben und für heute Schluss machen.«

»Diesem Schürzenjäger und Betrüger die Hand geben? Kommt nicht in Frage!«, rief Philip aus. »Ich sage Ihnen, Colonel, er verdient es nicht, Mitglied dieses Klubs zu sein, und dabei kennen Sie, das kann ich Ihnen versichern, nur die Hälfte der Geschichte.«

Bevor der Colonel einen weiteren Versuch machen konnte, der Sache mit Diplomatie beizukommen, stürzte Michael sich auf Philip, und es bedurfte dreier Männer, die jünger als der Klubpräsident waren, um sie voneinander zu trennen. Der Colonel wies beide Männer sofort aus dem Klub und machte sie darauf aufmerksam, dass ihr Verhalten dem Klubkomitee bei dessen nächster monatlichen Sitzung gemeldet werden würde. Bis zu dieser Sitzung hätten sie beide Hausverbot.

Der Klubsekretär, Jeremy Howard, begleitete die beiden Männer zur Haustür und sah zu, wie Philip in seinen Rolls Royce stieg und durch das Tor hinausfuhr. Er musste mehrere Minuten auf der Eingangstreppe warten, bis auch Michael in seinem Mini abfuhr. Es schien, als habe er auf dem Vordersitz sitzend etwas aufgeschrieben. Als der Mini schließlich das Eingangstor passiert hatte, machte der Sekretär auf dem Absatz kehrt und ging zurück an die Bar. Was die zwei einander antaten, nachdem sie das Grundstück verlassen hatten, ging ihn nichts an.

Wieder im Klubhaus, stellte der Sekretär fest, dass die allgemeine Unterhaltung sich nicht wieder den Fragen nach dem voraussichtlichen Gewinner des »President's Putter«, der Spieleraufstellung im »Ladies' Handicap Cup« oder wer dazu gebracht werden könnte, sich als Sponsor für das diesjährige Jugendturnier zur Verfügung zu stellen, zugewendet hatte.

»Sie schienen mir eigentlich recht guter Dinge zu sein, als ich sie heute Morgen beim Loch 16 überholte«, berichtete der Mannschaftskapitän des Klubs dem Colonel.

Der Colonel gab zu, das alles sei ihm ein Rätsel. Er kannte die beiden seit dem Tag vor fast fünfzehn Jahren, als sie dem Klub beigetreten waren.

Sie seien keine schlechten Kerle, versicherte er dem Kapitän, ehrlich gesagt, habe er sie sogar recht gern. Wie jedermann sich erinnern könne, hätten sie jeden Samstagmorgen eine Runde Golf gespielt und dabei sei bekanntlich nie ein böses Wort gefallen.

»Schade«, sagte der Colonel. »Ich hatte gehofft, ich würde Philip Masters dazu bewegen können, das diesjährige Jugendturnier zu finanzieren.«

»Gute Idee, aber ich sehe es nicht, wie Sie das jetzt noch zustande bringen.«

»Ich kann mir einfach keinen Reim darauf machen, was plötzlich in sie gefahren ist.«

»Könnte es nicht einfach daran liegen, dass Philip so ein Erfolgsmensch ist und Michael harte Zeiten durchmacht?«, vermutete der Kapitän.

»Nein, da steckt mehr dahinter«, erwiderte der Colonel. »Der kleine Vorfall von heute Morgen bedarf einer etwas ausführlicheren Erklärung«, fügte er weise hinzu.

Jedermann im Klub wusste, dass Philip Masters sein Geschäft von den ersten Anfängen an ganz allein aufgebaut hatte, nachdem er seinen ersten Job als Vertreter für Einbauküchen aufgegeben hatte. »Ready-Fit«-Küchen hatten ihren Anfang in einem Schuppen am Ende von Philips Garten genommen und waren schließlich in einer

Fabrik auf der anderen Seite der Stadt gelandet, die über dreihundert Leute beschäftigte. Als »Ready-Fit« eine Aktiengesellschaft wurde, mutmaßten die Börsenblätter, dass allein Philips Aktien mehrere Millionen wert sein müssten. Nach der fünf Jahre später erfolgten Übernahme der Firma durch die John-Lewis-Handelsgesellschaft wurde öffentlich bekannt, dass Philip nach dem Handel mit einem Scheck über siebzehn Millionen Pfund und einem Fünfjahresvertrag, der einem Popstar Freude bereitet hätte, nach Hause gegangen war. Ein Teil dieses unverhofften Gewinns war in einem prächtigen, im klassizistischen Stil erbauten Haus am Stadtrand von Hazelmere angelegt worden, das auf sechzig Morgen bewaldetem Grund stand. Von seinem Schlafzimmer aus konnte Philip sogar den Golfplatz sehen. Philip war seit über zwanzig Jahren verheiratet, und seine Frau Sally war Vorsitzende der örtlichen Zweigstelle des »Save the Children Fund« und ehrenamtliche Friedensrichterin. Ihr Sohn hatte gerade einen Platz am St. Anne's College in Oxford bekommen.

Michael war der Pate des Jungen.

Michael Gilmour hätte zu alldem kein größerer Kontrast sein können. Nach dem Verlassen der Schule, wo Philip sein engster Freund gewesen war, hatte er sich von Job zu Job treiben lassen. Er fing an als Lehrling bei Watney's, wo es ihn jedoch nur ein paar Monate hielt, und arbeitete dann als Handelsvertreter für einen Verlag. Ebenso wie Philip heiratete er seinen Schwarm aus der Kinderzeit, Carol West, die Tochter des örtlichen Arztes.

Als ihre Tochter geboren wurde, klagte Carol darüber, dass er so viele Stunden außer Haus sei, daher gab er die Verlagsarbeit auf und unterschrieb einen Vertrag als Vertriebsleiter bei einer Firma für alkoholfreie Getränke. Dort hielt er ein paar Jahre durch, bis sein Stellvertreter über seinen Kopf hinweg befördert wurde. Diese Entscheidung kränkte Michael so sehr, dass er sofort kündigte. Nachdem er zum ersten Mal in seinem Leben stempeln gegangen war, fand er eine Anstellung in einer Getreideverpackungsfirma, musste aber entdecken, dass er allergisch gegen Hafer war. Er ließ sich, um dies belegen zu können, ein ärztliches Attest ausstellen und holte sich dann seinen ersten Abfindungsscheck ab. Anschließend ging er als Handelsvertreter zu »Ready-Fit«-Küchen, verließ die Firma jedoch ohne Begründung innerhalb eines Monats nach der Übernahme durch John Lewis. Es folgte eine weitere Phase der Arbeitslosigkeit, bevor er eine Stelle als Verkaufsleiter bei einer Firma annahm, die Mikrowellenherde herstellte. Endlich schien er zur Ruhe gekommen zu sein, bis man ihn dort ohne Vorankündigung aus Rationalisierungsgründen entließ. Es stimmte, dass das Unternehmen in jenem Jahr nur die Hälfte seiner gewohnten Profite erzielt hatte, und seine Direktoren hatten sich nur ungern von Michael getrennt – jedenfalls wurde es so in der Firmenzeitung dargestellt.

Carol konnte ihre Besorgnis nicht mehr verbergen, jetzt, da Michael zum vierten Mal entlassen worden war. Sie konnten seine Einkünfte gut brauchen, umso mehr, als man ihrer Tochter einen Platz an einer Kunstschule angeboten hatte.

Philip war der Pate des Mädchens.

»Was wirst du jetzt machen?«, fragte Carol bekümmert, als Michael ihr berichtete, was sich im Klub abgespielt hatte.

»Es gibt nur eins, was ich tun kann«, antwortete er.

»Schließlich muss ich an meinen Ruf denken. Ich werde das Schwein verklagen.«

»Das ist eine schreckliche Art, über deinen ältesten Freund zu sprechen. Und außerdem können wir es uns nicht leisten, vor Gericht zu gehen«, sagte Carol. »Philip ist ein Millionär, und wir haben keinen Pfennig.«

»Daran ist nichts zu ändern«, sagte Michael. »Ich muss das jetzt durchziehen, selbst wenn es bedeutet, dass wir alles verkaufen müssen.«

»Auch wenn deine ganze Familie darunter zu leiden hat?«

»Keiner von uns wird darunter leiden, wenn er am Ende die Prozesskosten zahlen und saftigen Schadenersatz leisten muss.«

»Aber du könntest verlieren«, gab Carol zu bedenken. »Und dann stehen wir am Ende mit nichts da – mit noch weniger als nichts.«

»Ganz und gar unmöglich«, sagte Michael. »Er hat den Fehler gemacht, alle diese Dinge vor Zeugen zu sagen. Es müssen heute Morgen über fünfzig Mitglieder im Klubhaus gewesen sein, einschließlich des Klubpräsidenten und des Herausgebers des Lokalblatts, und es kann ihnen nicht ein Wort entgangen sein.«

Carol überzeugte das immer noch nicht, und sie war erleichtert, als Michael während der nächsten paar Tage Philips Namen nicht ein einziges Mal erwähnte. Sie hoffte, ihr Ehemann sei wieder zur Besinnung gekommen und man könne die ganze Angelegenheit möglichst schnell vergessen.

Doch dann beschloss der *Hazelmere Chronicle*, seine Version des Streits zwischen Michael und Philip zu drucken. Unter der Schlagzeile »Schlägerei im Golfklub«

stand ein vorsichtig formulierter Bericht darüber, was am vergangenen Samstag vor sich gegangen war. Der Herausgeber des Blattes wusste nur zu gut, dass er den genauen Wortlaut des Gesprächs nicht abdrucken durfte, wenn er nicht auch verklagt werden wollte, aber es gelang ihm dennoch, genug versteckte Andeutungen in den Artikel einfließen zu lassen, um einen vollen Eindruck des Vorgefallenen zu vermitteln.

»Jetzt reicht es mir aber«, sagte Michael, als er den Artikel zum dritten Mal gelesen hatte. Carol wusste jetzt, dass sie ihren Mann – was immer sie sagte oder tat – nicht mehr aufhalten konnte.

Am darauf folgenden Morgen nahm Michael mit Reginald Lomax, einem hierorts ansässigen Anwalt, mit dem sie beide zur Schule gegangen waren, Kontakt auf. Bewaffnet mit dem Artikel, gab Michael eine kurz gefasste Darstellung des Gesprächs, dessen wortgetreue Veröffentlichung der *Chronicle* für unklug gehalten hatte. Michael lieferte Lomax auch seinen eigenen detaillierten Bericht über das, was sich an dem Morgen im Klub zugetragen hatte, und händigte ihm vier Seiten handgeschriebene Notizen aus, die seine Behauptungen stützen sollten.

Lomax studierte die Notizen sorgfältig.

»Wann haben Sie das hier geschrieben?«

»In meinem Wagen, unmittelbar nachdem wir aus dem Klub gewiesen wurden.«

»Das war umsichtig von Ihnen«, sagte Lomax. »Höchst umsichtig.«

Er starrte seinen Klienten prüfend über den Rand seiner halbmondförmigen Brillengläser an. Michael gab keinen Kommentar ab. »Natürlich sollten Sie sich darüber im Klaren sein, dass rechtliche Auseinandersetzungen ein kostspieliger Zeitvertreib sind«, fuhr Lomax fort. »Wenn Sie Klage wegen übler Nachrede erheben, wird das für Sie nicht gerade billig, und selbst mit so zwingendem Beweismaterial wie diesem« – hierbei klopfte er mit dem Finger auf die vor ihm liegenden Notizen – »könnten Sie immer noch verlieren. Üble Nachrede hängt so sehr vom Erinnerungsvermögen anderer Leute ab oder viel mehr von dem, woran sich zu erinnern sie zugeben.«

»Ich bin mir dessen völlig bewusst«, sagte Michael. »Aber ich bin fest entschlossen, die Sache durchzuziehen. An jenem Morgen waren über fünfzig Leute im Klub in Hörweite.«

»Also gut«, sagte Lomax. »In dem Fall benötige ich fünftausend Pfund im Voraus, als Eventualgebühr für alle unmittelbar anfallenden Unkosten und die Vorbereitung einer Gerichtsverhandlung.« Zum ersten Mal schien Michael zu zögern.

»Rückzahlbar, selbstverständlich, aber nur, wenn Sie den Prozess gewinnen.«

Michael holte sein Scheckbuch hervor und setzte den Betrag ein, der, so überlegte er, gerade noch mit dem Rest seiner Abfindungssumme gedeckt sein würde.

Am nächsten Morgen stellten Lomax, Davis & Lomax Strafanzeige gegen Philip Masters wegen übler Nachrede.

Eine Woche später wurde die Strafanzeige von einer anderen Anwaltsfirma mit Sitz in derselben Stadt, genauer gesagt sogar im selben Gebäude, zur Kenntnis genommen.

Während die Wochen verstrichen, kam im Klub die Debatte über Recht und Unrecht im Fall Gilmour gegen Masters nicht zum Stillstand.

Klubmitglieder flüsterten sich verstohlen zu, ob man sie wohl auffordern würde, bei dem Prozess auszusagen. Einige von ihnen hatten bereits Briefe von Lomax, Davis & Lomax erhalten, in denen sie um Angaben darüber gebeten wurden, was beiden Männer ihrer Erinnerung nach an jenem Morgen gesagt hatten. Ziemlich viele von ihnen beriefen sich auf Gedächtnisschwund oder Taubheit, aber einige reichten doch anschauliche Schilderungen des Streites ein. Derart ermutigt, drängte Michael, sehr zu Carols Kummer, auf weitere Schritte. Ungefähr einen Monat später erhielt Michael Gilmour eines Morgens, Carol war schon zur Arbeit in die Bank gefahren, einen Anruf von Reginald Lomax. Die Anwälte des Beklagten, wurde ihm mitgeteilt, hätten um eine Beratung »ohne Obligo« gebeten.

»Das überrascht Sie doch wohl nicht, bei all dem Beweismaterial, das wir zusammengetragen haben?«, entgegnete Michael.

»Es geht lediglich um eine Beratung«, erinnerte ihn Lomax.

»Beratung hin oder her, ich werde mich nicht mit weniger als einhunderttausend Pfund zufrieden geben.«

»Nun, ich weiß noch nicht einmal, ob sie –«, begann Lomax.

»Aber ich weiß es, und ich weiß auch, dass ich wegen dem Scheißkerl in den letzten elf Wochen noch nicht einmal einen Vorstellungstermin für einen Job bekommen habe«, sagte Michael voller Verachtung. »Gehen Sie auf keinen Fall unter einhunderttausend Pfund, haben Sie mich verstanden?«

»Ich glaube, Sie sind unter den gegebenen Umständen ein wenig zu optimistisch«, sagte Lomax. »Aber ich rufe Sie wieder an und lasse Sie die Antwort der anderen Seite wissen, sobald das Treffen stattgefunden hat.«

Am Abend berichtete Michael Carol von der guten Nachricht, aber sie war – ebenso wie Reginald Lomax – skeptisch. Das Klingeln des Telefons unterbrach ihre Diskussion über dieses Thema. Während Carol neben ihm stand, hörte Michael Lomax' Bericht aufmerksam zu. Anscheinend war Philip bereit, fünfundzwanzigtausend zu zahlen, und hatte sich einverstanden erklärt, alle Kosten zu tragen.

Carol nickte dankbar ihr Einverständnis, aber Michael wiederholte nur einmal mehr, Lomax solle ja auf nicht weniger als einhunderttausend bestehen. »Sehen Sie denn nicht, dass Philip sich schon ausgerechnet hat, was es ihn kostet, wenn dieser Fall vor Gericht kommt? Und er weiß nur zu gut, dass ich nicht klein beigeben werde.«

Carol und Lomax waren nach wie vor nicht überzeugt. »Das Ganze ist viel riskanter, als Sie annehmen«, sagte der Anwalt. »Die Geschworenen könnten der Ansicht sein, die Worte seien nur als Frotzelei gemeint gewesen.«

»Als Frotzelei? Und was ist dann mit der Schlägerei, die auf die Frotzelei folgte?«

»Die Sie angefangen haben«, machte ihn Lomax aufmerksam. »Fünfundzwanzigtausend sind unter diesen Umständen keine schlechte Summe«, fügte er hinzu.

Michael weigerte sich einzulenken und beendete das Gespräch damit, auf seiner Forderung nach einhunderttausend Pfund zu bestehen.

Zwei Wochen verstrichen, bevor die andere Seite als Gegenleistung für eine schnelle Beilegung des Streits fünfzigtausend anbot. Diesmal war Lomax nicht überrascht, als Michael kurzerhand ablehnte. »Zum Teufel mit einer schnellen Schlichtung. Ich habe Ihnen doch schon gesagt, ich werde keine Summe unter einhunderttausend akzeptieren.« Inzwischen war Lomax klar, dass er mit jeglichem Appell an die Vernunft auf taube Ohren stoßen würde.

Es bedurfte weiterer drei Wochen und ein paar weiterer Telefongespräche zwischen den Anwälten, bis die andere Seite einsah, sie würde die vollen einhunderttausend Pfund zahlen müssen. Reginald Lomax rief Michael eines späten Abends an, um ihm die Nachricht mitzuteilen, und bemühte sich dabei, es so klingen zu lassen, als habe er einen persönlichen Sieg errungen. Er versicherte Michael, die nötigen Papiere könnten sofort aufgesetzt und die Schlichtungsurkunde in wenigen Tagen unterzeichnet werden.

»Natürlich bekommen Sie alle Verfahrenskosten erstattet«, fügte er hinzu.

»Natürlich«, sagte Michael.

»Alles, was Ihnen zu tun bleibt, ist, Ihre Zustimmung zu einer Erklärung zu geben.«

Eine kurze Erklärung wurde verfasst und mit dem Einverständnis beider Parteien an den *Hazelmere Chronicle* geschickt. Die Zeitung druckte den Inhalt am darauf folgenden Freitag auf ihrer Titelseite ab. »Die Strafanzeige wegen übler Nachrede im Fall Gilmour gegen Masters«, berichtete der *Chronicle*, »ist im beiderseitigen Einvernehmen der Parteien zurückgezogen worden, wenn auch erst nach einem von dem Beklagten initiierten außergerichtlichen Vergleich, bei dem es um eine beträchtliche Geldsumme gegangen sein soll. Philip Masters hat das, was er an jenem Morgen im Golfklub sagte, uneingeschränkt zurückgenommen und sich für sein Verhalten bedingungslos entschuldigt. Auch hat er versichert, er werde die damals verwendeten Worte niemals wiederholen. Mr. Masters hat die Anwaltskosten des Klägers in voller Höhe beglichen.«

Noch am selben Tag schrieb Philip an den Colonel und gab zu, er habe an dem betreffenden Morgen vielleicht ein wenig zu viel getrunken, er bereue seinen hitzigen Zornesausbruch. Er entschuldigte sich und versicherte dem Klubpräsidenten, es werde nie wieder vorkommen.

Die Einzige, die dieses Ergebnis mit Betrübnis aufzunehmen schien, war Carol.

»Was hast du, Liebling?«, fragte Michael. »Wir haben gewonnen, und darüber hinaus sind jetzt unsere finanziellen Probleme gelöst.«

»Ich weiß«, sagte Carol. »Aber war es das wert, wegen einhunderttausend Pfund deinen engsten Freund zu verlieren?«

Am nächsten Morgen fand Michael zu seiner Freude unter seiner Post einen Briefumschlag mit dem Wappen des Golfklubs. Nervös öffnete er ihn und zog ein einzelnes Blatt heraus. Darauf stand:

Sehr geehrter Herr Gilmour,
anlässlich der monatlichen Sitzung des Klubkomitees am letzten Mittwoch brachte Colonel Mather die Angelegenheit Ihres Verhaltens im Klubhaus am Morgen des 16. April, einem Samstag, zur Sprache.
Es wurde beschlossen, die Klagen mehrerer Klubmitglieder ins Protokoll aufzunehmen, Ihnen beiden bei dieser Gelegenheit jedoch lediglich einen ernsthaften

Verweis zu erteilen. Sollte ein ähnlicher Vorfall sich in der Zukunft nochmals ereignen, würden Sie automatisch Ihre Mitgliedschaft verlieren.

Der zeitweilige Ausschluss, den Colonel Mather am 16. April verhängt hatte, ist hiermit aufgehoben.

Hochachtungsvoll, Jeremy Howard (Sekretär)

»Ich gehe jetzt einkaufen«, rief Carol vom oberen Treppenabsatz. »Was sind deine Pläne für heute Vormittag?«

»Ich werde eine Runde Golf spielen«, sagte Michael und faltete den Brief wieder zusammen.

Eine gute Idee, dachte Carol, wenn sie sich auch fragte, wer wohl in Zukunft noch gegen Michael spielen würde.

Etliche der Klubmitglieder beobachteten, wie Michael und Philip an diesem Samstagmorgen das Spiel bei Loch 1 eröffneten. Der Klubkapitän bemerkte dem Colonel gegenüber, er freue sich, feststellen zu können, dass der Streit zu jedermanns Zufriedenheit beigelegt sei.

»Nicht zu meiner«, sagte der Colonel leise. »Von Tomatensaft kann man nicht betrunken werden.«

»Ich frage mich, worüber Sie wohl gerade reden?«, sagte der Klubkapitän, während er zu den beiden durch das Erkerfenster hindurch hinüberstarrte. Der Colonel hob sein Fernglas, um die zwei Männer näher in Augenschein zu nehmen.

»Wie konnte dir nur ein 4-Fuß-Putt danebengehen, du Dussel?«, fragte Michael, als sie das erste Grün erreicht hatten. »Du bist wohl wieder betrunken.«

»Wie du ganz genau weißt«, entgegnete Philip, »trinke ich nie etwas vor dem Dinner, und deswegen betrachte ich deine Behauptung, ich sei wieder betrunken, als reine Verleumdung.«

»Ja, aber wo sind deine Zeugen?«, sagte Michael, als sie sich dem zweiten Abschlag näherten. »Ich hatte mehr als fünfzig davon, vergiss das nicht.«

Beide Männer lachten.

Während sie die ersten acht Löcher spielten, erstreckte sich ihre Unterhaltung über viele Themen, und dabei wurde ihr vergangener Streit nie berührt, bis sie beim neunten Grün, der vom Klubhaus aus gesehen am weitesten entfernten Stelle, angelangt waren. Der einzige andere Spieler, der in Sichtweite war, versuchte zweihundert Meter hinter ihnen noch immer, bei Loch 8 einzulochen. In diesem Augenblick zog Michael einen dicken braunen Umschlag aus seiner Golftasche und überreichte ihn Philip.

»Ich danke dir«, sagte Philip und ließ das Päckchen in seiner eigenen Golftasche verschwinden, worauf er einen Putter hervorholte. »Ein sauberes kleines Geschäft, wie ich es schon lange nicht mehr mitorganisiert habe«, fügte Philip hinzu, als er sich dem Ball zuwandte.

»Am Ende bin ich um vierzigtausend Pfund reicher«, sagte Michael grinsend, »während du keinen Pfennig verloren hast.«

»Das aber nur, weil ich den höchsten Steuersatz zahle und deswegen den Verlust als gesetzlich anerkannte Geschäftsunkosten reklamieren kann«, sagte Philip. »Und dazu wäre ich nicht in der Lage gewesen, wenn ich dich nicht früher einmal beschäftigt hätte.«

»Und ich als siegreiche Prozesspartei brauche auf die

in einem Zivilprozess erhaltene Entschädigungssumme keinerlei Steuern zu zahlen.«

»Eine Gesetzeslücke, von der selbst dieser Richter keine Ahnung hatte«, sagte Philip.

»Auch wenn sie an Reggie Lomax gingen, tut es mir doch Leid um die Anwaltshonorare«, fügte Michael hinzu.

»Kein Problem, alter Junge. Die können auch hundertprozentig von der Steuer abgesetzt werden. Also habe ich, wie du siehst, keinen Pfennig verloren, und du bist am Ende um vierzigtausend Pfund reicher – und das steuerfrei.«

»Und keiner hat was gemerkt«, sagte Michael lachend.

Der Colonel steckte sein Fernglas zurück in das Etui.

»Hatten Sie den diesjährigen Gewinner des ›President's Putter‹ im Okular, Colonel?«, fragte der Klubkapitän.

»Nein«, entgegnete der Colonel. »Den sicheren Sponsor des diesjährigen Jugendturniers.«

CHRISTINA ROSENTHAL

Der Rabbi wusste, er würde an seiner Predigt erst arbeiten können, nachdem er den Brief gelesen hatte. Länger als eine Stunde hatte er an seinem Schreibtisch vor einem leeren Blatt Papier gesessen, und ihm war der erste Satz noch nicht eingefallen. In letzter Zeit fiel es ihm schwer, sich auf eine Pflicht zu konzentrieren, der er während der letzten dreißig Jahre jeden Freitagabend nachgekommen war. Sie mussten mittlerweile gemerkt haben, dass er seiner Aufgabe nicht mehr gewachsen war. Er zog den Brief aus dem Umschlag und entfaltete langsam die Seiten. Dann schob er die halbmondförmige Brille auf seinem Nasenrücken hoch und begann zu lesen.

Mein lieber Vater,
»Jude! Jude! Jude!« war aus ihrem Mund das Erste, was ich sie je hatte sagen hören. Und sie rief es, als ich in der ersten Runde des Rennens an ihr vorbeilief. Sie stand hinter der Umzäunung am Anfang der Zielgeraden, und ihre Hände waren trichterförmig um ihren Mund gelegt, damit ich ja nichts von dem Gejohle versäumte. Sie musste aus einer anderen Schule sein, denn ich kannte sie nicht, aber

ich brauchte nur flüchtig hinzusehen, um zu erkennen, dass Greg Reynolds neben ihr stand.

Nachdem ich fünf Jahre lang in der Schule seine höhnischen Bemerkungen und seine Einschüchterungsversuche ertragen hatte, wollte ich mich bei ihm bloß mit den Worten »Nazi, Nazi, Nazi!« revanchieren, doch du hattest mich immer gelehrt, über solche Provokationen erhaben zu sein.

Während ich die zweite Runde in Angriff nahm, versuchte ich, sie alle beide zu vergessen. Jahrelang hatte ich davon geträumt, bei den Meisterschaften der West Mount High School die Meile zu gewinnen und war fest entschlossen, mich durch die beiden nicht aufhalten zu lassen.

Als ich zum zweiten Mal in die Gegengerade einlief, sah ich sie mir genauer an. Sie stand inmitten einer Gruppe von Mädchen, die die Halstücher des Marianapolis Convent trugen. Sie muss etwa sechzehn gewesen sein und war gertenschlank. Ich frage mich, ob du mich wohl gerügt hättest, wenn ich »Kein Busen, kein Busen, kein Busen!« gerufen hätte, nur das, nichts weiter, in der Hoffnung, wenigstens den Jungen neben ihr zu provozieren? Dann hätte ich dir der Wahrheit entsprechend berichten können, dass er zuerst zugeschlagen habe, aber in dem Moment, da du erfahren hättest, dass es sich um Greg Reynolds handelte, wäre dir klar gewesen, dass mir bei ihm der geringste Anlass genügte.

Als ich die Gegengerade erreichte, machte ich mich erneut auf das Gejohle gefasst. Anfeuerungsgeschrei bei Leichtathletikveranstaltungen war in den späten 50ern Mode geworden, als in den Laufstadien der ganzen Welt »Za-to-pek, Za-to-pek, Za-to-pek!« gebrüllt wurde, zu

Ehren des großen tschechischen Meisters. Ich wusste, mir würde kein Mensch »Ro-sen-thal, Ro-sen-thal, Ro-sen-thal!« zurufen, wenn ich in Hörweite käme.

»Jude! Jude! Jude!«, rief sie, und es klang wie bei einer Schallplatte mit kaputter Rille. Ihr Freund Greg, von dem man heutzutage sagen würde, er sei »in«, begann zu lachen. Ich wusste, er hatte sie dazu angestiftet, und wie gerne hätte ich ihm das blasierte Grinsen von seinem Gericht heruntergerissen! Ich erreichte die Halbe-Meile-Marke in zwei Minuten siebzehn Sekunden, eine Zeit, die gut und gern reichen würde, den Schulrekord zu brechen, und ich hielt gerade das für die beste Methode, das höhnende Mädchen und diesen Faschisten Reynolds in die Schranken zu weisen. Ich konnte damals nicht umhin, das alles sehr ungerecht zu finden. Ich war ein echter Kanadier, in diesem Land geboren und aufgewachsen, und sie – nur eine Einwanderin! Immerhin warst du, Vater, 1937 aus Hamburg geflohen und hattest mit nichts angefangen. Ihre Eltern hatten erst 1949 unsere Küste erreicht, als du in der Gemeinde bereits eine angesehene Persönlichkeit warst.

Ich knirschte mit den Zähnen und versuchte, mich zu konzentrieren. Zatopek hat in seiner Autobiografie geschrieben, kein Läufer könne es sich leisten, während eines Wettkampfs seine Konzentration zu verlieren. Als ich die vorletzte Kurve erreichte, fing das unvermeidliche Gegröle wieder an, diesmal jedoch ließ es mich mein Tempo nur noch mehr beschleunigen und machte mich umso unbeirrbarer in meiner Entschlossenheit, den Rekord zu brechen. Sobald ich wieder sicher auf der Zielgeraden war, konnte ich hören, wie einige meiner Freunde brüllten: »Komm schon, Benjamin, du kannst es schaffen!«, und als ich bei der Glocke vorbeirannte, um in die letzte Runde zu gehen, rief der Zeitmesser laut: »Drei-dreiundzwanzig, drei-vierundzwanzig, drei-fünfundzwanzig.«

Ich wusste, der Rekord – vier-zweiunddreißig – war jetzt in greifbare Nähe gerückt, und plötzlich schienen mir all die dunklen Abende meines Wintertrainings der Mühe wert gewesen zu sein. In der Gegengeraden übernahm ich die Führung und hatte sogar das Gefühl, das Mädchen wieder ansehen zu können. Ich sammelte all meine Kraft zu einer letzten Anstrengung. Ein schneller Blick über die Schulter bestätigte mir, dass ich meinen Konkurrenten bereits um mehrere Meter voraus war. Jetzt kämpfte ich nur noch gegen die Uhr. Dann hörte ich das Gejohle, aber diesmal war es noch lauter als vorher: »Jude! Jude! Jude!« Es war deswegen lauter, weil die beiden jetzt unisono schrien, und gerade als ich in die Kurve einbog, erhob Reynolds seinen Arm zu einem unmissverständlichen Nazigruß.

Wäre ich nur zwanzig Meter weiter gelaufen, ich hätte den Schutz der Zielgeraden, die Anfeuerungsrufe meiner Freunde, den Pokal und den Rekord erreicht. Aber die beiden dort drüben brachten mich so in Wut, dass ich mich nicht länger beherrschen konnte.

Ich schoss aus der Bahn, rannte quer über den Rasen zurück durch die Weitsprunggrube und direkt auf sie zu. Wenigstens hatte mein verrückter Entschluss ihr Gejohle gestoppt, denn Reynolds senkte den Arm und stand nur noch da und starrte mich von seinem Platz hinter der niedrigen Barriere, die den äußeren Rand der Laufbahn säumte, mit kläglichem Blick an. Ich sprang über das Geländer und landete genau vor meinem Widersacher. Mit der ganzen Energie, die ich mir für die Schlussgerade aufgespart hatte, holte ich zu einem gewaltigen Schlag aus. Meine Faust landete einen Zoll unter seinem linken Auge, und er ging in die Knie und fiel neben ihr zu Boden. Sie kniete sogleich nieder, sah zu mir auf und warf mir einen so hasserfüllten Blick zu, dass man ihn nicht mit Worten hätte beschreiben können. Als ich sicher war, dass Greg nicht wieder aufstehen würde, ging ich langsam zurück auf die Bahn, während die letzten der Läufer gerade in die Schlusskurve einbogen.

»Wieder mal der Letzte, Judenlümmel!«, hörte ich sie rufen, als ich die Zielgerade entlangtrabte, bereits so weit hinter den anderen, dass man sich nicht einmal die Mühe machte, meine Zeit zu nehmen.

Wie oft hast du mir seitdem jene Worte zitiert: »Doch ich ertrug es mit einem geduldigen Achselzucken, denn Leiden ist das Merkmal unseres ganzen Stammes.« Natürlich hattest du Recht, aber ich war damals erst siebzehn, und selbst als ich die Wahrheit über Christinas Vater erfuhr, verstand ich nicht, wie jemand, der aus dem besiegten Deutschland kam – einem Deutschland, das von der ganzen übrigen Welt wegen der Art, wie es die Juden behandelt hatte, verurteilt wurde –, sich immer noch so verhalten konnte. Damals glaubte ich wirklich, in ihrer Familie wären alle Nazis, aber ich erinnere mich, wie du mir geduldig erklärtest, ihr Vater sei Admiral in der deutschen Kriegsmarine gewesen und mit dem Ritterkreuz dafür ausgezeichnet worden, Schiffe der Alliierten versenkt zu haben. Erinnerst du dich an meine Frage, wie du gegenüber einem solchen Mann Toleranz empfinden, geschweige denn zulassen konntest, dass er sich in unserem Land niederließ?

Du hast mir daraufhin versichert, Admiral von Braumer, der einer alten römisch-katholischen Familie entstamme und die Nazis aller Wahrscheinlichkeit nach ebenso sehr hasse wie wir, habe als deutscher Seemann seine Pflicht als Mann und Offizier sein ganzes Leben hindurch ehrenhaft erfüllt. Ich konnte deine Haltung nach wie vor nicht akzeptieren oder wollte es zumindest nicht.

Es war nicht gerade hilfreich für mich, Vater, dass du immer Verständnis für den Standpunkt des anderen aufbrachtest und, obgleich Mutter so früh wegen dieser Schweinehunde gestorben war, die Größe hattest, zu verzeihen.

Als Christ wärst du ein Heiliger gewesen.

Der Rabbi legte den Brief nieder und rieb sich die müden Augen, bevor er eine weitere Seite mit den wohl geformten Schriftzügen umschlug, die er seinen Sohn vor so vielen Jahren gelehrt hatte. Benjamin hatte immer leicht gelernt, ob es nun hebräische Schriften gewesen waren oder eine schwierige algebraische Gleichung. Der alte Mann hatte sogar zu hoffen begonnen, aus dem Jungen würde ein Rabbi werden.

Erinnerst du dich noch, wie ich dich an jenem Abend fragte, warum die Leute nicht einsehen könnten, dass die Welt sich verändert habe? Begriff das Mädchen denn nicht, dass sie nicht besser war als wir? Nie werde ich deine Antwort vergessen. »Sie ist viel besser als wir«, sagtest du, »falls die einzige Art und Weise, mit der du deine Überlegenheit beweisen kannst, darin besteht, ihrem Freund ins Gesicht zu schlagen.«

Ärgerlich über deine Schwäche, kehrte ich in mein Zimmer zurück. Es sollten Jahre vergehen, ehe ich verstand, dass gerade dies deine Stärke war.

Wenn ich mich nicht gerade auf der Bahn abrackerte, hatte ich selten Zeit für anderes, als an der Bewerbung um ein Stipendium an der McGill-Universität zu arbeiten; daher kam es überraschend, dass sich unsere Wege so bald wieder kreuzten.

Es muss ungefähr eine Woche darauf gewesen sein, als ich sie im örtlichen Schwimmbad sah. Sie stand, als ich hereinkam, an der tieferen Seite des Beckens, unmittelbar unter dem Sprungbrett. Ihr langes blondes Haar tanzte auf ihren Schultern, und ihre hellen Augen registrierten begierig, was um sie herum vorging. Greg stand neben ihr. Mit Vergnügen stellte ich fest, dass für jedermann sichtbar unter seinem linken Auge ein dunkelvioletter Fleck zurückgeblieben war. Ich erinnere mich auch, dass ich innerlich grinsen musste, denn sie hatte tatsächlich den flachsten Busen, den ich je bei einem sechzehnjährigen Mädchen gesehen hatte, obwohl ich zugeben muss, dass ihre Beine fantastisch waren. Vielleicht ist sie ein Zwitter, dachte ich. Ich machte kehrt und wollte zum Umkleideraum gehen – nur den Bruchteil einer Sekunde später landete ich im Wasser. Als ich auftauchte, um Luft zu holen, konnte ich nicht sehen, wer mich hineingestoßen hatte. Da waren nur grinsende, jedoch unschuldig dreinsehende Gesichter. Ich brauchte kein Juradiplom, um zu wissen, wer es gewesen sein musste, aber, wie du mir immer wieder eingeschärft hattest, Vater: »Ohne Zeugen kein Beweis« … Es hätte mir nicht so viel ausgemacht, ins Becken gestoßen zu werden, wenn ich nicht meinen besten Anzug angehabt hätte – vielmehr den einzigen Anzug mit langen Hosen, nämlich den ich trug, wenn ich zur Synagoge ging.

Ich stieg aus dem Wasser, vergeudete aber keine Zeit damit, nach ihm Ausschau zu halten. Mir war klar, Greg würde mittlerweile auf und davon sein. Ich ging durch Seitengassen nach Hause und verzichtete darauf, den Bus zu nehmen, weil ich Angst hatte, jemand könnte mich sehen und dir erzählen, in welchem Zustand ich war. Sobald ich zu Hause war, schlich ich an deinem Arbeitszimmer vorbei hinauf in mein Zimmer und zog mir andere Sachen an, bevor du Gelegenheit haben würdest, zu entdecken, was geschehen war.

Der alte Isaac Cohen warf mir einen missbilligenden Blick zu, als ich eine Stunde später in einem Blazer und Jeans in der Synagoge auftauchte.

Am nächsten Morgen brachte ich den Anzug in die Reinigung. Dass du nie erfahren hast, was sich an jenem Tag im Schwimmbad zutrug, kostete mich das Taschengeld für drei Wochen.

Der Rabbi nahm das Foto seines siebzehnjährigen Sohnes im Synagogenanzug in die Hand. Er konnte sich sehr gut daran erinnern, wie Benjamin zu seinem Gottesdienst in Blazer und Jeans erschienen war und wie Isaac Cohen ihn unverblümt getadelt hatte. Der Rabbi war dankbar, dass Mr. Atkins, der Schwimmlehrer, ihn angerufen hatte, um ihn vorzuwarnen, was an jenem bewussten Nachmittag geschehen war; so brauchte er Mr. Cohens strengen Worten nichts mehr hinzuzufügen. Er starrte das Foto noch lange an, bevor er sich wieder dem Brief zuwandte.

Die nächste Gelegenheit, bei der ich Christina – mittlerweile hatte ich ihren Namen in Erfahrung gebracht – wiedersah, war der Semesterabschlussball, der in der Sporthalle der Schule stattfand. Ich dachte, ich sähe ziemlich schick aus in meinem sauber gebügelten Anzug, bis ich Greg entdeckte, der in einem eleganten, nagelneuen Smoking neben ihr stand. Ich weiß noch, wie ich mich damals fragte, ob ich mir je einen Smoking würde leisten können. Man hatte Greg einen Platz an der McGill-Universität angeboten, und diese Tatsache verkündete er jetzt allen, die es hören wollten, was mich nur noch mehr in meiner Entschlossenheit bestärkte, mich dort um ein Stipendium für das nächste Jahr zu bemühen.

Ich starrte Christina an. Sie trug ein langes rotes Kleid, das ihre wunderschönen Beine völlig verdeckte. Ein dünner goldfarbener Gürtel unterstrich ihre zierliche Taille, und als einzigen Schmuck trug sie eine schlichte goldene Halskette. Ich wusste, wenn ich nur noch einen Augenblick länger wartete, würde ich nicht mehr den Mut haben, es durchzustehen. Ich ballte die Fäuste, ging hinüber, wo sie saßen, und verbeugte mich leicht – wie du es mich immer gelehrt hattest –, bevor ich fragte: »Darf ich um diesen Tanz bitten?«

Sie starrte mir direkt in die Augen. Ich schwöre, wenn sie mir befohlen hätte, hinauszugehen und eintausend Männer zu töten, bevor ich sie nochmals ansprechen dürfe, dann hätte ich's getan.

Sie sagte kein Wort, aber Greg beugte sich über ihre Schulter und sagte: »Warum suchst du dir nicht ein nettes Judenmädchen?« Bei dieser Bemerkung glaubte ich zu sehen, wie auf ihrer Stirn eine Unmutsfalte entstand, ich jedoch errötete wie jemand, den man beim Naschen aus der Keksdose erwischt hat. Ich tanzte an dem Abend mit niemandem. Ich ging geradewegs aus der Sporthalle hinaus und rannte nach Hause.

Nun war ich fest davon überzeugt, dass ich sie hasste.

In jener letzten Semesterwoche brach ich den Meilenrekord. Du warst da, um mir zuzusehen, sie Gott sei Dank nicht. Damals fuhren wir nach Ottawa, um unsere Sommerferien bei Tante Rebecca zu verbringen. Ein Schulkamerad sagte mir, Christina sei in den Ferien in Vancouver bei einer deutschen Familie gewesen. Greg sei nicht mit ihr gefahren, versicherte mir der Freund.

Du hast mich immer wieder daran erinnert, wie wichtig eine gute Ausbildung sei, aber das wäre gar nicht nötig gewesen, denn jedes Mal, wenn ich Greg sah, war ich umso fester entschlossen, mir das Stipendium zu verdienen.

Im Sommer '65 arbeitete ich sogar noch verbissener, als du erklärtest, für einen Kanadier bedeute ein Studienplatz an der McGill ebenso viel wie Harvard oder Oxford, und dass mir das für den Rest meines Lebens den Weg ebnen würde.

Zum ersten Mal in meinem Leben hatte das Laufen zweitrangige Bedeutung für mich.

Obwohl ich Christina in diesem Semester nur selten zu Gesicht bekam, beschäftigte sie oft meine Gedanken. Ein Klassenkamerad erzählte mir, sie und Greg sähen einander nicht mehr, konnte mir jedoch keinen Grund für diesen plötzlichen Sinneswandel nennen. Damals hatte ich eine so genannte Freundin, die in der Synagoge immer auf der anderen Seite saß – Naomi Goldblatz, du wirst dich an sie erinnern –, doch sie war es, die sich regelmäßig mit mir verabredete, nicht ich.

Da meine Prüfungen näher rückten, war ich dankbar, dass du dir immer die Zeit nahmst, meine Aufsätze und Klassenarbeiten durchzusehen, sobald ich sie geschrieben hatte. Was du nicht wissen konntest, war, dass ich zwangsläufig jedes Mal in mein Zimmer zurückging, um sie ein drittes Mal niederzuschreiben. Oft schlief ich am Schreibtisch ein. Wenn ich aufwachte, blätterte ich um und las weiter.

Selbst dir, Vater, der kein Gramm Eitelkeit in sich hat, fiel es schwer, vor deiner Gemeinde zu verbergen, wie stolz du auf meine acht glatten Einser und die Verleihung des höchstdotierten Stipendiums der McGill-Universität warst. Ich fragte mich, ob Christina davon wisse. Sie muss es gewusst haben. Mein Name stand in der darauf folgenden Woche in frischen Goldblattbuchstaben auf dem Anschlagbrett zusammen mit allen anderen, die einen Honours-Grad erhalten hatten. Also würde ihr jemand davon erzählt haben.

Es muss drei Monate später gewesen sein, während meines ersten Semesters an der McGill-Universität, als ich sie sah. Erinnerst du dich daran, dass du mich zu einer Aufführung der ›Heiligen Johanna‹ im Centaur-Theater mitnahmst? Da saß sie, ein paar Reihen vor uns, mit ihren Eltern und einem Studenten im zweiten Universitätsjahr namens Bob Richards. Der Admiral und seine Frau wirkten sehr hart und sittenstreng, jedoch nicht unsympathisch. In der Pause beobachtete ich, wie sie mit ihnen lachte und scherzte, sie hatte sich offensichtlich gut amüsiert. Von der »Heiligen Johanna« sah ich so gut wie nichts, und obwohl ich meinen Blick nicht von Christina abwenden konnte, bemerkte sie mich nicht. Am Ende wünschte ich mir nur noch, oben als Dauphin auf der Bühne zu stehen, denn dann hätte sie zu mir hinaufsehen müssen.

Als der Vorhang fiel, verließen sie und Bob Richards ihre Eltern und gingen auf den Ausgang zu. Ich folgte den beiden ins Foyer und dann hinaus auf den Parkplatz. Dort sah ich, wie sie in einen Thunderbird einstiegen. Ein Thunderbird! Ich entsinne mich, dass ich dachte, ich würde eines Tages vielleicht in der Lage sein, mir einen Smoking zu leisten, aber einen Thunderbird!

Von diesem Moment an war sie, ob ich nun trainierte, arbeitete oder schlief, in meinen Gedanken. Ich brachte alles über Bob Richards in Erfahrung, was möglich war, nur um zu entdecken, dass ihn alle, die ihn kannten, mochten.

Zum ersten Mal in meinem Leben hasste ich es, ein Jude zu sein.

Als ich Christina das nächste Mal sah, fürchtete ich mich vor dem, was passieren könnte. Es war vor dem Start des Meilenlaufs gegen die Universität von Vancouver, und als »Fuchs« hatte ich das Glück gehabt, für das Team der McGill-Universität aufgestellt worden zu sein. Als ich auf die Bahn lief, um mich aufzuwärmen, sah ich, dass sie in der dritten Reihe der Tribüne neben Richards saß. Sie hielten Händchen.

Ich kam, als die Startpistole abgefeuert wurde, als Letzter vom Start weg, holte aber, als wir in die Gegengerade einbogen, bis zur fünften Position auf. Es war die größte Menschenmenge, vor der ich je gerannt war, und als ich die Zielgerade erreichte, rechnete ich wieder mit dem »Jude! Jude! Jude!«-Gejohle, aber nichts geschah. Ich überlegte, ob sie vielleicht gar nicht bemerkt hatte, dass ich an dem Lauf teilnähme. Sie hatte es jedoch sehr wohl bemerkt, da ich, als ich aus der Kurve kam, ihre Stimme ganz deutlich »Los, Benjamin, du schaffst es!« rufen hörte.

Ich wollte mich umsehen, um mich zu vergewissern, dass sie es gewesen war; denn erst eine Viertelmeile später würde ich wieder an ihr vorbeikommen. Als es so weit war, war ich schon auf Platz drei und konnte sie deutlich rufen hören: »Los, Benjamin, du schaffst es!«

Sofort übernahm ich die Führung, da ich nichts weiter wollte, als wieder an ihr vorbeizukommen. Ich stürmte vorwärts, ohne darauf zu achten, wer hinter mir war, und als ich zum dritten Mal an ihr vorbeilief, hatte ich vor den anderen einen Vorsprung von mehreren Yards. »Du gewinnst!«, rief sie, als ich weiterrannte und beim Einläuten der letzten Runde drei Minuten acht Sekunden unterwegs war, also elf Sekunden schneller als je zuvor in meinem Leben. Ich erinnere mich, wie ich dachte, man müsste in die Trainingshandbücher schreiben, dass die Liebe einen pro Runde zwei bis drei Sekunden schneller werden lasse.

Ich beobachtete sie die ganze Zeit, während ich die Gegengerade entlangrannte, und als ich in die letzte Kurve einbog, erhob sich die Menge von den Sitzplätzen. Ich drehte mich um, um nach ihr zu suchen. Sie hopste auf und nieder und schrie: »Pass auf! Pass auf!«, was ich nicht verstand, bis ich auf der Innenbahn von Vancouvers Nummer eins überholt wurde, vor dessen Ruf, stark im Endspurt zu sein, der Trainer mich gewarnt hatte. Ich taumelte an zweiter Stelle, wenige Yards hinter ihm, über die Ziellinie, lief aber weiter, bis ich sicher im Umkleideraum anlangte. Allein saß ich vor meinem Spind. Vier Minuten siebzehn, sagte jemand zu mir, also sechs Sekunden schneller, als ich je zuvor gelaufen war. Es hatte nichts genützt. Lange stand ich unter der Dusche und suchte nach einer Begründung dafür, warum sie ihre Einstellung mir gegenüber geändert hatte.

Als ich wieder auf die Bahn hinausging, war nur noch das Platzpersonal da. Ich warf einen letzten Blick auf die Ziellinie und schlenderte dann zur Forsyth-Bibliothek hinüber. Ich fühlte mich außerstande, das übliche Mannschaftstreffen durchzustehen, daher wollte ich versuchen, mich hinzusetzen und einen Aufsatz über die Eigentumsrechte von verheirateten Frauen zu verfassen.

Die Bibliothek war an diesem Samstagabend fast leer und ich bereits an meiner dritten Seite angelangt, als ich eine Stimme sagen hörte: »Ich hoffe, ich störe dich nicht, aber du bist nicht zu ›Joe's‹ gekommen.« Ich sah auf und erblickte Christina, die auf der anderen Seite des Tisches stand. Vater, ich wusste einfach nicht, was ich sagen sollte. Ich starrte das bezaubernde Wesen in seinem modischen blauen Minirock und dem eng anliegenden Pullover, der die Rundungen eines perfekt geformten Busens nur noch betonte, einfach an und brachte kein Wort heraus.

»Ich habe ›Jude‹ gerufen, damals, als du noch in der High School warst. Seither schäme ich mich deswegen. Ich wollte mich bei dir am Abend des Abschlussballs entschuldigen, brachte aber nicht den Mut auf, weil Greg dabei war.« Ich nickte verständnisvoll – mir fielen keine passenden Worte ein. »Ich habe nie wieder ein Wort mit ihm geredet«, sagte sie. »Aber wahrscheinlich erinnerst du dich nicht einmal mehr an Greg.«

Ich lächelte nur. »Wir wär's mit einem Kaffee?«, fragte

ich und versuchte es so klingen zu lassen, als wäre es mir gleichgültig, wenn sie antworten sollte: »Es tut mir Leid, aber ich muss zurück zu Bob.«

»Sehr gerne«, sagte sie.

Ich ging mit ihr in die Cafeteria der Bibliothek, was so ziemlich das Einzige war, was ich mir leisten konnte. Sie hielt es nicht im Geringsten für nötig, zu erklären, was aus Bob Richards geworden sei, und ich fragte sie nicht danach.

Christine schien dermaßen viel über mich zu wissen, dass es mir schon peinlich war. Sie bat mich, ihr zu verzeihen, was sie an jenem Tag vor zwei Jahren im Stadion gebrüllt hatte. Sie redete sich nicht heraus und gab auch niemandem sonst die Schuld.

Christina erzählte mir, sie hoffe, im September auch zur McGill-Universität zu stoßen, um im Hauptfach Deutsch zu studieren. »Eigentlich ein starkes Stück« gab sie zu, »da es ja schließlich meine *Muttersprache* ist.«

Wir verbrachten den Rest dieses Sommers zusammen. Wir sahen uns die »Heilige Johanna« noch einmal an und standen sogar Schlange für einen Film namens »Dr. No«, der damals der letzte Schrei war. Wir arbeiteten zusammen, wir aßen zusammen, wir spielten zusammen, aber wir schliefen nicht miteinander.

Ich habe dir damals nur wenig von Christina erzählt, aber ich würde jede Wette eingehen, dass du bereits wusstest, wie sehr ich sie liebte; vor dir habe ich nie etwas verbergen können. Und nach deinen vielen Predigten von Toleranz und so konntest du es schwerlich missbilligen.

Der Rabbi hielt beim Lesen inne. Sein Herz war voll des Kummers, da er so viel von dem wusste, was noch folgen sollte, obwohl er nie hätte voraussagen können, welches Ende die Sache nehmen werde. Nie hätte er es für möglich gehalten, dass er in seinem Leben einmal seine strenggläubige Erziehung bereuen würde, aber als Mrs. Goldblatz ihm zum ersten Mal von Christina erzählt hatte, war er nicht imstande gewesen, sein Missfallen zu verbergen. Das geht vorüber, hatte er ihr gesagt. So viel zum Thema Weisheit.

Wenn ich Christina zu Hause besuchte, wurde ich immer höflich behandelt, ihre Familie war jedoch nicht imstande, ihr Missfallen zu verbergen. Sie sagten Dinge, die sie selbst nicht glaubten, im Bemühen, zu zeigen, dass sie keine Antisemiten waren, und sooft ich das Thema Christina gegenüber berührte, sagte sie, ich sei da zu empfindlich. Wir wussten beide, dass dem nicht so war. Sie dachten ganz einfach, dass ich ihrer Tochter nicht würdig sei. Sie hatten Recht, aber es hatte nichts damit zu tun, dass ich Jude war.

Ich werde nie vergessen, wie wir zum ersten Mal miteinander schliefen. Es geschah an jenem Tag, als Christina erfuhr, dass sie einen Platz an der McGill-Universität bekommen hatte.

Wir waren um drei Uhr auf mein Zimmer gegangen, um uns für ein Tennismatch umzuziehen. Ich nahm sie für einen, wie ich glaubte, kurzen Moment in die Arme, und wir trennten uns erst am nächsten Morgen. Nichts davon war geplant gewesen. Aber wie hätte es auch so sein können, wo es doch für uns beide das erste Mal war?

Ich sagte ihr, ich wolle sie heiraten – tun das nicht alle Männer beim ersten Mal? –, doch ich meinte es ernst.

Dann blieben, wenige Wochen später, ihre Tage aus. Ich flehte sie an, nicht in Panik zu geraten, und wir warteten alle beide noch einen weiteren Monat, da sie Angst davor hatte, zu irgendeinem Arzt in Montreal zu gehen.

Wenn ich dir zu diesem Zeitpunkt alles erzählt hätte, Vater, wäre mein Leben vielleicht anders verlaufen. Ich tat es aber nicht, und daher bin ich auch an allem ganz allein schuld.

Ich begann Pläne für eine Hochzeit zu machen, die jedoch weder für Christinas Familie noch für dich annehmbar gewesen wäre – uns aber war das gleichgültig. Die Liebe schert sich nicht um Eltern – und ganz bestimmt nicht um Religionsunterschiede. Als ihre Periode zum zweiten Mal ausblieb, meinte auch ich, Christina solle es ihrer Mutter sagen. Ich fragte sie damals, ob sie mich dabeihaben wolle, sie jedoch schüttelte den Kopf und erklärte, sie müsse ihnen allein gegenübertreten.

»Ich warte hier, bis du zurück bist«, versprach ich.

Sie lächelte. »Ich werde zurück sein, noch bevor du Zeit hast, es dir wegen der Heirat anders zu überlegen.«

Ich saß den ganzen Nachmittag über in meinem Zimmer in der McGill-Universität; ich las, ging auf und ab, vor allem Letzteres, aber sie kam nicht, und erst als es dunkel wurde, ging ich sie suchen. Ich ging langsam zu ihrem Haus und versuchte mir auf dem Weg dorthin einzureden, es müsse eine ganz einfache Erklärung dafür geben, dass sie nicht zurückgekehrt war.

Als ich die Straße erreichte, in der sie wohnte, konnte ich in ihrem Schlafzimmer, sonst aber nirgendwo im

Haus, Licht sehen. Daraus schloss ich, dass sie allein zu Hause sein musste. Ich marschierte durch das Tor und hinauf zum Portal, klopfte an und wartete.

Ihr Vater öffnete die Tür.

»Was wollen Sie?«, fragte er und ließ mich keine Sekunde aus den Augen.

»Ich liebe Ihre Tochter«, sagte ich zu ihm, »und ich möchte sie heiraten.«

»Sie wird niemals einen Juden heiraten«, sagte er nur und schloss die Tür. Ich erinnere mich, dass er sie nicht zuschlug; er schloss sie lediglich, was es beinahe noch schlimmer machte.

Da stand ich, draußen auf der Straße, und starrte mehr als eine Stunde lang hinauf zu ihrem Zimmer, bis dort das Licht verlöschte. Dann ging ich nach Hause. Soweit ich mich erinnere, fiel in jener Nacht ein leichter Nieselregen, und auf den Straßen traf man nur wenige Leute. Ich versuchte mir darüber klar zu werden, was ich als Nächstes tun sollte, obwohl die Situation in meinen Augen aussichtslos war. Als ich in dieser Nacht zu Bett ging, hoffte ich auf ein Wunder. Ich hatte vergessen, dass es Wunder nur für Christen gibt, nicht aber für Juden.

Bis zum nächsten Morgen hatte ich einen Plan ausgearbeitet. Ich rief um acht bei Christina zu Hause an und wollte schon fast den Hörer wieder auflegen, als ich die Stimme am anderen Ende hörte.

»Mrs. von Braumer«, sagte sie.

»Ist Christina da?«, erkundigte ich mich flüsternd.

»Nein«, war die beherrschte, unpersönliche Antwort.

»Wann erwarten Sie sie zurück?«, fragte ich.

»Nicht so bald«, sagte sie, und dann war die Leitung plötzlich tot.

»Nicht so bald« – das sollte mehr als ein Jahr sein, wie sich zeigte. Ich schrieb, rief an, fragte Freunde aus der Schule und der Universität, konnte jedoch nie herausbekommen, wohin sie sie gebracht hatten.

Dann kehrte sie eines Tages unangemeldet und in Begleitung eines Ehemannes und meines Kindes nach Montreal zurück. Ich erfuhr die bitteren Einzelheiten von der Quelle allen Wissens, Naomi Goldblatz, die die drei bereits gesehen hatte.

Ungefähr eine Woche darauf erhielt ich von Christina eine Nachricht, in der sie mich inständig bat, keinerlei Versuch zu machen, mit ihr Kontakt aufzunehmen.

Ich hatte gerade mein letztes Studienjahr an der McGill-Universität begonnen, und ganz wie irgend so ein Edelmann aus dem 18. Jahrhundert erfüllte ich ihren Wunsch aufs Wort und widmete alle meine Energien den Abschlussprüfungen. Nach wie vor beschäftigte sie meine Gedanken, und ich schätzte mich am Ende des Jahres glücklich, einen Studienplatz an der Harvard Law School angeboten bekommen zu haben.

Ich verließ Montreal am 12. September 1968, und mein Ziel war Boston.

Du musst dich gefragt haben, warum ich während dieser drei Jahre nie nach Hause kam. Ich wusste, dass dir das missfiel. Dank Mrs. Goldblatz wusste jeder, wer der Vater von Christinas Kind war, und ich dachte, eine mir selbst auferlegte längere Abwesenheit würde dir das Leben etwas weniger schwer machen.

Der Rabbi hielt inne und dachte daran, wie Mrs. Goldblatz ihm über alles brühwarm erzählt und hinzugefügt hatte, sie tue »lediglich ihre Pflicht«.

»Sie sind eine alte Wichtigtuerin, die sich ständig überall einmischt«, hatte er zu ihr gesagt. Am nächsten Sonntag besuchte sie bereits eine andere Synagoge und ließ jedermann in der Stadt wissen, warum.

Er ärgerte sich mehr über sich selbst als über Benjamin. Er hätte nach Harvard reisen und seinem Sohn sagen müssen, dass sich an seiner Liebe zu ihm nichts geändert habe. So viel zu seiner Fähigkeit zu vergeben.

Er nahm sich den Brief wieder vor.

Während dieser Jahre in Harvard hatte ich viele Freunde beiderlei Geschlechts, aber Christina ging mir selten länger als ein paar Stunden am Tag aus dem Sinn. In der Zeit in Boston schrieb ich mehr als vierzig Briefe an sie, schickte jedoch keinen ab. Ich rief sogar bei ihr an, es war jedoch nie ihre Stimme, die sich meldete. Ich bin nicht einmal sicher, ob ich, wenn sie am Apparat gewesen wäre, überhaupt etwas gesagt hätte. Ich wollte sie nur einfach hören.

Hat es dich je interessiert, wer die Frauen in meinem Leben waren? Ich hatte Affären mit hochintelligenten Mädchen vom Radcliffe College, die Jura, Geschichte oder Naturwissenschaft studierten, einmal sogar mit einer Verkäuferin, die noch nie ein Buch angerührt hatte. Kannst du dir vorstellen, beim Liebesakt immer an eine andere Frau denken zu müssen? Ich schien auch meine Arbeit wie von fremder Hand gesteuert zu erledigen, und selbst meine Leidenschaft für den Sport beschränkte sich nur noch auf eine Stunde Joggen täglich.

Lange vor dem Ende meines letzten Jahres tauchten in der Hochschule Vertreter führender Anwaltsfirmen aus New York, Chicago und Toronto auf, um Jobinterviews mit uns durchzuführen. Man kann sich darauf verlassen, dass die Trommeln von Harvard in der ganzen Welt zu hören sind, aber selbst ich war überrascht von dem Besuch des Seniorchefs von Graham, Douglas & Wilkins aus Toronto. Es ist keine Firma, die dafür bekannt wäre, jüdische Teilhaber zu besitzen, mir gefiel jedoch der Gedanke, dass in ihrem Briefkopf eines Tages »Graham, Douglas, Wilkins & Rosenthal« stehen würde. Bestimmt wäre sogar Christinas Vater davon beeindruckt gewesen.

Wenn ich – so redete ich mir ein – in Toronto lebte und arbeitete, würde ich wenigstens weit genug weg sein, um sie zu vergessen, und mit etwas Glück vielleicht eine Frau kennen lernen, für die ich ähnlich empfinden könnte.

Graham, Douglas & Wilkins fanden eine geräumige Wohnung für mich, von der man den Park überblicken konnte, und gaben mir ein stattliches Anfangsgehalt. Als Gegenleistung arbeitete ich zu allen Stunden, die Gott – wer immer das sein mag – geschaffen hat. Ich hatte geglaubt, sie hätten mich an der McGill-Universität oder in Harvard ordentlich gefordert, Vater, doch das war, wie sich jetzt herausstellte, nur ein Probelauf für das wirkliche Leben gewesen. Ich beklage mich nicht. Die Arbeit war interessant, und der Lohn übertraf alle meine Erwartungen. Nur – jetzt, wo ich mir einen Thunderbird leisten konnte, wollte ich keinen mehr.

Neue Freundinnen kamen – und gingen, sobald sie anfingen, von Heirat zu reden. Die Jüdinnen unter ihnen brachten das Thema gewöhnlich bereits innerhalb einer Woche zur Sprache, wogegen die Christinnen, wie ich herausfand, ein wenig länger damit warteten. Mit einer von ihnen, Rebecca Wertz, lebte ich sogar zusammen, aber auch das ging in die Brüche, und zwar an einem Donnerstag.

An jenem Morgen fuhr ich gerade zum Büro – es muss kurz nach acht gewesen sein, was spät für mich war –, als ich Christina auf der anderen Seite der belebten Straße entdeckte. Uns trennte nichts als eine Fahrbahn voneinander. Sie stand an einer Bushaltestelle und hielt einen kleinen Jungen an der Hand, der ungefähr fünf Jahre alt sein musste: meinen Sohn.

Der starke Morgenverkehr erlaubte es mir, noch ein wenig länger ungläubig hinzustarren. Ich merkte, wie ich versuchte, das Bild beider zugleich in mich aufzunehmen. Sie trug einen langen leichten Mantel, der zeigte, dass sie nichts von ihrer guten Figur eingebüßt hatte. Ihr Gesicht hatte einen heiteren Ausdruck und rief mir wieder ins Gedächtnis, warum ich es so selten schaffte, nicht an sie zu denken. Ihr oder vielmehr unser Sohn war in einen viel zu großen Dufflecoat gehüllt, und seinen Kopf bedeckte eine Baseballmütze, die verriet, dass er ein Fan der Toronto Dolphins war. Leider hinderte die Mütze mich daran, zu sehen, wie er wirklich aussah. Ich erinnere mich, dass ich dachte: Du kannst gar nicht in Toronto sein, du bist doch in Montreal. Im Seitenspiegel beobachtete ich, wie sie beide einen Bus bestiegen. An jenem denkwürdigen Donnerstag muss ich für jeden Klienten, der meinen Rat erbat, einen miserablen Rechtsbeistand abgegeben haben.

Während der folgenden Woche fuhr ich jeden Morgen um dieselbe Uhrzeit – höchstens einige Minuten früher oder später – an der Bushaltestelle vorbei, sah sie jedoch nie wieder. Ich fing an, mich zu fragen, ob die ganze Szene vielleicht nur ein Produkt meiner Fantasie gewesen war. Dann entdeckte ich Christina wieder, als ich eines Tages, nachdem ich einen Klienten aufgesucht hatte, durch die Stadt zurückfuhr. Sie war allein, und ich trat hart auf die Bremse, als ich sah, wie sie ein Geschäft in der Bloor Street betrat. Diesmal parkte ich den Wagen in zweiter Spur und überquerte schnell die Straße, wobei ich mich wie ein schäbiger Privatdetektiv fühlte, der sein Leben damit verbringt, durch fremde Schlüssellöcher zu gucken.

Was ich sah, überraschte mich – nicht die Tatsache, sie in einem eleganten Damenmodengeschäft zu sehen, sondern die Entdeckung, dass sie dort arbeitete.

Im Augenblick, da ich sah, wie sie einen Kunden bediente, rannte ich zurück zu meinem Wagen. Sobald ich in meinem Büro angekommen war, fragte ich meine Sekretärin, ob ihr ein Geschäft namens »Willing's« bekannt sei.

Meine Sekretärin lachte nur. »Wenn Sie verheiratet wären, wüssten Sie, dass es das teuerste Damenmodengeschäft in der Stadt ist«, fügte sie hinzu.

»Wissen Sie noch etwas über den Laden?«, fragte ich und versuchte dabei, gleichgültig zu klingen.

»Nicht sonderlich viel«, sagte sie. »Nur, dass die Besitzerin eine reiche Lady namens Mrs. Klaus Willing ist, über die oft in Frauenzeitschriften berichtet wird.«

Weitere Fragen brauchte ich meiner Sekretärin nicht zu stellen, und ich werde dich, Vater, auch nicht mit einem Bericht über meine anschließende Detektivarbeit belästigen. Ausgerüstet mit diesen ersten bruchstückhaften Informationen brauchte ich nicht lange, bis ich wusste, wo Christina wohnte, dass ihr Mann Geschäftsleiter einer Auslandsfiliale von BMW war und dass sie nur dieses eine Kind hatten.

Der Rabbi holte tief Luft und warf einen Blick auf die Uhr auf seinem Schreibtisch, was mehr aus Gewohnheit geschah, als aus dem Bedürfnis zu erfahren, wie spät es sei. Er ließ einige Sekunden vergehen, bevor er sich wieder dem Brief zuwandte. Damals war er so stolz auf seinen Sohn gewesen, als dieser sich zum Rechtsanwalt gemausert hatte, warum nur hatte er damals nicht den ersten Schritt zu einer Versöhnung getan? Wie gern hätte er seinen Enkel gesehen!

Zu meinem endgültigen Beschluss brauchte ich keinen juristischen Scharfsinn, sondern nichts weiter als ein wenig gesunden Menschenverstand – obgleich ein Rechtsanwalt, der gleichzeitig sein eigener Mandant ist, sich zweifellos selbst betrügt. Eine Kontaktaufnahme, so beschloss ich, musste direkt erfolgen, und ich hielt einen Brief für den einzigen Weg, den Christina akzeptieren würde.

An jenem Montagmorgen schrieb ich eine einfache Nachricht, die ich mehrmals überarbeitete, bevor ich beim »Fleet Kurierdienst« anrief und bat, sie ihr persönlich im Laden auszuhändigen. Als der junge Mann mit dem Brief davonfuhr, wäre ich ihm am liebsten gefolgt, um sicherzugehen, dass er ihn auch der richtigen Person übergab. Ich kann seinen Inhalt noch immer Wort für Wort wiederholen.

Liebe Christina,
du sollst wissen, dass ich hier in Toronto lebe und arbeite. Können wir uns sehen? Ich werde an jedem Abend dieser Woche zwischen sechs und sieben im Klubraum des *Royal York Hotels* auf dich warten. Falls du nicht

kommen solltest, kannst du dich darauf verlassen, dass ich dich nie wieder belästigen werde.
Benjamin

Ich traf an jenem Abend fast dreißig Minuten zu früh dort ein. Wie ich mich erinnere, nahm ich in einem unpersönlich wirkenden, gleich neben der Haupthalle gelegenen Klubraum Platz und bestellte eine Tasse Kaffee.

»Erwarten Sie noch jemanden, Sir?«, fragte der Kellner.

»Das kann ich nicht mit Sicherheit sagen«, antwortete ich. Es kam niemand, doch ich blieb trotzdem noch bis sieben Uhr vierzig an meinem Platz.

Am Donnerstag hatte der Kellner schließlich aufgehört zu fragen, ob sich jemand zu mir gesellen würde, während ich allein dasaß und erneut eine Tasse Kaffee kalt werden ließ. Alle paar Minuten schaute ich auf meine Armbanduhr. Jedes Mal, wenn eine Frau mit blondem Haar den Klubraum betrat, tat mein Herz einen Sprung, aber es war nie die Frau, auf die ich hoffte.

Es war kurz vor sieben am Freitag, als ich Christina endlich in der Türöffnung stehen sah. Sie trug ein elegantes blaues Kostüm, das fast bis zum Hals zugeknöpft war, und dazu eine weiße Bluse, was aussah, als sei sie gerade auf dem Weg zu einer Konferenz. Ihr langes blondes Haar war streng nach hinten gekämmt, um den Eindruck der Unnahbarkeit zu erwecken, doch wie sehr sie sich auch bemühen mochte, in meinen Augen war sie einfach nur schön. Ich stand auf und hob den Arm. Sie kam schnellen Schrittes herüber und nahm neben mir Platz. Wie küssten uns nicht, schüttelten uns auch nicht die Hand und sprachen eine ganze Welle nicht miteinander.

»Ich danke dir, dass du gekommen ist«, sagte ich.

»Ich hätte es nicht tun sollen, es war dumm von mir.«

Einige Zeit verstrich, bevor einer von uns wieder das Wort ergriff.

»Darf ich dir einen Kaffee eingießen?«, fragte ich.

»Ja, gern.«

»Schwarz?«

»Ja.«

»Du hast dich nicht verändert.«

Wie banal das alles doch für einen unbeteiligten Zuhörer klingen musste!

Sie nippte an ihrem Kaffee.

Ich hätte sie in diesem Augenblick in die Arme nehmen müssen. Aber wie konnte ich wissen, ob sie das wollte? Ein paar Minuten lang sprachen wir über belanglose Dinge und vermieden es dabei, einander in die Augen zu sehen, bis ich plötzlich sagte: »Weißt du eigentlich, dass ich dich noch immer liebe?«

Ihre Augen füllten sich mit Tränen, als sie antwortete: »Natürlich weiß ich das. Und ich empfinde für dich noch immer dasselbe wie an dem Tag, als wir auseinander gingen. Und vergiss nicht, dass ich dich jeden Tag vor Augen habe – durch Nicholas.«

Sie beugte sich vor und sprach beinahe flüsternd. Sie erzählte mir von ihrem Gespräch mit ihren Eltern, das vor mehr als fünf Jahren stattgefunden hatte, so, als wären wir in der Zwischenzeit nie getrennt gewesen. Ihr Vater hatte keineswegs verärgert reagiert, als er erfuhr, dass sie schwanger war; dennoch war die Familie am darauf folgenden Morgen nach Vancouver abgereist. Dort hatten sie bei den Willings, einer mit den von Braumers befreundeten Familie aus München, gewohnt. Deren Sohn,

Klaus, war schon immer in Christina vernarrt gewesen und störte sich weder daran, dass sie schwanger war, noch an der Tatsache, dass sie für ihn nichts empfand. Er glaubte fest daran, dass sich mit der Zeit schon alles zum Guten wenden werde.

Das tat es nicht, da es nicht so kommen konnte. Christina hatte immer gewusst, dass es nie funktionieren würde, wie sehr sich Klaus auch Mühe gäbe. Sie verließen sogar Montreal, um ihre Beziehung doch noch zu einem Erfolg zu machen. Klaus kaufte ihr das Geschäft in Toronto und bot ihr jeden erdenklichen Luxus, der für Geld zu haben war, aber auch das änderte nichts an der Lage der Dinge. Ihre Ehe war eine einzige Heuchelei. Dennoch brachten sie es nicht übers Herz, ihre Familien durch eine Scheidung noch unglücklicher zu machen. Daher hatten sie von Anfang an nebeneinanderher gelebt …

Als Christina ihre Geschichte zu Ende erzählt hatte, berührte ich ihre Wange, und sie nahm meine Hand und küsste sie. Von diesem Augenblick an nutzten wir jeden Moment, uns heimlich zu treffen, Tag oder Nacht. Es war das glücklichste Jahr meines Lebens, und ich war außerstande, vor irgendjemandem meine Gefühle zu verbergen.

Unser »Verhältnis« – so nannten es böse Zungen – wurde zwangsläufig stadtbekannt. Wie diskret wir auch immer vorzugehen versuchten, Toronto war doch, wie ich schnell herausfand, nur ein kleines Nest, voll von Leuten, die Freude daran hatten, diejenigen, denen auch wir nahe standen, davon zu unterrichten, dass man uns regelmäßig, sogar in den frühen Morgenstunden, beim Verlassen meiner Wohnung zusammen gesehen hatte.

Dann war es urplötzlich mit unserer Bewegungsfreiheit in der ganzen Sache vorbei: Christina eröffnete mir, sie sei wieder schwanger. Nur brauchte diesmal keiner von uns beiden davor Angst haben.

Sobald sie Klaus davon informiert hatte, wurde die Scheidung so schnell abgewickelt, wie das der beste Scheidungsanwalt von Graham, Douglas & Wilkins vermochte. Wir heirateten, nur wenige Tage nachdem die letzten Papiere unterzeichnet waren. Uns beiden tat Leid, dass Christinas Eltern es vorzogen, der Hochzeit nicht beizuwohnen, aber ich konnte nicht verstehen, warum du nicht kamst.

Der Rabbi konnte seine Intoleranz und Kurzsichtigkeit noch immer nicht begreifen. Wenn auf dem Spiel stand, dass man sein einziges Kind verliert, dann sollte der orthodoxe Jude seine Gebote über den Haufen werfen. Vergeblich hatte er im Talmud nach einer Stelle gesucht, die es ihm erlauben würde, sein ein ganzes Leben eingehaltenes Gelübde zu brechen. Vergeblich.

Der einzige traurige Aspekt der Scheidungsregelung war der, dass Klaus das Fürsorgerecht für unser Kind erhielt. Auch verlangte er als Gegenleistung für eine schnelle Scheidung, dass es mir nicht erlaubt sein solle, Nicholas vor dessen einundzwanzigstem Geburtstag zu sehen, und man ihm nicht sagen dürfe, ich sei sein richtiger Vater. Selbst für so viel Glück schien das ein hoher Preis zu sein. Wir wussten beide, dass uns keine andere Wahl blieb, als seine Bedingungen zu akzeptieren.

Ich fragte mich in dieser Zeit oft, wie es möglich sei, dass jeder neue Tag schöner war als der vorangegangene. Wenn ich länger als ein paar Stunden von Christina getrennt war, fehlte sie mir. Wenn die Firma mich geschäftlich über Nacht nach außerhalb schickte, rief ich sie zwei-, drei-, vielleicht viermal an, und wenn es für länger als eine Nacht war, kam sie mit. Ich erinnere mich, dass du mir einmal deine Liebe zu meiner Mutter beschriebst und ich mich damals fragte, ob mir je solches Glück beschieden sein werde.

Wir fingen an, Pläne für die Geburt unseres Kindes zu schmieden: William, falls es ein Junge sein sollte (ihre Wahl); Deborah, falls es ein Mädchen sein sollte (meine Wahl). Ich strich das Gästezimmer rosa, weil ich fest annahm, ich hätte bereits gewonnen.

Christina musste mich geradezu bremsen, nicht zu viele Babykleider zu kaufen, ich machte sie jedoch darauf aufmerksam, dass es nichts ausmache, da wir ja doch bald noch ein Dutzend weitere Kinder haben würden. Juden, erinnerte ich sie, glaubten an Dynastien.

Sie ging regelmäßig zu ihren Gymnastikstunden, hielt eine sorgfältig erstellte Diät ein und machte vernünftige Ruhepausen. Ich sagte ihr, sie tue bei weitem mehr als das, was man von einer werdenden Mutter, geschweige denn von meiner kleinen Tochter, erwarten könne. Ich wollte wissen, ob ich bei der Geburt meines Kindes dabei sein könne, und ihr Gynäkologe schien erst zu zögern, gab dann jedoch seine Einwilligung. Als der neunte Monat erreicht war, hatte ich bereits ein solches Theater gemacht, dass man im Krankenhaus angenommen haben muss, dass die Vorbereitungen der Geburt eines königlichen Prinzen galten.

Vorigen Dienstag fuhr ich Christina auf dem Weg zur Arbeit ins Frauenkrankenhaus der Universität. Obwohl ich ins Büro weiterfuhr, war es mir unmöglich, mich zu konzentrieren. Das Krankenhaus rief am Nachmittag an, um mir mitzuteilen, die Geburt werde für den frühen Abend erwartet: Allem Anschein nach wollte Deborah nicht die Geschäftsstunden bei Graham, Douglas & Wilkins stören. Dennoch traf ich immer noch viel zu früh im Krankenhaus ein. Ich saß am Fußende von Christinas Bett, bis ihre Wehen in Abständen von Minuten einzusetzen begannen, und dann wurde ich, sehr zu meiner Verwunderung, gebeten, das Zimmer zu verlassen. Sie müssten einen Dammschnitt machen, erklärte mir eine der Schwestern. Ich bat, die Hebamme daran zu erinnern, dass ich bei der Geburt dabei sein wolle, um alles mitzuerleben.

Ich ging hinaus auf den Flur und fing an, auf und ab zu gehen, wie werdende Väter es in kitschigen Filmen tun. Ungefähr eine halbe Stunde später tauchte Christinas Gynäkologe auf und grinste mich breit an. Ich bemerkte in seiner Brusttasche eine Zigarre, die offensichtlich für werdende Väter gedacht war. »Jetzt ist es gleich so weit«, war alles, was er sagte.

Ein zweiter Arzt, den ich noch nie zuvor gesehen hatte, traf ein paar Minuten später ein und betrat eilig den Raum, in dem Christina lag. Er nickte mir nur kurz zu. Ich fühlte mich wie ein Mann auf der Anklagebank, der das Urteil der Geschworenen erwartet.

Es müssen noch mindestens weitere fünfzehn Minuten gewesen sein, bevor ich sah, wie das Aggregat von einem Team von drei jungen Assistenzärzten in rasender Fahrt den Flur entlanggerollt wurde. Sie schauten nicht einmal zu mir her, als sie mit dem Ding in Christinas Zimmer verschwanden.

Ich hörte Schreie, denen plötzlich das klägliche Weinen eines neugeborenen Kindes folgte. Ich dankte ihrem und auch meinem Gott. Als der Arzt aus ihrem Zimmer kam, war – so erinnere ich mich – die Zigarre verschwunden.

»Es ist ein Mädchen«, sagte er still. Ich war überglücklich. Dann brauche ich ja nicht gleich das Kinderzimmer neu zu streichen, fuhr es mir blitzartig durch den Kopf.

»Kann ich Christina jetzt sehen?«, fragte ich.

Er nahm mich beim Arm und führte mich in sein Büro.

»Möchten Sie sich nicht setzen?«, fragte er. »Ich fürchte, ich habe eine traurige Nachricht für Sie.«

»Geht es ihr gut?«

»Es tut mir sehr, sehr Leid, Ihnen sagen zu müssen, dass Ihre Frau tot ist.«

Zuerst wollte ich ihm nicht glauben, weigerte mich, ihm zu glauben. Warum? Warum? Ich wollte schreien.

»Wir hatten sie gewarnt«, fügte er hinzu.

»Sie gewarnt? Wovor gewarnt?«

»Dass ihr Kreislauf es ein zweites Mal nicht durchstehen würde.«

Christina hatte mir nie erzählt, was der Arzt mir jetzt berichtete – dass es nämlich bei der Geburt unseres ersten Kindes Komplikationen gegeben und die Ärzte ihr von einer zweiten Schwangerschaft abgeraten hatten.

»Warum hat sie mir nichts davon gesagt?«, wollte ich wissen. Dann wurde mir klar, warum. Sie hatte um meinetwillen – für mich, der ich so dumm, egoistisch und gedankenlos gewesen war – alles riskiert, und am Ende hatte ich den einzigen Menschen, den ich liebte, umgebracht.

Sie erlaubten mir, Deborah für einen Moment auf dem

Arm zu halten, bevor sie sie wieder in einen Brutkasten zurücklegten und mir sagten, sie würde erst nach vierundzwanzig Stunden ganz außer Gefahr sein.

Dir wird nie ganz bewusst sein, Vater, wie viel es mir bedeutete, dass du so schnell ins Krankenhaus kamst. Christinas Eltern kamen erst später an jenem Abend. Sie verhielten sich großartig. Er bat mich um Verzeihung – bat *mich* um Verzeihung! Es wäre nie geschehen, wiederholte er ständig, wenn er nicht so dumm und voller Vorurteile gewesen wäre.

Seine Frau ergriff meine Hand und fragte, ob ich ihr erlauben werde, Deborah von Zeit zu Zeit zu sehen. Natürlich willigte ich ein. Sie brachen kurz vor Mitternacht wieder auf. Während der nächsten vierundzwanzig Stunden saß ich im Flur, ging auf und ab und schlief sogar dort, bis sie mir sagten, meine Tochter sei außer Lebensgefahr. Sie müsse noch ein paar Tage im Krankenhaus bleiben, könne aber schon Milch aus einem Fläschchen trinken.

Christinas Vater war so liebenswürdig, die Formalitäten für die Beerdigung zu übernehmen.

Du musst dich gefragt haben, warum ich nicht bei dir erschien, und ich schulde dir eine Erklärung. Ich dachte, ich würde auf dem Weg zur Beerdigung noch rasch beim Krankenhaus vorbeifahren, um ein paar Augenblicke mit Deborah zu verbringen. Ich hatte meine Liebe bereits auf einen anderen Menschen übertragen.

Der Arzt brachte es kaum über die Lippen. Es erforderte all seinen Mut, mir zu sagen, dass ihr Herz wenige Minuten vor meiner Ankunft aufgehört habe zu schlagen. Sogar der Chefchirurg war in Tränen aufgelöst. Als ich das Krankenhaus verließ, waren die Flure leer.

Ich möchte, dass du weißt, Vater, dass ich dich von ganzem Herzen liebe, doch ich habe nicht das Verlangen, ohne Christina und Deborah weiterzuleben.

Ich bitte nur darum, neben meiner Frau und meiner Tochter begraben zu werden, und darum, dass man mich als deren Ehemann und Vater in Erinnerung behält. Auf diese Weise könnten gedankenlose Menschen vielleicht etwas aus unserer Liebe lernen.

Und wenn du diesen Brief zu Ende gelesen hast, dann vertraue darauf, dass ich im Zusammensein mit ihr solches Glück gefunden habe, dass der Tod mir keine Angst bereitet.

Dein Sohn
Benjamin

Der alte Rabbi legte den Brief vor sich auf den Tisch. Er las ihn seit zehn Jahren jeden Tag einmal.

»Sagen Sie alle Termine ab und lesen Sie METEOR!«
The Washington Post

Als die NASA mithilfe modernster Satelliten-Technologie in der Arktis eine sensationelle Entdeckung macht, wittert die angeschlagene Raumfahrtbehörde Morgenluft. Tief im Eis verborgen liegt ein Meteorit von ungewöhnlicher Größe, der zudem eine außerirdische Lebensform zu bergen scheint. Rachel Sexton, Mitarbeiterin des Geheimdienstes, reist im Auftrag des Präsidenten zum Fundort des Meteoriten. Doch es gibt eine Macht im Hintergrund, die den spektakulären Fund für ihre eigenen Zwecke nutzen will – und die bereit ist, dafür zu töten ...

ISBN 3-404-15055-4

BASTEI LÜBBE

»Niemand beherrscht die Klaviatur des Schreckens so wie Hilary Norman.« Daily Telegraph

Als Joanna Guthrie auf dem entlegenen Anwesen des berühmten Bildhauers Jack Donovan eintrifft, hat sie nur Gutes im Sinn: Der faszinierende Künstler ist blind, und Joanna möchte ihn mit einem Hund vertraut machen, den sie trainiert hat, um dem Blinden das Leben zu erleichtern. Doch es gibt Menschen in Jacks Umgebung, die das Auftauchen der Hundetrainerin mit Argwohn betrachten, und Joanna gerät unversehens in einen Strudel aus Hass und Gewalt – denn auch den Künstler umgibt ein dunkles Geheimnis, das dieser nach Möglichkeit zu verbergen sucht.

ISBN 3-404-15042-2

BASTEI LÜBBE

Ein Kernforscher wird in seinem Schweizer Labor ermordet aufgefunden. Auf seiner Brust finden sich merkwürdige Symbole eingraviert, Symbole, die nur der Harvardprofessor Robert Langdon zu entziffern vermag. Was er dabei entdeckt, erschreckt ihn zutiefst: Die Symbole gehören zu der legendären Geheimgesellschaft der „Illuminati“. Diese Gemeinschaft scheint wieder zum Leben erweckt zu sein, und sie verfolgt einen finsteren Plan, denn aus dem Labor des ermordeten Kernforschers wurde Antimaterie entwendet ...

ISBN 3-404-14866-5

BASTEI LÜBBE